公元787年，唐封疆大吏马总集诸子精华，编著成《意林》一书6卷，流传至今
意林： 始于公元787年，距今1200余年

青春不败，有勇气就会有奇迹

追梦街舞社

胡伟红 ◎ 著

吉林摄影出版社
· 长春 ·

图书在版编目（CIP）数据

追梦街舞社 / 胡伟红著 . -- 长春：吉林摄影出版社，2017.1
（意林追梦青春系列）
ISBN 978-7-5498-2870-8

Ⅰ. ①追… Ⅱ. ①胡… Ⅲ. ①长篇小说 – 中国 – 当代 Ⅳ. ①I247.5

中国版本图书馆CIP数据核字(2016)第305124号

追梦街舞社
Zhuimeng Jiewu She

著　　者	胡伟红
出 版 人	孙洪军
执行策划	陈　凡
责任编辑	施　岚　胡晓路
特约编辑	曹爱云
图书统筹	朱　颜
绘　　图	莹　月
书籍装帧	刘　静
开　　本	700mm×1000mm　1/16
字　　数	250千字
印　　张	15
版　　次	2017年1月第1版
印　　次	2017年1月第1次印刷

出　　版	吉林摄影出版社
发　　行	吉林摄影出版社
地　　址	长春市泰来街1825号
	邮编：130062
电　　话	总编办：0431-86012616
	发行科：0431-86012602
网　　址	www.jlsycbs.net
经　　销	全国各地新华书店
印　　刷	北京中科印刷有限公司

书　　号	ISBN 978-7-5498-2870-8	定价：23.80元

版权所有　侵权必究

如发现印装质量问题，请与印务部联系退换，电话：010-51908584

目录 Contents

001 第一章
星阳已经没有街舞社了

023 第二章
召集社员中，出发

041 第三章
被浓雾淹没的解散真相

061 第四章
解开心结，再次出发

081 第五章
报名全国资格赛，队内矛盾重重

105 第六章
海选赛晋级，再陷解散危机

135 第七章
校内危机解除，全国赛意外被淘汰

161 第八章
整装再来，雨后总能见彩虹

177 第九章
江乐梵，你去哪里了

193 第十章
所有队员聚集，扬帆前行

213 第十一章
自由的心，翱翔在天空

第一章 Chapter 01

星阳已经没有街舞社了

"星阳,我来了!"望着面前的星阳中学,苏雨琪激动地大喊。

哇,这就是星阳中学,果然不同凡响。

首先映入眼帘的是主楼,一座带着浓郁的欧洲风格,高大雄伟的象牙白建筑物。在大门前有十二根大理石柱子围成椭圆形,顶部装饰着十二星座的雕塑。中间是一个小广场,广场正中,喷水池里的喷泉水花四溅,在阳光的映照下经常可以看到小小的彩虹,这是星阳中学著名的景观之一——"彩虹喷泉"。主楼两侧有两栋规模稍小的辅楼,右边的是图书馆和学校的办公区域,左边的那栋则是包含体育馆在内的,专门为各种社团设立的活动大楼。

星阳中学的街舞社是国内街舞社团最出名的,在美国的这几年,苏雨琪不止一次从电视上看过星阳街舞社的比赛直播。在各大网站上,提到街舞,也总会出现"星阳"两个字。

如今她真实地站在这块土地上,无数想法像雨后春笋一样迅速冒了出来。她要和最顶尖的高手尬舞(街舞中两个高手最高难度的动作对决),要举行自己的个人秀,还要号召全校师生一起共舞,还要……

"苏雨琪同学!"教导主任雷鸣般的声音突然响起。

苏雨琪兴奋地四下打量着,天马行空地想着,几乎忘了身边还有一个教导主任。她不好意思地摸摸脑袋,笑嘻嘻地解释道:"主任,对不起。能够转学到星阳中学,我实在是太激动了!"

教导主任一脸威严地训斥道:"你不仅转学第一天就迟到,还从我面前'滑'过去,像什么样子!"

"主任,我这哪里是滑啊?我这是用肢体语言来表达我对星阳的热爱!就是这样!"苏雨琪连忙大声叫屈,为了证明自己的清白,还特地重复了一遍刚才的动作。

只见她的步子迈得十分特别,左脚跨前右脚向左,姿势自然优美得仿佛排练过一样,像一尾游鱼贴着教导主任滑了过去。很明显,这是街舞中的基础动作"滑步",做得十分到位,看起来就像是在传送带上走路一样,姿态优美流畅可比拟武侠小说中的顶级轻功"凌波微步"。

可惜,教导主任不能欣赏这种时尚运动,脸庞微微抽搐,看来已经忍耐到了极限。

苏雨琪这才意识到自己似乎犯了什么严重的错误,赶紧乖乖站好:"那个……我是真的很想尽快融入同学中去,好尽快展开在星阳中学的学习生活……"说到最后,声音连她自己都听不到了。

"久经沙场"的教导主任可不是这么好蒙混的。他眯起一双慧黠的眼睛,又侧头扫过台下操场上整齐排列在一起的各班同学，清了清嗓子缓缓说道："苏雨琪同学，你能喜欢我们学校，我也觉得很欣慰。可是，这不代表你能在转校第一天，就以这样自由散漫的状态对待学校的规章制度。"

低头一副诚心悔改样子的苏雨琪，突然涌起一股不太好的预感。

果然，教导主任接着说："既然你想尽快融入其他学生中去，尽快展开在星阳中学的生活，那么今天就由你来带领大家做广播体操吧！"

"广播……体操？"苏雨琪重复着教导主任的话，额头上不自觉地聚集起一颗大大的汗珠。

这几年在国外，去学校的时间都不固定，还谈什么做操呢？况且国外的学校也不做中国的广播体操啊。这可真是——糗大了！

"主任……我……"

"好了！不要让底下的同学等太久！因为你的缘故，今天出操的时间都已经延迟了。现在就开始吧。"教导主任指了指身边的领操台。

苏雨琪犹豫了下，但看教导主任的脸色就跟暴雨前的天气一样越来越黑，让她没太多时间踌躇，只好小心翼翼地站上了领操台。还没等她回过神来，有些耳熟的音乐便响了起来。

苏雨琪无奈地望着台下操场上那黑压压的人头，以及无数双正注视着自己的眼睛。

突然，一个主意在苏雨琪的脑内迅速闪过。对了！现在星阳所有的学生都集中在操场，注视着自己呢！这是一次绝佳的机会！

苏雨琪的眼底闪过晶亮的光芒，嘴角扬起一抹自信的笑意，仿佛一朵小小的梨花随风绽放。

"广播体操，现在开始！第一节，伸展运动……"

音乐有节奏地响起，广播声传进每一位同学的耳朵里。不过当他们的视线全部聚集在苏雨琪身上的时候，一瞬间所有人的嘴巴都下意识地变成了大大的"O"字。他们连自己要做什么动作都忘记了，呆呆地望着正前方的领舞台。

"她在干吗？"

这时，台上的苏雨琪完全抛开了传统广播体操的模式，正沉浸在自己的舞步中，偶尔做出一两个大家熟悉的动作，显然正自编自导着一套全新的"街舞式体操"。

她一边做着原本的伸展双臂的动作，而本该静止不动的腰肢却同时随着口号有节奏地扭动着，双脚随着拍子点地，整套动作就像一只不倒翁一样有趣。而做到弯腰的动作时，她调皮地一笑，轻快地跳动分开双腿，手臂飞快地往下一压，在胸前做了两个交叉动作。

顿时，死气沉沉的广播体操动作就像重新焕发了光彩，变得十分轻快且富有韵律感。

"你们快瞧她的动作！天哪，她居然在学校里跳街舞！"

"这下她可出名了！这可是全校的禁忌啊！"

"主任的脸好黑哦！替这位美丽的女生默哀三分钟！"

……

在短暂的沉寂之后，操场上的同学终于有了反应。大家的议论声此起彼伏，整个操场像一个巨大的养蜂场，嗡嗡声不绝于耳。

苏雨琪小巧轻盈的身体随着音乐欢快地扭动着，伸展处连接得格外自然，步子也运用得如行云流水。那甜美的脸上始终挂着一抹微笑，像一只飞舞的蝴蝶在台上展露出最自信的一面。

对于自己临时冒出的念头所带来的现场反应，苏雨琪真是满意到了极点！没想到自己那么聪明！哈哈！真是太棒啦！

"Everybody，come on（大家一起来吧）！大家一起来啊！"

苏雨琪愈加兴奋起来，更灵活地扭动着，做出邀请的动作，期待着全校学生一起共舞的欢乐场面。

音乐忽然停了，嗡嗡的议论声也突然消失，像是被谁按下了暂停键，全场在一瞬间完全肃静下来。所有的学生都惊异地看着她……的身后。

苏雨琪完全摸不着头脑。他们这是怎么了？为什么没有人跟着她一起跳呢？星阳不是街舞乐园吗？他们的神情……好像有点儿奇怪……

"苏雨琪同学！你到底在做什么？谁让你跳街舞的？"

教导主任的声音如轰雷般再次响起。

苏雨琪猛然惊醒过来，一下子停止了动作。

她看到教导主任一脸震怒地从自己身后冲上来，眼底冒出气愤的火光，那架势好像自己做了什么十恶不赦的坏事。

"我要给你最严厉的处罚！"教导主任一边大幅度地挥舞手臂，一边继续吼道，"你去好好反省！"

放学后，空荡荡的社团大楼里有两个忙碌的身影。

"星阳到底有多少间社团活动室啊？每间都打扫的话，一定要累死了！"

好不容易打扫完家政社的活动室，苏雨琪直起僵硬的腰，苦着脸抱怨。

和她一起受苦受累的便是多年未见的好朋友——陶艾欣。不过让她没想到的是，才刚一见面，苏雨琪就扔了这么大一个麻烦给自己。

想到这里，陶艾欣抬起头来，露出一张精巧的小脸，纤细的柳眉微微皱起，有些郁闷地望着苏雨琪："谁让你早晨得罪了教导主任？他的处罚力度可是最重的！"说着，她捏了捏酸痛的胳膊哀叹道："我才可怜呢，只不过是想给好朋友一些精神上的鼓励，谁知她一点儿也不客气，干脆拖我来一起打扫。是吧，阿琪？"

苏雨琪忙朝陶艾欣笑笑，给了她一个充满热情的美式拥抱："好啦好啦，别生气啦，小欣欣，这就叫'好姐妹，共患难'！而且，我们还在同一个班级，真是天意啊！"

陶艾欣一脸受不了你的样子摇摇头，但脸上的笑意已经出卖了她。

自从苏雨琪出国后，她们就没机会这样亲密地待在一起了。不过现在，不用再隔着太平洋，她们终于又可以像小时候那样形影不离了。

"阿琪，我前两天听到你回来的消息，还以为你在开玩笑呢。之前一点儿预兆都没有，怎么就突然回来了呢？"

苏雨琪松开陶艾欣，笑眯眯地回答："我一直是想做就做的行动派嘛！这次回来我是有目的的哦！"

"目的？"陶艾欣被搞糊涂了，疑惑地问，"是什么啊？"

"秘密哦！先不告诉你！"

"什么？你跟我还敢有秘密？"

苏雨琪见假装生气的陶艾欣绷起了脸，连忙哄着她："小欣欣，不要生气嘛！我只是随便说说的，你就不要乱想了。对了，你知道街舞社在哪里吗？我们都扫了快半层楼了怎么还没看到？"

"街舞社？"一听这三个字，陶艾欣的眼睛顿时瞪圆了一圈，声音也加大了一倍。

不过她很快就恢复了常态，若有所思地别过脸，假装忙碌着手里的事情，仿佛刚才什么都没发生过一样。

苏雨琪被她的样子弄得莫名其妙，伸出手在她的面前晃了晃："小欣欣，你这是怎么了？街舞社有什么不对吗？"

陶艾欣拢了拢额前的头发，故作镇静地道："星阳没有街舞社。"

"没有？"苏雨琪像是被雷电击中一样，这回一脸惊愕的人换成了她，"怎么可能没有？不会的！不会的！星阳中学的街舞社不是在全市都有名吗？骗人！"

"真的！"陶艾欣冲她眨了眨眼睛，耐着性子劝道，"阿琪，我知道你很喜欢街舞，不过你今天才转来我们学校，很多事情都不知道。以前的星阳街舞社确实很出名，但现

在的星阳是没有街舞社的。"

"这究竟是怎么回事？"苏雨琪整个人都蒙了，完全没有想到进入星阳后会遇到这样的状况。

陶艾欣刚想说些什么，这时口袋里的手机铃声响了。她看了一眼短信，抱歉地说道："阿琪，不好意思，我要回家补习了。"

说完，她放好打扫工具，临走还不忘提醒苏雨琪："总之，你不要再问街舞社了！"

苏雨琪胡乱地点点头，满脑袋还是不由自主地想着街舞社的事情。

苏雨琪的性格可不是随便几句话就能让她打消念头的。好朋友走后，她还是决定一个人"探索"星阳。她为街舞社而来，怎么可能轻易放弃？

果然……凭着直觉，在一个楼层里，她发现一间房间占了半个楼层，对着走廊这一面墙一半镶了玻璃，可以清楚地看到房间里边——空荡荡的，只有地上散落着几个体操垫子，落满了灰尘。房间右侧的两排更衣柜暗淡得快要看不出原来的颜色，其中几扇柜门似乎也坏掉了，可怜兮兮地挂在那里。两扇门半掩着，锁链松散地挂在门上，一扇门上的玻璃甚至也出现了裂痕，仿佛一碰就得哗啦啦碎一地。

这就是街舞社的练舞房？就是她苦苦找寻的地方？简直可以称得上是拍摄鬼片的布景场所了！苏雨琪的下巴都快要落到地面上了。这到底是怎么一回事？

她小心翼翼地轻轻推动练舞房的大门，许久不曾开启的门发出涩滞的吱嘎声，看来连门轴也生了锈。

苏雨琪一边小心不碰到门上摇摇欲坠的玻璃，一边缓缓地加力，终于大门打开了一道窄缝，刚好可以供一个人进出。苏雨琪得意地笑了，轻手轻脚地从门缝里走进去。

虽然明明知道练舞房里空无一人，但她还是屏住了呼吸——没办法，灰尘好多啊！等被掀起的灰尘慢慢落下之后，苏雨琪站在门口，打量着空荡荡的练舞房，眼前仿佛出现了当年热闹的情形——音乐回响在房间里，社员们或是对着镜子练舞，或是在垫子上进行准备运动，那些矫健的身影和翩翩的舞姿让人眼花缭乱……可她眨眨眼睛，面前却只剩下墙上那面脏兮兮的大镜子，还有镜子里孤零零的她。

不行！这哪里还像是练舞的地方？看着如此狼藉的练舞室，她只想让这里立刻充满生机。一定要打扫干净！

苏雨琪从练舞房的角落里翻出许久没有动用过，跟房间一样落满灰尘的水桶、拖把等清洁工具，转身就往外跑……

"你看看你现在什么样子了？还像个学生吗？"

快走到楼梯口的时候，苏雨琪突然听到教导主任满是怒气的咆哮声。

不知哪个倒霉鬼也撞枪口上了！

苏雨琪怀着无比的同情，偷偷地望了一眼。

站在教导主任对面的是一个男生，他穿着一件肥大的绿色T恤，头上戴着一顶有大大的"A"字图案的帽子，帽子戴得歪歪的，只露出几缕蓬松的头发，下身套着一条迷彩的休闲裤。

教导主任一边伸手扶着鼻子上快要滑下来的眼镜，一边气呼呼地数落着："开学这几天，你来上过几次课，你自己说说看！你已经留级一年了，照这个样子下去你还想不想毕业？不上课，作业也不做，考试永远是最后一名！你……你……你简直不知悔改，不思进取，太让人失望了！"

训的人声嘶力竭，被训的人却毫无反应，一手插在裤袋里，一手垂在腰侧，不时在裤子上蹭一下，一副无所谓的样子。

"你给我站好了！"教导主任大吼着，可惜男生根本不理会。

看来是跟自己一样，难逃教导主任魔爪的可怜人。

苏雨琪感慨地摇摇头，自己只是在早操上跳街舞，就受到如此严厉的惩罚，而这个男生听起来罪责一箩筐，恐怕难逃一劫了。

不能见死不救啊！苏雨琪灵机一动，想出一个绝妙的主意。

她提着一个水桶，一边按住胸口，一边吃力地从教导主任面前走过，步子故意走得歪歪扭扭，装出一副虚弱无力的模样。她一边走还一边假装痛苦地呻吟着："哎哟……哎……哟……"

"苏雨琪，你怎么了？"教导主任皱着眉看向苏雨琪。

苏雨琪缓缓地抬起头，有气无力地说："我胸口好疼……好像有点儿喘不过气了……可我又不知道医务室在哪里……"

教导主任先是一愣，突然想起苏雨琪的档案内容，有几行用红色字体标明的地方："有心脏病史""不可过于劳累"……糟糕！她该不会……

想到这里，他顾不上被训斥的男生，只急匆匆地说了句："你在这里等着。"然后紧张地转向苏雨琪，"苏雨琪……你先等一下，我马上去把校医叫过来！"

说完，教导主任便急匆匆地下了楼。

等确定教导主任消失不见，苏雨琪才卸下伪装，做了个大大的鬼脸。

她转身对那个男生友好地解释道:"你不用担心啦,我没事,骗老师的。对了,我是苏雨琪,你呢?"说着,热情地伸出手。

男生似乎连掀起眼皮看看她的兴趣都没有,更不用说关心她的病或者名字了。他看也不看苏雨琪伸出的小手,沉默地朝另一个方向走去。

"等一下!"

苏雨琪下意识地拉住他,男生头也不回地想要继续往前走,但苏雨琪不肯松手,两个人僵持在原地。他不耐烦地转过头来,抬起脸居高临下地望着苏雨琪。

苏雨琪这才看清楚他的样子。

男生有一张可以用俊美来形容的脸,宽阔的前额被散落的深褐色头发遮住,却仍旧无法掩住那两道浓黑英气的朗眉;耸立的鼻梁如同山峰,让他脸部轮廓格外鲜明;他的皮肤是健康的小麦色,紧抿的薄薄双唇似乎有些苍白,却让他看起来似乎有一种说不出的脆弱感,仿佛高高在上的水晶雕像,美丽却冰冷……

是的,冰冷……虽然有着无可挑剔的容貌,但那双如同北极的夜空一样深黑色的眸子,却彻底冻结了一切。

"你好,我叫苏雨琪,刚转来的高一新生。"苏雨琪锲而不舍地跟他打招呼。她突然对这个超级冷漠的男生产生了莫名的兴趣。

可男生的目光仅是淡淡地扫过苏雨琪精致的脸,便没有什么动作。他始终没有开口,连一个字都不愿意吐露,只有逐渐聚拢的眉峰显示出他的不爽。

"喂!我在跟你讲话呢!"苏雨琪放开他,双手叉腰歪过头挑衅地瞪回去,嘟嘟囔囔地抱怨,"你这人怎么这样啊?我刚才可是救了你啊!"

沉默。

"拜托!你干吗一直不讲话?"

沉默,离开。

"喂!你身材挺不错的,打扮也挺酷的,你是跳街舞的吗?知道街舞社吗?"

男生的脚步突然停止。"街舞"两个字像是他身体上的某个开关,就这样突然被苏雨琪按了下去。

苏雨琪清楚地看到男生冰冷的眼底终于有了一丝焦距。她不确定那是什么,可那转瞬即逝的神情却让她自己也忍不住愣了一下。

"有……有什么不对吗?"苏雨琪试探着问。

男生微微皱了一下眉头,眼底那一抹让人无法理解的东西很快又消失了。

他冷冷地看着挡在身前的苏雨琪:"已经没有什么街舞社了……"一个侧身绕开她,

头也不回地走掉了。

苏雨琪完全没想到他会是这样的反应，一时回不过神来，呆呆地看着他的背影消失在眼前。

星阳街舞社到底怎么了？

一个人走在梧桐树夹道的路上，苏雨琪心里充满了失落和疑惑。

来到星阳并没有像她想的那样，轻易让她实现愿望。别说街舞社了，就连"街舞"两个字好像都不能在星阳里提起。到底发生了什么事？她翻来覆去地思考，却又百思不得其解。

天色渐渐暗了下来。飞鸟从城市的上空飞过，仿佛空中的舞者一般姿态蹁跹。

苏雨琪望着飞鸟离去的方向，突然很想去看看花园广场，去看看英雄纪念碑。

回来这几天一直在忙转校的事情，根本没时间去逛逛，也不知道现在的广场是否还很热闹，是否还有很多跳街舞的孩子在那里练舞，是否可以结交到志同道合的朋友。

花园广场上四周遍布花坛，一年四季都有不同种类的鲜花竞相怒放，而广场的上空总是洋溢着沁人心脾的香气，所以这里被人称作"花园广场"。

在广场的中心区域，有一座巴洛克风格的舞台，一些大型的文艺晚会和娱乐活动都是在这里举行的。平日，这里就是舞者的天堂。来自四面八方的舞者，在铿锵有力的音乐声中，互相切磋着技艺，在尬舞中一起进步。

苏雨琪来到广场上的时候，刚好有几名中学生正在喷泉旁边排练着什么。

有三四个男孩子穿着宽大的衣服，脸上满是快乐的神情。他们偶尔会打闹几下，偶尔又认真地交谈着。最后打开放在台阶上的录放机，节奏明快的音乐瞬间响起，几个人随着步点跳起舞来，动作神情倒还有模有样。

英雄纪念碑仍然矗立在舞台的正后方。纪念碑由五根高耸的汉白玉斜柱环绕而成，柱体上刻满了与这座城市相关的历史，轻轻浅浅凹凸不平的汉字记录着人们一代又一代的传承。分离的柱体只在上方接近顶端的部分，由一圈雕刻着花纹的同材质装饰物连接起来，使纪念碑的整体造型看上去极为独特。

纪念碑和几年前的样子比起来，似乎又翻新过。

其实小时候的苏雨琪并不确定它的作用到底是什么，只知道这是城市建设部门专门修建在这里的，是城市的一座标志性建筑。后来跳街舞的年轻人把它叫作"街舞纪念簿"。

因为这个广场上总是聚集着很多喜欢跳街舞的年轻人，而纪念碑上有一大处留白是专门让人在上面写字的，他们停下来休息的时候，会在碑上写上一些简单的文字。原本和街舞无关的纪念碑，经过几年的时间就变成街舞历史变迁的纪念簿了。

苏雨琪的思绪回到眼前，她伸出手指轻轻地抚摸着碑壁上与街舞相关的字迹。

第十届全国街舞大奖赛银奖，谨此留念！
再也不跳街舞，那是不可能的！
万能的纪念碑啊，保佑我明天的表演完美！
……

密密麻麻的留言中，苏雨琪突然看到了一行她感兴趣的字，不由得一个字一个字地念了出来。

"星阳街舞社社长——'舞皇子'江乐梵，加油！"

"江乐梵？"苏雨琪不知不觉又念了一遍。这个人是谁？怎么没听小欣欣讲起过？

苏雨琪正疑惑的时候，旁边突然传来一声冷哼。

苏雨琪回过头去，看到一双闪动着琥珀色光芒的眼睛，眼眸中包含关心和担忧，好像盛满了春天的阳光，让人觉得暖洋洋的。眼睛上面是两条微微拧在一起的眉毛，高挑的眉峰有一种天生的王者气度；而挺直的鼻梁下那红润饱满的双唇则让这张显得高贵出众，甚至带了一些傲气的脸生动起来，也让它的主人显出了一种清秀和柔美，就仿佛高高在上的天使忽然露出了醉人的笑容。

男生站在纪念碑旁，像一件完美的艺术品。

苏雨琪想上前去打招呼，可还没来得及开口，目光不经意地落在男生手里拿着的学生名牌上。那上面的名字让苏雨琪的眼前一亮——江乐梵！

她看看碑壁上的名字，又看看男生的名牌，激动地询问："你就是江乐梵？"男生的嘴角露出一丝笑意，不过看起来更像是嘲讽。

"你是星阳中学的吧？这上面说的就是你吗？我是……"苏雨琪的话还没有说完，男生便转头走开了。

"江乐梵！"

男生根本没有搭理苏雨琪，径自朝广场边上走去，任凭苏雨琪在背后狂叫。

他就是碑壁上写的那个星阳街舞社社长"舞皇子"吗？他手里的学生名牌上，确实是写着"江乐梵"三个字，应该没错！可是他也太奇怪了吧，喊他都不理人！真没礼貌！

看来，星阳的男生都是不理人的怪胎！

清晨的阳光淡淡地洒在宁静的校园里。

苏雨琪坐在教室里，思绪早就神游到了火星。

陶艾欣一脸好奇地凑了过来："阿琪，你这是怎么啦？没睡好吗？"

对了！怎么把她给忘啦？一开始就是小欣欣告诉自己街舞社的事，这家伙应该知道什么吧。

见苏雨琪的眼睛"唰"地绽放出光芒，陶艾欣吓了一跳，赶紧做出一副自卫状："阿琪，你……你要干什么？"

苏雨琪刚想开口，突然想起小欣欣有关照过她不要再问街舞社的事，看来得用点儿方法。

她眼珠一转，笑嘻嘻地问道："我想问你有关舞皇子的事哦。"

"舞皇子？"

"对啊！对啊！"苏雨琪见好友有点儿为难但并没有一口拒绝，赶紧趁热打铁，"昨天我遇到一个男生，他就是……呃，他竟然说舞皇子根本不存在！"

哦，为了套出情报，原谅她小小的谎言吧。

"谁说不存在？"陶艾欣瞪大了眼睛，一听到有人诋毁自己仰慕的偶像就急了，"以前谁不知道舞皇子江乐梵啊！他从小就开始练街舞，舞技高超，在街舞圈子里一直很有名气的。后来他进了我们星阳中学，并担任了街舞社的社长，手底下更是有一群厉害的社员，其他学校的街舞高手都不是他们的对手！"

"这么厉害啊！"苏雨琪被江乐梵的故事深深地吸引，边听边回想着昨天在纪念碑那里看到的少年，可是她怎么也无法把传说和现实联系到一起。"既然江乐梵这么强，那好好的街舞社，为什么会消失呢？"

陶艾欣一下子愣住了，兴奋的表情消失不见。她垂下头，犹豫了一下，才继续说道："那是因为，上个学期发生了一件意想不到的事。"

说到关键的地方，陶艾欣居然吞吞吐吐。

这可把苏雨琪急坏了，赶紧催促起来："继续说啊！到底是怎么回事？"

陶艾欣叹了一口气，这才接着说道："我也不清楚，只知道江乐梵忽然提出了废社申请。接着没过几天，学生会就通过了决议，街舞社正式解散……"

"咦？为什么？"

听到这里苏雨琪惊呆了！他是那么喜欢街舞，怎么会轻易要求废社？这背后究竟隐藏着什么秘密呢？

陶艾欣摇了摇头："不知道。听说那时候学生会把整件事都封锁起来，等大家知道的时候，街舞社已经解散了。后来街舞社一直都没有重建，学校也不允许学生公开讨论这件事。反正外面有很多流言，可是没人知道哪一个是真的。"

"有什么流言？"苏雨琪好奇地抓着陶艾欣的手，"快点儿告诉我嘛，欣欣。"

陶艾欣抵不过好友的热情攻势，只好继续说下去："有一个版本是说江乐梵敬佩的一个学姐忽然宣布不跳街舞了，他觉得打击很大，所以决定放弃街舞社；还有一个说是江乐梵的偶像死了，江乐梵觉得没有了前进的目标，所以没了动力……总之，在那以后，他连考试都没有参加，听说留级了。但是开学这几天也没在哪个教室看到过他，老师们都睁一只眼闭一只眼不管了，也不知道他会到哪一班去……"

苏雨琪的脑海中又浮现出昨天看到的江乐梵，与现在听到的一切联系起来，心里突然涌起一抹难以形容的滋味。

江乐梵那么喜欢街舞，能让他放弃继续跳舞的，那一定是个很重要的理由吧？街舞社废除了，他应该比任何人都难过，所以才会那么一直消沉下去。

其实，他是很想重新回来的吧？不然，为什么会一个人出现在街舞纪念碑那里呢？

见苏雨琪沉默了，陶艾欣以为她受了什么刺激，伸出手在她面前晃了晃："你怎么了？"

几秒钟之后，苏雨琪郑重地做出了一个决定！

她晶亮的眼睛里闪烁着自信的光芒，一字一顿地说道："我、要、重、建、街、舞、社！"

"什么？"

陶艾欣顿时惊呆了。

"我要重建街舞社！"

苏雨琪坚定地重复了一遍，眼睛熠熠发光。

她热切地看向自己最要好的好朋友："小欣欣，你一定会站在我这边的，对不对？"

苏雨琪在做出这个决定的时候，连自己都被吓了一跳。

真不知道哪儿来的冲劲儿，就那么把话说出去了。可仔细想想，她其实有很多理由必须这样做。

不管是之前遇到的那个冷漠男孩，还是在纪念碑处见到的江乐梵，很多人应该都是为了街舞社才来到星阳中学的吧？包括自己也是为了街舞社才来的！现在街舞社就这样被废掉了，那还有许许多多喜欢跳街舞的同学，他们怎么办？不行！一定要重建街舞社，给所有喜欢跳街舞的人一个空间和平台，让他们一起快快乐乐地跳舞！

而且，她这么做，也有自己的小秘密……

整个上午苏雨琪都在盘算着这件事情。建立社团必须要去学生会申请，填一张社团申请表。有合适的场地，适当的理由，校方才会考虑的。可是说起来容易，真正要做的话自己甚至都不知道要从哪里着手。

合适的场所……合适的理由……

忽然她眼前一亮：有办法了！

放学之后，苏雨琪又来到昨天打扫过的练舞房。这里经简单收拾后，已经不再像"鬼片"拍摄地那么萧条了。

苏雨琪一屁股坐在地上掏出手机给陶艾欣打电话。

"小欣欣，我已经到练舞房了，你什么时候过来？"

"每次找我都是要我一起打扫卫生！"电话那头，陶艾欣的哀叹简直让人心酸落泪，"阿琪，对不起啦，我有点儿事，今天就不过去了。"

"哇，小欣欣竟然临阵脱逃，好过分！"

"哪有？还不是你要重建街舞社，我不但要帮你打听情况，还得帮你填写什么社团申请表，结果被学生会的学姐抓到，不得不帮她打下手啦！"

听陶艾欣这么说，苏雨琪笑了："我知道啦，那小欣欣加油，这边我一个人会搞定的！"

挂了电话，苏雨琪不禁暗自庆幸自己有陶艾欣这么一个"百事通"。社团申请表？学生会？哦，这种听了就让人头大的东西还是交给"智囊团"小欣欣吧。反正只要把这里再认真仔细地打扫一下，"合适的场所"就没有问题了，哈哈！

因为昨天已经打扫了一部分的缘故，今天再做起来就没有那么辛苦了。

苏雨琪只把一些地方简单地擦了一遍。好不容易打扫完毕，她拎着满满一桶脏水，吃力地朝洗手间走去。

可就在她走到电梯门口时，由于水桶太重，她忽然失去了重心，水桶"哗啦"一声翻倒在地上。

本来这只是一个小小的意外，不巧的是，刚好在这个时候，电梯门打开了，从里面走出一个人来，于是这桶脏水有一大半都泼到了走出来的倒霉蛋身上！

"啊！对不起，对不起！"苏雨琪急忙冲上去道歉，"我帮你擦干净……"

"不必了。"低沉柔和的声音响了起来，苏雨琪愣了一下，抬起头看过去的时候，猛地后退一步，惊讶得声音都变了调。

"舞……舞皇子！你怎么会在这里？"

站在她面前的，正是昨天在纪念碑旁的男生！

此刻他身上穿着星阳中学的校服，黑色的校服衬得他的肤色更加白皙，漆黑的头发整齐柔顺地贴在额头上，一双沉静如湖水的琥珀色眼睛正盯着苏雨琪看。星阳的校服真的很适合他，穿在他身上就好像变成了模特身上的时尚品牌，显得高贵典雅。

比起苏雨琪提出的问题，男生似乎更关心眼前的事。当看到被打扫一新的练舞房时，他如扑克牌一样的脸上略微发生了一些变化。

但让苏雨琪感到奇怪的是，那变化不是惊喜，更不是高兴，好像……好像生气了……

男生精致的眉宇间布满了阴云，打量了一下苏雨琪，用低沉着声音问："你这是在干什么？"

苏雨琪却开心地笑了起来，转身指着已经焕然一新的练舞房："你没看到吗？"

"你是要把这里打扫干净？"他看着苏雨琪问道。

"正确！"苏雨琪挺起胸，"怎么样？我很厉害吧？对了！你以前是不是就在这里练舞？昨天见面的时候我看到你手里拿着的学生名牌，原来你就是……"

"谁让你这么做的？谁让你打扫这里的？"眼前的人似乎越发不对劲儿，低沉的声音听起来就像梅雨季里的闷雷，让人心里害怕。

他好看的双唇也抿了起来，往前走了一步，身高的差距让苏雨琪立刻有了种压迫感。

这个"舞皇子"怎么奇奇怪怪的？难道不高兴自己把练舞房打扫干净吗？她打扫这里也是为了帮他啊！难道他真的就这样放弃了？真的打算永远不跳街舞了吗？

苏雨琪调整了一下思绪，重新说道："我跟你说哦，我要重建街舞社！你既然这么喜欢街舞，怎么可以就这样放弃了呢？你必须振作……"

还没等她说完，男生便冷冷地打断她的话："你是不是搞错对象了？我不喜欢街舞。"

苏雨琪愣了愣，不明所以地望着他："咦？你不喜欢街舞？不要骗人了！我知道你是……"

男生英俊的脸却已经沉了下来，好像是堆积了厚重云层的天空一样，毫不客气地打断了苏雨琪的话："立刻停止这一切。"

"为什么要停止？这里重建好之后，大家又可以跳舞了，这不是一件很高兴的事吗？"苏雨琪有些不高兴了，噘着嘴嘟囔着。

男生看向苏雨琪的目光中，多了一分说不出的压抑。

"我最痛恨的就是街舞！"男生的话仿佛是从千年冰窖里传出来的，他一字一顿地说，"再说一次，立刻停止这一切！"

男生冷冷地丢下这几句话之后，头也不回地走了，只剩下呆若木鸡的苏雨琪。

这……这就是"舞皇子"吗？怎么会这样？

天哪！他居然说——讨厌街舞！

"舞皇子"江乐梵的话，让苏雨琪像是被雷电击中一样，站在练舞房的窗前，呆呆地望着窗外，沉浸在那几句话中无法自拔。

她实在不敢相信刚才见到的人，就是陶艾欣口中提到的风云人物江乐梵。

究竟是什么原因，居然可以让一个人改变这么大……苏雨琪反复思考着这个问题，可是想来想去也没有答案。

唉，当初废社的原因也只有当事人才知道吧，不过苏雨琪相信，让"舞皇子"彻底改变的，一定是很伤心很痛苦的回忆。

忽然，楼下传来一阵奇怪的声音。似乎有人在低声骂人，紧跟着就是一阵丁零当啷的声音，好像什么东西被撞倒了。

苏雨琪愣了一下。

练舞房前面是学校的停车场，在这个时间学生都回家了，是谁在那里呢？

她按捺不住好奇心，悄悄下楼，蹑手蹑脚地朝声音传来的方向探头看去。

只见三个高年级的学生正在对一个人来来回回地推搡着，口中还不停地骂着什么"你小子下次长点儿记性，少来惹我们""以后不要出现在我们面前"之类的话。

而那个人就像一块木头娃娃，闷声不吭，也不反抗，毫无反应地任由他们这样对他。

等等……这个人好像有点儿眼熟！

苏雨琪用力地眨眨眼睛，定睛看过去，那肥大的绿色 T 恤、那条迷彩的裤子，还有掉在地上不时被踩到的那顶带着大大的"A"字图案的帽子……

天哪！是他！是那个冷漠男生！苏雨琪一下子愣住了。

她不可置信地看着那个被三人围着的男生，这样下去可不行！

苏雨琪一握拳，下定了决心，她要帮他！

可是要怎么帮？现在都已经放学了，老师和同学们都已经离开了。她一下子也叫不到人，只凭自己一个女孩子，那三个高年级学生肯定不会听她的话，要怎么办呢？

她急得直跺脚，猛然间，她眼前一亮——有了！

苏雨琪飞快地从口袋里掏出手机，翻找着手机里的铃声……这个不是，这个也不是，啊，是这个！她迅速把铃声调到最大音量，然后按下播放键！

警车的笛声立刻划破了空旷的停车场里的寂静。

那三个围着冷漠男生的人吓了一跳，顾不上去想学校里为什么会有警笛声，连忙拔腿就跑。

直到那三个人跑得看不见了，苏雨琪才松一口气！她收起手机，朝那个正开始整理衣服的男生跑过去。

"喂，你怎么样了？他们有没有打你啊？"凑近了，苏雨琪才发现男生只是身上衣服有些折痕，其他的地方到没看出有什么不对劲。

男生仿佛根本没有听到苏雨琪的问话，只是挡开苏雨琪，目光不停地扫过地面，似乎是在寻找什么东西，直到看到那顶被丢在一边的帽子。

他走过去，弯下腰想拾起帽子，散落的头发随着动作也往前垂下，露出了额角来。他伸手牢牢地抓住了那顶帽子，准备转身就走。

"喂，我可是救了你两次哦，就算不说谢谢，也不用这么无视我吧？"苏雨琪嘟囔着。

蓦然，苏雨琪被他额头上的伤痕吸引了全部注意。之前伤疤被他的额发挡住，刚才因为他的动作，才从几缕黑发之间清晰地露了出来。

她倏然瞪大了眼睛，急切地问道："你……你以前是不是跳过街舞？"

仿佛第一次才听到她的话，男生慢慢地抬起头，目光终于落在苏雨琪的身上。他的眼神空荡荡的，毫无神采，空洞而死寂，苍白而淡漠。

"那又怎么样？"他的声音像死水一样冰冷。

"那你是不是……"

"别跟我提街舞，我最讨厌街舞！这种垃圾根本就不应该存在！"

男生冰冷地吐出决绝的话语，挺直腰身，凌乱的头发披散下来，脸上毫无血色。

苏雨琪的嘴唇动了动，想说点儿什么，但是所有说话的欲望都被男生的目光阻止了。

她看着那个身影平直地走出自己的视线，脚下像灌满了铅块无法移动一步。渐渐地，她的脑海中浮现了那个让她刻骨铭心的画面。

那是藏在她心里的秘密……如果不是遇到他，恐怕苏雨琪早就放弃了自己，也就不会有现在的这份执着。她怎么也不会忘记，那自信满满的话语以及他额头上的伤疤。

某个阳光明媚的午后，充满快乐的广场，像英雄纪念碑一样矗立在广场上的，还有那张充满自信的笑脸。

小男孩认真地对她说："我的梦想是成为一名优秀的街舞选手！而实现梦想的第一步是要考星阳中学进街舞社！"

尽管在他的额头处有一块明显的伤疤，可仍然掩饰不住他的英俊。而他的眼睛里也分明燃烧着一团火，把他的整个人都点亮了！

他说过要称霸街舞社！

苏雨琪曾经觉得，他一定可以做到！

然而现在……除了那个证明身份的伤痕，好像什么都改变了……

梦想究竟在哪里呢？到底发生了什么，让他变成了这副模样呢？

是他吗？真的是他吗？

熟悉的音乐忽然响了起来。一直响了很久，苏雨琪才机械地接起了手机。

手机那头，陶艾欣的声音透着微微的焦急："阿琪，阿姨说打不通你电话，这么晚了，你还没回家吗？喂喂，阿琪，你在听吗？"

"小欣欣，还记得你问过我为什么要特地从美国回来吗？"苏雨琪依然望着那个男生离去的方向，轻轻地说，"现在，我可以告诉你了。我是来找一个人的，而且，我想我已经找到他了……"

不行！一定要重新成立街舞社。

经过一晚上的冥思苦想，苏雨琪更加坚定了信念。

第二天一早，陶艾欣才进教室就被苏雨琪拉着向外跑。

"阿琪！你怎么了？这是……这是要带我去哪里？"陶艾欣一头雾水。

苏雨琪更正道："不是我带你去哪里，是你现在要带我去学生会！我现在就要去申请重新成立街舞社！"

"现在？"陶艾欣以为自己产生幻听了。

可苏雨琪就是这种"行动派"的代表。

风风火火的两个人跑进学校办公大楼，看着那间挂着"学生会会长"牌子的办公室，陶艾欣都还觉得有些不真实的感觉。

这还不是让她最崩溃的。当苏雨琪连门都没敲，就直接冲进去时，陶艾欣彻底绝望了。

"是你？"

办公桌后面的男孩子转过头，他和苏雨琪都愣了一下。

"你就是学生会会长？"苏雨琪的眼睛瞪大了一圈。眼前的男生分明就是在纪念碑那里碰到的"舞皇子"江乐梵！

奇怪，小欣欣明明说舞皇子因为没有去考试而留了一级，现在都不怎么来上课，怎么又变成学生会会长了？

对方皱了皱眉，平静地说道："苏雨琪同学，请先关好门。并且下次找我的时候，我希望你能先敲门。"

身边的陶艾欣忽然紧张地扯了扯苏雨琪的袖子。不过苏雨琪已经顾不上安慰她了。

"你怎么知道我的名字？"自从来到这所学校后，已经有很多事情让她瞠目结舌了，现在又多了一件。这到底是怎么一回事？

对方脸上的神情平静得没有一丝波澜，他看了看苏雨琪，自然地微微一笑："你忘记自己在早操时间里的精彩表演了吗？身为学生会会长，想知道你的名字是很容易的事情。"

"这么说……就是你处罚我去打扫社团活动室的？"

"我当然有这个权利让一些自由散漫的学生改掉坏习惯。"

天哪！这哪里是什么"舞皇子"？分明是个大恶魔嘛！这样的人真的会跳街舞吗？苏雨琪真是想破头，都无法把他和街舞联系到一起。

"还有，苏雨琪同学，你这么随便进别人的办公室对人大喊大叫，打扰别人的工作，是非常没有礼貌的行为。"

"你！"

"阿琪，阿琪。"陶艾欣在旁边频繁地拉她的袖子，小声地叫着。

不过，苏雨琪已经快被那根"木头"气死了，完全忽视了小欣欣的动作。

她恨铁不成钢地看着眼前的男生，难怪学生会通过舞皇子的解散申请会这么快，还帮他封锁消息，原来根本就是自家人！

"你来找我有什么事？"男孩浅褐色的瞳孔光华流转，却透着明显的嘲讽。

苏雨琪把委屈和怒火都咽了回去，既然是大名鼎鼎的"舞皇子"，那她还是卖他一个面子，不和这个受过刺激的家伙一般计较了。

"你有健忘症吗？昨天我就对你说过，我想重新成立街舞社！"

男孩的眼睛里迅速地闪过一道寒光。

他弯了弯嘴角，看起来就像嘲笑苏雨琪的不自量力，然后从容地回答："不行。"

苏雨琪吃惊地瞪大了眼睛："为什么不行？"

"很抱歉。学校有学校的规定。"对方的态度彬彬有礼，但语气中没有一点儿妥协的余地。

"你有没有搞错？学校有这等规定？本来社团就是为学生服务的，凭什么不可以申请？"苏雨琪焦急地辩解着。

男生双手支在办公桌上，唇边挂着一抹冷冷的笑容："街舞社解散，是有足够的理由和原因的。如果不清楚来龙去脉，局外人最好不要自作主张。至于为什么要解散，我想我也没有义务向你解释。而且，即使现在你想重新申请，也达不到申办社团的基本要求。"

"什么基本要求？"苏雨琪着急地问道，仿佛抓到根救命稻草。

"最起码得先找齐五个基本成员。"

"这有什么难的？"苏雨琪的脸色一下子由阴转晴，咧开嘴笑起来，一把抓过旁边神色不安的陶艾欣，"你看，我们两个，再加上你，一下子就有三个啦！"

男生深邃的眸子里闪过一丝不为人察觉的神情："我为什么要加入街舞社？"

"因为你是'舞皇子'江乐梵啊……"

"阿琪！"小欣欣用力地拽了一下苏雨琪的袖子，终于把她的注意力引了过来，"他不是啦……"

"嗯？什么不是？"苏雨琪愣愣地看着她。

"我不是江乐梵。"坐在桌后的男生出声打断了她们的交流，眯起眼睛，目光中竟然有着说不出的嘲弄。

他将手里的圆珠笔丢在桌子上，缓缓站起身，指着苏雨琪身后说道："你要找的人，在那里。可惜这位传说中的'舞皇子'已经像堆烂泥，你觉得他还能跳街舞吗？"

苏雨琪眨了几下眼睛，顺着他指的方向缓缓地转过头去，赫然发现办公室靠墙处还站着一个熟悉的人。苍白憔悴的脸，颓废的穿着，冷漠轻蔑的眼睛……是他，昨晚那个被人殴打的男生！

苏雨琪左右转动着脑袋，一会儿看看坐在学生会会长位置上的儒雅男生，一会儿看看桀骜不逊地靠在墙上的冷漠男，傻傻地询问："你说，他才是江乐梵？"

陶艾欣的脸红得像个大西红柿，赶紧拉过苏雨琪，凑到她的耳边："拜托！阿琪，你连是谁都没搞清楚就乱讲话！刚刚我拽了你半天就是想告诉你我看到江乐梵了，你都没反应。现在坐着的人是学生会会长——林焰！"

原来那天苏雨琪见到林焰手里拿着江乐梵的名牌，只是他恰巧在广场上捡到的。

天哪，她摆的乌龙还能更大一点儿吗？不对呀，昨天她明明还跟他对话来的……

苏雨琪捂住脸，发现一直是自己一厢情愿地喊人家舞皇子，他确实一声也没有应过！

乱了！乱了！世界一定是出什么问题了！

总之，靠墙的那个，大名鼎鼎的"舞皇子"、星阳中学街舞社社长自动要求解散街舞社，然后就变成了现在这副颓废的鬼样子。

而且，从他额头上的伤疤来看，很有可能还是她一直要找的人！到底是什么原因导致他自动要求解散街舞社呢？苏雨琪现在可是非常非常好奇！

但现在显然不是答疑解惑的好时候，她跑到这里来是为了重建街舞社的事！不管谁是"舞皇子"，不管谁才是自己要找的人，总之没有街舞社，什么都是空谈。

想到这里，苏雨琪一把拉过江乐梵，大声对林焰说道："喂！你看，我们现在就有三个人了！反正你说的基本条件很容易做到，到时候你不可以反悔哦！我一定要重新成立街舞社！"

林焰挑了挑眉："你确定？"

"当然！"苏雨琪不服气地反驳，"只要是真正热爱街舞的人，就没办法放下。因为舞蹈就是他的生命！所以我敢说，不管他是什么原因解散街舞社，他都不会真的放弃街舞。"

她转头认真地看向身边的江乐梵："对不对，江乐梵？"

"少管闲事！"谁知道江乐梵却甩开她的手，丢下一句比北极的冰山还要硬还要冷的话，"街舞社的事情跟我无关。"

"怎么会没有关系？街舞社是你解散的，当然你要负责重建啊！你也是因为喜欢街舞，想要追逐梦想才来星阳的吧？怎么能让同样来寻梦的人找不到可以一起努力的地方呢？"

"你根本什么都不懂！"江乐梵打断她的话，恶狠狠地瞪视，"街舞社解散，是再正确不过的事，你凭什么在这里指手画脚？我最讨厌你这种自以为是的人！"

"你……"苏雨琪被他气得浑身发抖。

"死了这条心吧，我说过，我讨厌街舞，也不会再跳街舞了！"江乐梵根本不管还在场的人，也不管自己的话会带给别人多大的伤害，甩下话头也不回地走了出去。

"喂！喂！"

苏雨琪赶忙跟上，可是江乐梵却当着她的面狠狠地摔了门。

林焰冷眼看着这一出闹剧，琥珀色的眼睛里仿佛烟雾氤氲，泛过各种情绪，但一切都被隐藏在羽扇一般的长睫毛下。

"苏雨琪同学，我建议你别再浪费时间了，星阳中学不会再有街舞社的存在。你可以走了。"

苏雨琪咬了咬牙，她才不会就这么认输！尽管还没搞清楚是怎么一回事，但怎么可以就此认输呢？

想到这里，苏雨琪昂着头，挺起胸膛，小巧的鼻子耸了耸，不屑地看着林焰："我一定能重建街舞社！"说完她朝他比了一个代表成功的手势，眉毛高高挑起，双唇勾起一个坚定的微笑。

"我会证明给你看的！"说完，她拉着陶艾欣昂首阔步地走出办公室，还重重地摔上门。

林焰沉默了一会儿，忽然微微勾起唇角，露出一个意义不明的微笑。

"那就走着瞧吧……"

召集社员中，
出发

进星阳以后，乖乖学生陶艾欣就从来没有这样失眠过。

阿琪是她唯一的好朋友，她想重建街舞社，又怎么能不帮她呢？

翻来覆去地思考着这些问题，第二天早晨陶艾欣的脸上就多了两个黑眼圈。

进教室的时候，苏雨琪一见到陶艾欣就猛地跳了过来："哇，你怎么弄得像熊猫一样？熬夜了吗？"

苏雨琪看着陶艾欣的黑眼圈，大惊小怪地叫了起来，"嘿嘿，小欣欣是不是偷偷地在想谁？"

陶艾欣推开苏雨琪，有气无力地趴在桌子上，任如丝缎般顺滑的长发散落下来，把她秀气的小脸遮住了一大半。

"我没闲着啊！搞成这样，还不是因为帮你打听八卦啦……"她的声音也懒洋洋的，一点儿精神都没有。

"真的吗？有什么新鲜消息吗？"苏雨琪整个人顿时兴奋起来，眨着好奇的大眼睛追问。

陶艾欣无可奈何地看了一眼苏雨琪："我找到了之前街舞社的成员名单！"

苏雨琪又一把搂住陶艾欣，笑嘻嘻地说："小欣欣，你太聪明了！找同伴，先从前成员入手，这是最方便的途径了！我相信重建对于他们来说，一定是最大的好消息！"

"不过，当时三年级的学长和学姐们现在已经毕业了，也有离开星阳转入其他学校的，余下的成员并不多。"陶艾欣叹息道。

苏雨琪不在意地摇摇头，坚定地说："只要有一个人在，我们就有希望！"

陶艾欣掏出笔记本，仔细地看了下，说："留下的还有……三年B班的杨阳学长和许亚斯学长，三年E班的袁妙学姐和二年C班的郑戈学长……对了对了，当时除了江乐梵以外，还有'风神'和'烈焰'，大家都说他们是'舞皇子'的左膀右臂！"

"那又是谁啊？"

"'风神'是三年C班的谢诚学长，'烈焰'跟江乐梵同一年入学，也算是新生里的高手，他叫展陌远，嗯，应该是在……二年级……A班！"说着，陶艾欣忽然看到一个关键的名字。

"其实还有一个人，我记得有一个女生说过他平时蛮不起眼的，沉默寡言，喜欢扎蓝色的发带，当时在街舞社里大家都叫他'Blue Moon'（蓝月），舞跳得很棒的。名字没打听到，那女生不记得了。不过听说他原本跟江乐梵同班，那现在应该就在二年D班。刚才说的这些人都是原来街舞社的骨干哦，只不过废社之后就都沉寂了。"

"小欣欣，你太棒了！"苏雨琪兴奋地跳了起来，秀气的眉毛一扬，眼眸深处散发出志在必得的光辉，"走，我们要把他们一个个找出来！"

陶艾欣点了点头，苏雨琪开心地笑了起来。

真正见到展陌远的时候，苏雨琪才知道他为什么被称为"烈焰"——这个男孩子浑身给人的感觉就是如一团火焰，热烈奔放！

"你是谁？找我有什么事情吗？"展陌远个子很高，站在教室门口都快顶到门框了。他似乎有些不耐烦，脚尖点地打量着他面前的苏雨琪和陶艾欣。

"我是一年D班的苏雨琪，她是我的好朋友陶艾欣，我听说你是原来街舞社的主力……"苏雨琪的话还没有说完，展陌远已经打断了她。

"你来找我干吗？要是打听街舞社的事情的话，我没什么好说的。"展陌远的语气有些冲，很是不耐烦的样子。

"喂！"见展陌远说完就想走，苏雨琪急了，一把拉住他，"不是啦，我不是来打听的！"

"那你要干什么？"甩开苏雨琪的手，展陌远皱起眉，略微深陷的眼睛带着说不出来的排斥，扫视着苏雨琪。

"重建街舞社！"苏雨琪充满期待地看着他，"我希望能够重新组建星阳街舞社，让所有热爱街舞的同学有交流切磋的平台！"

展陌远愣了一下，重新打量着苏雨琪，神色里透出惊异和不可置信。

"你……你想要重建街舞社？"

苏雨琪用力地点了点头："难道你们不想吗？如果喜欢街舞的话，怎么可能容忍随便就被废社呢？只要我们有决心，重新开始也可以啊！"

展陌远怔怔地看了苏雨琪一会儿，忽然哈哈大笑起来。

"说得真简单……"他笑着，眼神游移不定，仿佛竭力想要回避什么，"喜欢街舞是一回事，重建街舞社是另外一回事。"

"我……"苏雨琪刚想接话，陶艾欣已经抢先追问，"你是不是害怕学生会和学校的压力？"

展陌远的目光转向陶艾欣，哼了一声，不屑地反问："我为什么要告诉你？还是那句话，你有什么值得我相信？"

"那你相信谁？"苏雨琪忍不住了，冲上前看着展陌远，"你说啊，你说出来，我去找他！"

展陌远沉默了一会儿，脸上忽然浮现出一个转瞬即逝的微笑，目光变得悠远，仿佛回忆起什么开心的事情。

"江——乐——梵。"他盯着苏雨琪，一字一顿地说道，"我只相信他。只要他回归街舞社,我就加入!"

听到这个名字,苏雨琪差点儿一头栽倒。明明就是江乐梵自己解散街舞社的,展陌远为什么还这么相信他?

"没别的事的话,我先回去了!"展陌远犹豫了一下,看了看陶艾欣,"你真的……喜欢街舞?为什么我从你的眼里根本看不到对街舞的热情?"

丢下这么一句有点儿莫名其妙的话,展陌远回教室了。

陶艾欣却被说愣了。

她喜欢街舞吗?

她从来没想过这个问题。

对她来说,参与重建街舞社这件事情,只是为了帮自己的好朋友,并不是因为自己对街舞有多么大的兴趣。

其实,她不会跳街舞,对街舞也没有什么研究,现在所做的一切,都不是为了她自己。

"小欣欣,你怎么啦?发什么呆啊!"苏雨琪气鼓鼓地拉起陶艾欣,"别听那家伙乱讲,每个人喜欢的方式都不一样嘛。走了走了,我们去三年级找袁妙。"

袁妙是个纤细高挑的女孩子,一头俏丽的短发让她看起来格外精神。听苏雨琪说明原因,袁妙无奈地笑了。

"你们的想法很好,也曾经有很多人和你们有同样的想法,但组建街舞社远远比你们想象的难多了!"她按了按额头,叹息着说,"用不了多长时间,你们也会和那些同学一样,忘记这件事的!"

"不会的!我一定会坚持到底的!"苏雨琪信誓旦旦地表达决心。

"你才入学,还是新生,你不行的!"袁妙看着她摇摇头,停顿了一下,又认真地说,"一个社团,需要有一个核心,我这样说你们明白吗?"

苏雨琪不服气地咬住唇角,倔强地问:"你是说……我没办法凝聚大家?"

"你觉得呢?"

袁妙笑了笑,没等苏雨琪回答便进了教室。

苏雨琪垂头丧气地看着袁妙的背影,恨恨地咬着嘴唇。

"为什么他们都不相信我们?"

陶艾欣看着苏雨琪愤恨的样子,笑了。

"阿琪,这很正常啊……我们是新生,入学才几天,跟他们以前都不认识,人家当然不会相信我们的话啦。别灰心,慢慢来吗。"

"小欣欣，你真好！"苏雨琪感激涕零地看着陶艾欣，噘着红嘟嘟的嘴，"好吧，我苏雨琪才不会随随便便就认输，下一个目标，谢诚！"

与展陌远相比，谢诚看上去更加温和一些。大概因为已是三年级了，功课比较吃紧，出现在苏雨琪和陶艾欣面前的谢诚，戴着一副金丝边眼镜，温文尔雅的样子实在很难跟街舞联系在一起。

"我知道你。"谢诚微笑地看着苏雨琪，"转学第一天就在早操上跳街舞。"

"对……"苏雨琪有些尴尬地点点头。

"你找我……是因为街舞社的事？"谢诚扶了扶眼镜，眼里闪过一丝了然。

苏雨琪联想到之前几个人的反应，嘴角抽搐："你不会也想说，你反对重建街舞社吧？我就搞不清楚了，大家都还是那么热爱街舞，怎么能忍受没有街舞社呢？再说了，街舞社明明是江乐梵解散的，为什么你们大家还一个个如此相信他？"

谢诚安静地听着苏雨琪的抱怨，语气温和地回答道："我先问你，你对以前的街舞社到底有多深的了解？你知道江乐梵是抱着什么样的心态解散街舞社的吗？你有没有想过，他也是有苦衷的？"

苏雨琪愣了一下："咦？他为什么解散，我怎么知道啊！"

"看来你是一无所知啊！"谢诚淡淡地笑着，"不过你的想法很好，如果坚持要重建我也不会反对。但我可能没有时间再参加社团活动了，你最好还是问一下其他人吧。"

"说来说去，好像没有江乐梵就什么都做不到！"气呼呼的苏雨琪很不甘心地走在前面，陶艾欣皱着眉跟在她身后。

她们几乎把重要的前街舞社成员都找了个遍，可所有人都一致地表示，如果是江乐梵提出重建街舞社，他们一定会全力支持。

苏雨琪有种无力的感觉，耳边一直回响着谢诚的话。

街舞社之前到底发生了什么事？社长江乐梵为什么要亲自解散街舞社呢？

"不行，我一定要找江乐梵问个清楚！"

苏雨琪可不会就这样被打倒，她决定要做的事就一定会坚持到底。

突然，她想起一个关键问题："哎呀，江乐梵到底在哪个班级啊？"

"不知道啊，只知道他留级一年，具体在哪个班级不清楚……"陶艾欣话还没说完，苏雨琪已经飞快地向前跑去。

"小欣欣，我去一年级各个班问问看。你先回教室吧！"

看着苏雨琪心急离开的背影,陶艾欣无奈地叹了口气。

没过多久,苏雨琪就耷拉着脑袋回到自己班级。

"失败……"她沮丧着脸,向陶艾欣抱怨道,"真是奇怪!我问了一圈,居然每个班都没这个人!"

"阿琪……"陶艾欣拽着苏雨琪的衣服,声音里有着掩饰不住的欣喜。

苏雨琪似乎没注意到陶艾欣一样,一股脑儿地说着:"江乐梵到底有没有留级?为什么高一所有班级都没有他的名字?难道他被外星人劫持凭空消失了吗?他到底在哪里啊?"

"他在我们班……"陶艾欣指着教室后排一个空座位,"我回来后看到他坐在那里,刚刚又被教导主任叫走了。"

苏雨琪惊讶地张大嘴巴,半天说不出话来,瞪大眼睛望着那个一直空着的位置。突然,她像想起什么似的,拔腿往外跑。

"我去找他!"

苏雨琪着急地在走廊上狂奔,朝教导处的方向跑去。

快接近教导处的时候,一个熟悉的身影出现在苏雨琪的视线内。

"江乐梵!"

江乐梵的脚步停了一下,透着寒气的冰冷目光穿过人群落在苏雨琪的身上。

苏雨琪跑到江乐梵面前,因为激烈运动而剧烈地喘息着:"江乐梵,我终于找到你了……"

江乐梵冷淡地扫视了苏雨琪一眼,将挂在胸前的耳机塞进耳朵,双手插进裤兜绕过苏雨琪这个"障碍物"离开。

"你别走啊!我还有话问你呢!"苏雨琪着急地拽住江乐梵的衣服,匆匆忙忙地强调着。

"我不想回答。"江乐梵微微皱了皱眉。

"江乐梵,我很喜欢很喜欢街舞,也很喜欢结交志同道合的朋友。"苏雨琪期待地看着他,"虽然我不知道你为什么会解散街舞社,但我真诚地邀请你和我一起组建新的街舞社!"

江乐梵的眼底快速地闪过一道光,声音冷淡地拒绝:"我说过,我不会再跳舞了。"

苏雨琪皱紧眉头不解地问:"哎!就是这点,我实在搞不明白——你不是'舞皇子'

吗？为什么不再跳舞了？"

"不喜欢，不想跳，街舞令人讨厌。"江乐梵咬了咬嘴唇，声音不由自主地加重，仿佛是从心底生出的厌恶感。

苏雨琪看着江乐梵的淡漠和厌恶，一股无名火渐渐升了上来，不由得抬高声音："难道你就是因为这样才解散街舞社的吗？"

江乐梵回头看着苏雨琪紧紧逼视的双眸，点点头："是。"

"那好，我喜欢，我想重建。"苏雨琪暗自握紧了拳头，不甘示弱地迎了上去，"你不同意帮我也行，只要在申请表上签个字，不用你做事，也不用你跳舞，这样总行了吧！"

"与我无关，去找别人！"江乐梵留下冷冷的一句话，便头也不回地走开了。

苏雨琪愤愤地望着江乐梵离开的身影。

"喂！你别走啊！等一下！"

接连的打击，让苏雨琪有点儿喘不过气来。

街舞社的前成员全都拒绝了自己的邀请，而江乐梵更是莫名其妙地否定了一切。

苏雨琪知道自己应该打起精神来，这点儿挫折不算什么。

可是只要想到一切的根源都在江乐梵身上，她就觉得好像脖子上被打了个死结一样喘不过气来。

陶艾欣看着身旁无精打采的苏雨琪，想要安慰两句。

她还没来得及说些什么，苏雨琪就重新振作起来开口道："走！我们去发传单！我就不相信没有江乐梵，街舞社就建不起来！不就是区区五个人吗？哼！"

陶艾欣看着这样的苏雨琪，犹犹豫豫地开口问："阿琪……一定要重建街舞社吗？"

苏雨琪抬起头，神情有些疑惑不解："怎么了？"

"学生会的人不仅不支持还……还会不断地施压阻止。原本喜欢街舞的社员们，也没有一个人肯帮你。更不用说其他学生了，大家似乎都抱着看好戏的心态，在等着看你的笑话。"

陶艾欣有些心疼苏雨琪："我真搞不懂你，干吗还要坚持下去？"

苏雨琪眼底的光一下子暗了下来，望着树荫下被风吹起的宣传单，沮丧地低声说："原来他们都是等着看我的好戏，看我惨败在学生会面前……"

陶艾欣拉住苏雨琪的手："阿琪，你这样太吃力不讨好了，就这样算了吧！"

苏雨琪沉默了一会儿，坚定地吐出一个字："不！"

"为什么？"陶艾欣吃惊地问。

苏雨琪抬起头，拢了拢耳边的碎发，笑着说："小欣欣，你忘了吗？我来这里是找一个人的，因为他，我喜欢上街舞；因为他，我转来星阳。如果没有街舞社，我就找不到和他之间的接点，所以，我不能放弃。"

陶艾欣无奈地叹了口气，同样笑了："真是败给你了！"

"更何况，我都跟林焰放话说一定要重建的，怎么可以半路退缩？"苏雨琪笑嘻嘻地为自己加油鼓劲儿，"一定还有其他办法的！"

陶艾欣突然眼睛一亮，像是想起什么似的："对了！我打听到一个消息，应该对你有用！"

"什么？什么？快说！快说！"苏雨琪一下子兴奋起来，拉着陶艾欣的手使劲儿摇晃。

陶艾欣被苏雨琪晃得晕乎乎的，赶紧说："我听说，江乐梵是在孤儿院长大的。那里说不定有你想要的线索，可以说服江乐梵！"

放学后，苏雨琪就根据陶艾欣给的线索，去了天使孤儿院。

天使孤儿院坐落在一条不起眼的小街上，不像一般的福利院或者孤儿院那样挂着大牌子，这里看上去更像一所普通的公寓。

门前有两个小小的花坛，花坛里挤满了盛开的鲜花，看上去生机勃勃，常青藤顺着大门前的柱子爬得高高的，垂下无数丝绦和小小的叶片。

苏雨琪走到院子里。一个身穿灰色长裙、气质优雅的女子，正面带微笑地看着身旁一群年龄大小不一的小朋友们玩耍，还不时地叮嘱他们小心一点儿。

苏雨琪走过去，礼貌地问："您好……请问您就是这家孤儿院的院长，对吗？"

院长回过头，微微点头并上下打量着苏雨琪。

苏雨琪虽然被看得有些不自在，但还是鼓起勇气问："我是想跟您打听一个人，他曾经在你们这里待过。他叫江乐梵，您记得他吗？"

院长愣了一下，神色有些迟疑："请问你是？"

"哦，我是江乐梵的同学……那个……"苏雨琪飞快地转着脑子，"那个……他……"

哎呀，要编个什么理由才能让院长相信自己呢？就算是同学，这么随随便便就跑来打听人家以前的事情好像也不太好吧。

苏雨琪有点儿失望，她看着院长充满期待的眼神，实在不知道要不要跟她说实话。

院长看着有些不知所措的苏雨琪，脸上的神情从期待转成了苦笑，说："你好，小同学，我姓宁，你叫我宁院长就好。乐乐是不是还是很我行我素？"

"啊……呃……"苏雨琪愣了一下，勉强地点了点头。

院长无奈地笑着："乐乐从小就这样……倔强得要命，也不太喜欢和小朋友们一起玩，好像很叛逆，其实他只是害怕陌生的人和环境，不知道怎么去跟大家沟通。后来慢慢好了一些，呵呵，虽然他有时候很顽皮，但是我们都很喜欢他呢。对了，他现在还在跳舞吧？"

"呃……"苏雨琪看着一脸慈祥的宁院长，不知该怎么说，只好换个话题，"您知道他为什么喜欢跳舞吗？"

"那是他从小到大的梦想啊。"宁院长笑了，"每年圣诞节的时候，小朋友们都会把自己的梦想写下来挂在圣诞树上告诉圣诞老人。乐乐每年写的都是'我要当世界第一的跳舞高手'，平时他不跟其他小朋友一起玩，也是因为他喜欢一个人去练舞……"

苏雨琪听得入了迷，想起自己八岁时因为那个在纪念碑前跳舞的男孩，才爱上了街舞。

如果那就是江乐梵……

"对了，这位同学，我还不知道你叫什么名字呢。"宁院长停了下来，看着发呆的苏雨琪。

"哦，我叫苏雨琪。"苏雨琪笑着说道。

宁院长点了点头："你来找我，是不是有什么事？"

苏雨琪迟疑了一下，随即笑了起来，笑容明媚灿烂："我本来以为江乐梵会在这里，是来找他的，因为我想要请他和我一起建立街舞社！"

"是这样啊。"宁院长温柔地笑了。

"嗯。"苏雨琪用力地点了点头，"我和他建立了街舞社以后，会请您去看我们的表演的！"

"好啊。对了，你可以帮我带一样东西给乐乐吗？"宁院长突然起身，从书柜里掏出一张光盘递给苏雨琪。

"这里面有乐乐去年六一儿童节时回孤儿院表演街舞的片段，本来想在今年六一时当礼物给他的。不过，他没有来，大概是学习太忙了吧。"

"哦，好的。"苏雨琪接了过来，心底的疑惑又加深了。

江乐梵不但解散街舞社，还一下子从一个疯狂热爱街舞的人，变成彻底无视甚至讨厌街舞的人！

到底发生了什么事让他变成这样？居然宁愿对院长和孩子们失约也不愿意来表演街舞，这绝对不是一个单纯厌烦跳舞的表现！

宁院长似乎看出苏雨琪的心思，温柔地告诉她："如果你很着急找乐乐的话，有一个地方，你也许可以去碰碰运气。"

Star Bar（星光酒吧）是一家以"街舞"闻名的时尚酒吧，从那门口墙壁的街舞动作的涂鸦就可以看得出它的与众不同。

听路人说，这家酒吧的老板是一个标准的街舞迷，在自己的店里设置了供舞者表演的小舞台。只要是到纪念碑附近游玩的街舞爱好者，都会到这家酒吧参观一下，体验一下不同的街舞氛围。

从宁院长那边知道江乐梵有可能在那里打工，苏雨琪就迅速往 Star Bar 赶去。

她刚一推开 Star Bar 的大门，重金属的音乐声就像火苗一样"呼"地扑了出来。

哇！

酒吧中间那个高出地面近两米的舞台上，正有一对舞者在狂热地跟随音乐的节拍舞动着。

一曲终了，台下口哨声四起，但很明显都是为那位跳 House（一种街舞的风格）的喝彩。

作为 Burned（尬舞失败者），那个长发男生很没风度地转身就跳下舞台，跟观众都没有打招呼就气呼呼地走了。

他跳下舞台以后，刚要转身，就跟身后一个端着托盘的服务生撞到了一起。那人托盘上的可乐被撞翻了，洒了长发男生一身。

"你长眼睛没有？"尬舞输了又被泼了一身饮料，长发男生破口大骂。

苏雨琪的目光却被站在长发男生面前的那个服务生吸引了，真是得来全不费功夫，是江乐梵！

"小子，我跟你说话呢！你听到没有？"长发男生一伸手揪住了江乐梵的衣领，并恶狠狠地逼视着他，"赶快道歉！"

江乐梵目光低垂，却一声不出。

好不容易找到目标人物，却是如此的场景。

苏雨琪忍不住大声朝长发男生呵斥道："喂！是你先撞人的，你讲不讲道理啊？"

长发男生和江乐梵一起朝她看过来，他的手还揪着江乐梵的衣领："少多管闲事，离远点儿！"

苏雨琪看着江乐梵被人狠狠地揪住衣领，却仍旧仿佛置身事外的样子，不知为什么忽然就激动起来。

"你放手！"她冲着长发男生叫道，"本来就是你不对。"

长发男生还没来得及说什么，一个领班模样的人已经朝着这个方向大声叫道："23号，让你送的可乐你送了没有？别偷懒！"

苏雨琪上前一步，指着翻倒的可乐说道："你把人家的可乐都弄翻了，还这么凶巴

巴的！就算输了也不应该随便找人撒气吧！"

被苏雨琪一句话戳中痛处，长发男生更加暴躁起来："你管什么闲事？"

江乐梵不理会二人，并毫不犹豫地从人群中离去，冷漠得仿佛发生的一切都与他无关一样。

"等一下！"顾不上再跟那个长发男生争吵，苏雨琪抓起丢在地上的包，一个箭步冲上去死命地拉住了江乐梵。

好不容易才见到，她可不想这么轻易地就放走他。就算他想不起来，以后她也一定会让他记起来的！

"放手，不要妨碍我工作。"没有丝毫语调起伏却明显带着威胁的声音，从江乐梵的口中说出来。

苏雨琪愣了一下，生气地叉着腰："我好心帮你解围，你不说谢谢也就算了，居然还说我多事？你这个人到底怎么回事啊？"

想起上次的事，苏雨琪更加火冒三丈："一次两次都这样，成天板着脸比死人还难看，人家是关心你，懂不懂？"

江乐梵微微皱起眉，实在不想理这个一再缠着自己的女孩子，冷冷地笑了一下："多事！"

说完，他用力甩开苏雨琪的手，转身就走。

"喂！"苏雨琪怎么能就这样放他离开，追了上去。

"江乐梵，关心你可以不接受，那你的梦想呢？你不是很喜欢街舞吗？"苏雨琪挡在江乐梵面前，两眼死死地盯着他，目光里全是急切和真挚。

"我不相信单纯的厌倦会让人对街舞的态度产生180度大转弯。你的态度那么奇怪，看起来就像……是在逃避什么一样！你在怕什么？"

江乐梵全身一颤，眼睛里猛地闪过一道光芒。

苏雨琪无法说出那是一种什么样的感情，但那也只是一瞬。

很快，江乐梵的目光再次冷了下来。

"随便你怎么想。"他侧过身想要绕开苏雨琪，"别妨碍我工作。"

"你听我说……"苏雨琪着急地抓住江乐梵。

"你知道孤儿院的孩子们有多么期盼着你去为他们表演街舞吗？你坚持了那么多年的事情说放弃就放弃了吗？宁院长还以为你一直在跳舞一直在努力，可你没有！你在逃避！"苏雨琪几乎是在大吼了。

酒吧里喧嚣的音乐声和吵闹声让她一直在很大声地讲话，可现在她是因为控制不了自己沸腾的情绪。

江乐梵不耐烦地敲击托盘的动作倏然停止了。

苏雨琪微微一愣，抓着江乐梵的手也不由自主地放松了一些。

江乐梵突如其来的停顿就像暴风雨前的宁静，让她心里有些不安，但又不知道该就此沉默，还是继续坚持下去。

静止仿佛有一个世纪那么长，江乐梵终于抬起头来看向苏雨琪，只不过眼神锐利得就像是冰锥一样："你说够了没有？"

他毫不客气地用力甩开了苏雨琪的手。

"你好像对我很了解？"他看着苏雨琪，仿佛在看一个外星怪物，"甚至还不惜到处去打听我的身世，你觉得很好玩，是吗？"

"不是的！"苏雨琪拼命解释，忽然想起来院长的嘱托，连忙从包里翻出一张光盘递过去，"这是宁院长让我转交给你的光盘，里面是……"

江乐梵向前走了一步，右手猛然一挥。苏雨琪被这股力量冲击得险些没有站稳，退了两步，手里的光盘也飞了出去。

"啊，光盘！江乐梵，你太过分了！"她大叫一声，慌忙跑过去捡起光盘。

江乐梵的眼睛微微眯起："街舞对我来说，已经结束了，我没有兴趣跟你浪费时间！快走，这里不欢迎你！"

"你撒谎！你只是不敢承认！"苏雨琪被他气得口不择言。

"就算我没能力，跳得也没你好，可我有梦想；就算一次又一次失败，只要我认准方向，就一定可以实现梦想。可你呢？只会中途放弃，就算有梦也不敢去追、去做，胆小鬼！"

"够了，你给我出去！"

江乐梵脸色铁青，大步逼近，快速地伸手扣住苏雨琪的手腕，然后一言不发地拖着她往外走。

苏雨琪觉得自己的手腕好像要断掉了，用力地挣扎着，同时一路大喊大叫。

"放开我！江乐梵，你这个浑蛋，你放手！"

江乐梵置若罔闻，一直把她拖到酒吧门外："以后不要再来烦我！"

"固执的家伙！"望着江乐梵离开的身影，苏雨琪气愤地嘀咕着，悻悻地离开了Star Bar，幸好她还捡回了光盘。

周一去学校的路上，苏雨琪告诉陶艾欣她在酒吧见到江乐梵的事情。

"啊？"陶艾欣吃了一惊，"原来他在 Star Bar 打工啊！"

苏雨琪扁着嘴点点头："小欣欣，他真的很神秘，举止又古怪，还不肯好好听人家说话！"

陶艾欣劝苏雨琪："我知道你想让他回来跟你一起重建街舞社，可是你要给他点儿时间嘛。"

"这个当然啦！我想过了，他是不可能放弃街舞的！因此，只要我能把街舞社重新建立起来，迟早有一天，他还是会回来的。"刚才还有点儿垂头丧气的苏雨琪一转眼又神采飞扬起来，"小欣欣，你会支持我的吧？"

陶艾欣无可奈何地瞪了苏雨琪一眼："放心啦，每天都听你在我耳朵边唠叨，好大的一只苍蝇哦！"

"小欣欣，你好可恶！"苏雨琪噘起嘴巴，不满地耸耸鼻子，作势要去捏陶艾欣的脖子，"我今天要去练舞房看看，小欣欣陪我一起去吧。"

陶艾欣点了点头："好啊。"

可是当她们两个人一起来到社团活动大楼七楼的时候，一下电梯，苏雨琪和陶艾欣就被眼前的景象惊呆了。

本来冷清无人的楼道里堆满了纸箱和一些办公用品，练舞房里的灯全部打开了。灯光从玻璃里透出来，竟然有些耀眼。还不时有人抱着大堆的文件和书籍从走廊那边走进练舞房。

练舞房里泾渭分明地被分成了两半，靠近大门的那一半靠墙竖起了两排书柜，挡住了原来墙上镶嵌的镜子。书柜对面，靠走廊这一边摆了两张长桌子，上面也堆了不少书籍。原来地上摆的体操垫子全部被拖到了靠近电梯这一边，更衣柜也被挪了过来，可怜兮兮地挤在一起。

"这……这是怎么回事？"陶艾欣惊讶地看着苏雨琪，"阿琪，你不是说上次打扫过这里……"

"是啊……"苏雨琪同样很震惊，"那时候这里明明是空的！"

两个人顺着走廊朝练舞房的大门走去，在门口，一个刚刚走出来的女生看到她们俩，停了下来。

"你们好，我是家政社的社长于小菲。你们在这里做什么？"

"家政社？"苏雨琪愣了愣，想起曾经看过的社团分布平面图，疑惑地问，"家政社不是在楼下吗？你们为什么会在练舞房啊？"

扎着马尾辫的于小菲看了看她们，得意地回答："哦，因为家政社今年加入了不少新人，原来的办公室不够大。向学生会申请新的办公室的时候，得到答复说反正练舞房空着，先把一些用不着的东西搬过去好了。所以这几天我们都在忙着清理东西往这里搬呢。"

说着她还叹了口气："可惜只能用一半，那一半要留给田径社，他们也要拿来当仓库呢。"

"什么！"苏雨琪一步冲上去抓住了于小菲，"你说……你说练舞房要被用来做仓库？"

于小菲有些晕乎乎地点点头："是啊，反正空着也是空着……"

"练舞房是街舞社的场地，怎么可以让你们当仓库？"苏雨琪怒气冲冲地说，"一定是搞错了！"

"街舞社？"像是听到什么好笑的事情，于小菲哈哈大笑，"街舞社上学期就被废了，出了那么大的事，还死了人，怎么可能重建？"

"街舞社出了什么事？"苏雨琪敏锐地捕捉到对方泄露的一丝信息。

"你什么都不知道就要重建街舞社？"于小菲的脸上掠过一丝不可思议，然后郑重地规劝道，"你还是死了这条心吧！"

"我不知道，你就好心告诉我吧！街舞社到底出过什么事情？"苏雨琪抓着她不放，继续紧追不舍。

于小菲用力甩开她的手，没好气地说："我也是在学生会处置街舞社的决议会上听来的，具体你去问学生会会长林焰吧！"说完便甩开苏雨琪的手。

苏雨琪还想说些什么，可是于小菲哪里还听她啰唆。

好吧，干脆去找林焰问个究竟，反正无论如何也不能让街舞社变成仓库。想到这里，苏雨琪转身朝学生会的方向跑去。

"抱歉，学姐。"陶艾欣匆匆地跟于小菲说了句抱歉，就急忙追了上去。

"阿琪！"陶艾欣好不容易追上苏雨琪，连忙一把拉住她。

苏雨琪正在气头上，嘟着嘴瞪了陶艾欣一眼："小欣欣快放开，我要去向林焰讨个公道！"

"阿琪，你听我说。"陶艾欣紧紧地拽住她的袖子，一边喘气一边试图说服她。

"你……你这么冒冒失失地……冲过去找林焰的话，一定会把这件事闹大的！他本来就……就反对重建街舞社，要是你再……再跟他吵，他不是就更有理由……打压你了吗？"

苏雨琪"啊"的一声抓了抓头发,眉毛拧在一起,气鼓鼓地回头:"不管了,要是不找他理论,我可咽不下这口气啊!"

陶艾欣用力摇了摇头:"阿琪,你先冷静冷静,冲动可解决不了问题。他是学生会会长,本来就有资格分配教室,你去找他理论也没有用。对了,你不是还要准备社团申请资料吗?再不抓紧的话,下次再来练舞房就真的变成仓库了!"

听了好朋友的话,苏雨琪过热的头脑慢慢冷静下来。

她想了下,还是有些不甘地说:"那……那我也要去问问他,到底街舞社出了什么事才会被解散。"

"街舞社的事情让我去打听就好了,我还是认识一些学姐学长的。"

看着陶艾欣恳切的眼神,苏雨琪深吸了两口气,勉强挤出一个笑容:"那好,小欣欣,打听街舞社的重任就交给你了。"

她拍拍陶艾欣的肩膀,又变得一脸严肃:"只许成功,不许失败!"

陶艾欣被逗得"扑哧"一笑:"知道了,未来的街舞社社长大人!"

苏雨琪认真地握拳,雄心万丈地发誓:"哼,我一定会让街舞社办起来,走着瞧!"

苏雨琪熬了整整一个通宵,把重新申请建立街舞社的所有资料都整理了一份,包括社团建立申请、社团组织规划、社团活动守则,装了厚厚的一个文件夹。

第二天,她带着这一大堆东西,重新跑去找谢诚。

自从上次接触过以后,她就觉得这个学长似乎更好沟通一点儿,不像其他人那样拒人于千里之外。

谢诚诧异地看着苏雨琪递过来的厚厚的文件夹。

他翻看着那些分门别类整理好而且写得非常详尽的规划书,再抬头看了看苏雨琪,有些惊讶地笑了。

"苏雨琪,你还真能干啊……"谢诚赞叹地说道,"这些都是你一个人做的?"

苏雨琪现在看上去活像一只"国宝",两个大大的黑眼圈让她的眼睛好像都大了一圈,原本清澈的眸子也布满了血丝。

不过她的精神头可一点儿都没受到影响,只要看看她那炯炯有神的目光就知道她现在有多亢奋了。

"是啊,学长!"苏雨琪的眼睛里闪烁着快乐的光芒,有些得意地看着谢诚,"嗯,你觉得怎么样?"

谢诚微笑着点点头,说道:"做得很完善,把未来的街舞社规划得相当好。"

"那……那，有没有一点儿心动？"苏雨琪的大眼睛眨啊眨，充满期待地看着谢诚。

谢诚没有回答这个问题，而是反问道："苏雨琪，我想你也去找过其他人了，你应该知道，只有这些规划书是无法说服所有人的。"

"我明白！"苏雨琪扁了扁嘴。

"你们都希望江乐梵重新回来嘛！不过学长你相信我，我一定有办法让江乐梵回来的！"

谢诚挑了挑眉说道："这么有自信？"

"嗯！"苏雨琪用力点了点头。

她从谢诚手里把那一大叠规划书拿了回来，抱在怀里，好像抱着什么稀世珍宝一样，脸上露出梦幻般的向往。

"学长，真正喜欢一样东西，是不会那么轻易就放弃的。"

她顿了顿，脑海中回想起江乐梵冷冷的话——街舞对我来说，已经结束了；接着，又想到他颓废无神的面孔……

"如果说，我以前还有动摇的话，那么，事实已经给了我最好的回答，只是还需要时间。江乐梵真的很爱跳舞，不管发生什么事都只是暂时让他离开而已。"她看着谢诚，笑得信心十足。

"他可是'舞皇子'啊，所以他一定会回来的。在那之前，我们不是应该建好一个让他愿意回来，愿意继续跳舞的地方吗？"

苏雨琪的语气那么真诚，充满了希望，她的笑容也那么明媚灿烂，仿佛已经看到了她所向往的未来。

谢诚久久地凝视着苏雨琪，终于笑了笑，轻声说道："好吧，苏雨琪，如果重建街舞社有什么我可以帮得上忙的地方，我会的。"

苏雨琪"啊哈"一声兴奋地叫了出来，立刻从文件夹里把那张社团建立申请书抽了出来，笑眯眯地递给谢诚，说道："学长，那你签个名字吧！"

谢诚笑着接过来，很快签好了名字。

他一边把申请书还给苏雨琪，一边犹豫了一下。

苏雨琪发现了他的异样，诧异地问道："学长，还有事吗？"

谢诚沉默了一会儿，似乎有什么想说，但终于还是没有开口，只是向苏雨琪要了一张空白纸，在上面写下了一串数字递给她。

"这是什么？"苏雨琪茫然。

谢诚笑了笑："你知道《劲舞团》这个在线游戏吧？"

苏雨琪点了点头，《劲舞团》这么好玩又出名的游戏她当然知道了。只不过她算是半个电脑白痴，所以没玩过。

"这是《劲舞团》的游戏账号，你如果登录游戏，就去找这个好友……"谢诚顿了顿继续说，"也许他能帮你劝回江乐梵。"

Chapter 03 第三章

被浓雾淹没的解散真相

苏雨琪回教室的路上一直在研究那个账号，到底是什么人这么神秘啊？她想追问，谢诚却不肯多说，真是奇怪……

正想着，苏雨琪偶然一抬头，忽然看到了一个熟悉的身影，正是陶艾欣。

她站在楼梯口，怔怔地不知想着什么，难道让她打听街舞社的事已经有眉目了？苏雨琪连忙走过去拍了拍陶艾欣的肩膀，问道："小欣欣，你怎么啦？是不是打听到了什么？"

听到苏雨琪的声音，陶艾欣才回过神来，脸上却一副焦急的样子，拉过苏雨琪的手说："阿琪，你跑去哪里了？怎么一大早到教室就不见你人，真是的！我有很重要的事情要跟你讲呢！"

苏雨琪刚想说话，却发现陶艾欣也顶着一双黑眼圈，于是"哈哈"笑起来，指着她的眼睛调侃道："小欣欣，我们可真不愧是好朋友！你看！你看！连黑眼圈都一样！"

陶艾欣甩给她一个白眼："你就不要闹啦！"边说边摇晃着苏雨琪的肩膀，"有正经事跟你讲！"

"什么事啊？看你紧张的！"

"阿琪，我终于查到街舞社解散的真正原因了！"陶艾欣突然换上了格外认真的表情，一双明亮漂亮的大眼睛注视着苏雨琪白皙干净的脸，那语气突然让苏雨琪觉得她接下来要说的事情似乎很严重。

苏雨琪有些愣住了，抓着陶艾欣的手着急地问："喂！小欣欣，你怎么突然这么严肃啊？究竟发生了什么事？"

"你听我慢慢说！"陶艾欣皱了皱眉，缓缓说道，"江乐梵之所以被称为'舞皇子'，当然是由于他跳得好，但还有一个原因——他对尬舞的挑战一直都来者不拒，充满舞者的骄傲。自从他担任街舞社社长后，更是经常带着一群学弟和周围几个学校的社团比赛，几乎从未失手，因此名气越来越大。但是，就在他进入星阳中学一年后，将升高二时，发生了一件意想不到的事。"

说到关键的地方陶艾欣停了下来，这可把苏雨琪急坏了，赶紧催促起来："继续啊！重点是怎样？重点！重点！"

"当时，一群外校的学生来挑战'舞皇子'。就在尬舞的当天下了很大的雨，电闪雷鸣，天气坏到不行！"

"怎样？怎样？"

"尬舞过程中出了意外！"

"意外？"

陶艾欣重重地点了点头："据说有人因为这场意外去世了……"

听到这里，苏雨琪的下巴快要掉到地面上，整个人都呆掉了，足足有十几秒钟都保持着僵尸状态，根本无法做出任何反应。脑海当中闪过很多乱七八糟混乱的片段，像是没有剪切的老电影，画面黑白。

尬舞怎么会置人于死地呢？自己在国外的时候也看到过最激烈的尬舞，也曾参加过简单的尬舞，但是根本不会对生命有什么伤害啊！这到底是怎么一回事？

苏雨琪急忙甩掉脑海当中各种各样的猜测，抓着陶艾欣的手追问起来："意外是怎样的？你具体讲一讲嘛！最关键的地方呢？"

"不清楚。"陶艾欣摇摇头，"等到医务人员和警察赶到的时候，听说已经有人无法抢救了，一切消息也都被封锁了起来。之后不到一个月，江乐梵就主动解散了街舞社。"

"怎么会这样……"苏雨琪一时无法接受这个真相。

"我在网上查过了，也询问了很多可能知情的人，结果……不止一个人说当时参加尬舞的人有学生会会长林焰！当时有人在现场看到过他，而且他浑身是血。所以，后来有传言说林焰在尬舞中死掉了。"

"怎么可能？他不是好好地在做他的学生会会长吗？"苏雨琪也被这个消息震惊了，眼睛瞪得大大的，"他根本没死啊！太荒谬了！"

"我也觉得很奇怪，可外面的人都这么说！"见苏雨琪不相信自己，陶艾欣无奈地解释。

苏雨琪当然相信自己的好朋友了。只是这个消息来得太突然，让她一点儿思想准备都没有。脑袋里面乱糟糟的，一时间根本没办法思考。而且有一个问题，是她始终都想不明白的："既然林焰活得好好的，为什么街舞社还是会解散？江乐梵又怎么会自己提出解散街舞社？这一切说不通嘛！"

"这个嘛……"陶艾欣看了看楼道里，故意把声音压得很低，"我在查这事的时候，有听到一些传闻哦。"

"是怎样的传闻？"

"有人说……"

苏雨琪急得挥了挥拳头："小欣欣，你要是再敢吞吞吐吐的，我要生气喽！赶快一口气讲完啦！"

"好！好！"陶艾欣顿了顿，继续说道，"有人说林焰以前就和江乐梵认识，而且关系似乎不太好，来到这所学校之后林焰就总是找江乐梵的麻烦。这样分析下来的话，我觉得好像是林焰故意借那次意外来整他，整垮街舞社。反正林家实力雄厚，是有名的大财团，在我们学校都有股份。林焰又有着学生会会长的身份，他要做这些事情很容易啦！

不然为什么对于那次意外的真相被封锁得这么严密？要真的有人死掉了，早就会被报道出来了嘛！"

听着好朋友的分析，苏雨琪觉得自己的心里正燃烧起一小簇火焰，而且以最快的速度在她的全身蔓延着。

林焰！你怎么可以……

看着苏雨琪顶着几乎要爆炸的"小宇宙"冲出教学楼，陶艾欣真的有些后悔就这么把真相告诉她了。她怎么会忘了这丫头的火暴脾气？更何况，昨天的练舞房被占已经让苏雨琪窝了一肚子火了。今天这番话，简直是在炸药包上煽风点火啊！

要知道，在苏雨琪眼里，没有什么林氏财团，没有什么学生会会长，更没有"忍气吞声"这四个字。

"阿琪，你先冷静一下！"陶艾欣一路追上她。可任凭她说破嘴巴，苏雨琪就是不肯停下脚步。

"小欣欣，你先回教室好啦！我才不会怕他！我现在就去找他问清楚！"

"我也不是怕他啦！但是你不可以就这样冒冒失失地去找啊！"

没想到在星阳中学里会有如此可恶的"黑幕"，还有如此狡猾卑鄙的学生！他林焰算什么？

"砰"的一声，可怜的门成为第一个牺牲品。

陶艾欣顿时用手掩面，从那越来越快的心跳声里，她确定自己并没有做好"惩奸除恶"的准备。

当然，苏雨琪是不管这些的，她"小宇宙"里的能量早就积蓄好了，就等着瞄准发射的那一刻。而坐在办公室里，正抬着头眉宇紧皱看着她的人，似乎也感觉到了阵阵"杀气"。

两道目光交错的瞬间，似乎爆发出了"噼里啪啦"的撞击声，空气中弥漫着说不出的紧张与诡异。而一旁的陶艾欣觉得自己的心脏快要停止跳动了。

"苏雨琪同学，我记得我提醒过你，进我的办公室需要先敲门。"林焰从容不迫的声音虽然还保持着彬彬有礼，但任凭谁都能听出其中的警告意味。

苏雨琪知道林焰生气了，不过她现在的气比林焰还大！

如果怒发真能冲冠的话，苏雨琪现在的头发绝对可以把帽子扎出无数洞来！她冲到林焰面前，双手"啪"的一声用力拍在桌子上："用手敲门我还嫌脏呢！"

林焰投过来一道似笑非笑的目光，将拿在手里的圆珠笔放下："那么下次你可以带着抹布先把门擦干净,再高抬贵手敲敲看。哦,对了,打扫可是你的拿手好戏。"

站在一旁陶艾欣觉得,起码在第一回合上,苏雨琪尽管气势占优,但攻势明显处于下风。

"我来可不是跟你说这些的!"苏雨琪被林焰的话激得差点儿疯掉,声调又拔高了一度。

"当然。不过……"林焰将双手环至胸前,"如果还是街舞社的事,那等你达到那两个条件再说。"

他居然还敢提街舞社?新仇旧恨涌上心头,苏雨琪更加火大,气得把桌子敲得砰砰直响:"林焰!你这个冷酷的恶魔,卑鄙的家伙!我全都知道了!没想到你是这样的人!我对你太失望了!"

林焰冷峻的面色一沉:"你知道什么了?"

"那场意外!那次尬舞的真相我全都知道了!你以为真的可以瞒过所有人吗?"苏雨琪的"小宇宙"总算彻底爆发了,"星阳中学绝对不是让你只手遮天的地方!"

"苏雨琪,你知道自己在说什么吗?"林焰直勾勾地盯视着苏雨琪。

"哼!我知道!我当然清楚得很!怎样?你心虚了?怕事情败露?"苏雨琪轻挑眉毛,"林焰,你动不动就拿学生会的决定来当借口!我说要重建街舞社,你就把练舞房分给其他社团当仓库,你以为我不知道你在想什么?你就是不想我重建街舞社,揭穿你的丑事,卑鄙的家伙!"

"苏雨琪,学生会决定把空置的练舞房分给需要仓库的田径社和家政社,这很自然,你根本没有理由来指责我。而且,你这样指着别人的鼻子说话,太没有礼貌了,我要你向我道歉。"

林焰冷漠地扫了她一眼,不带一丝感情的瞳仁流露出上位者的威严。

"哼,别想扯开话题!"苏雨琪步步紧逼,"那原来的街舞社呢?就算你再怎么讨厌江乐梵,再怎么跟他过不去,也不可以假公济私,利用那次意外来整垮他,整垮街舞社!你这样做太卑鄙啦!"

"随便你怎么想!苏雨琪,我没什么好跟你解释的!"林焰微皱起眉头,周身的气氛都冷了三度,表达出强烈的拒绝意味。他扭过头去,拿起手边的文件,随手一指门外,说道:"如果你要讲的都讲完了,那么请你出去!"

"喂!你是没什么好解释的,还是根本就解释不出来?当年你明明是自己去和江乐梵尬舞,却说什么出了意外,有人死掉了。你不是活得好好的吗?难道这样陷害江乐梵,废掉街舞社你就真的那么高兴吗?"苏雨琪越说越起劲儿,简直要从嘴巴里面喷射出火焰来了。她猛地压下林焰手里的文件，直视着他的眼睛一字一顿地问道："你，有什么权利剥夺别人的梦想？你，有什么权利把别人的梦想赶出星阳中学？我告诉你，我不会放弃的！我绝对不会放弃！"

林焰的目光已经从冰冷变成炽热，不过，这是由于被侮辱的愤怒——从小到大，几乎没有人敢这样指着他的鼻子呵斥他，更别说像苏雨琪这样一而再再而三地挑战他的权威！

"苏雨琪，你应该改名字叫'死倔的驴子'！"他盯着苏雨琪，目光如同暴雨前的天空，阴沉冷厉，不时划过压抑的、愤怒的电光，"你究竟和江乐梵有什么关系？这么拼命地维护他？"

苏雨琪咬紧唇角，不甘示弱地迎向林焰："我和江乐梵是街舞伙伴的关系！这种关系是你这样没有朋友独断专行的人不能理解的！"

"啪"的一声，林焰的双手拍在桌子上，整个人站了起来，原本深邃的目光里充满了愤怒，空气里弥漫着一触即发的紧张，冷漠的气息夹杂在四目相对擦出的火花中。

"我的忍耐是有限的！"

"那就来啊！"苏雨琪骄傲地扬起细长黑亮的秀眉，明亮的浅棕色瞳孔里透出倔强和坚持。"反正，你根本没体会过最珍贵的东西被人夺走的感觉——你对江乐梵就做了这样一件最卑鄙的事！"

"出去！"林焰冷静的假面终于崩溃了，原本平静的面容在苏雨琪过激的话语下，变得走了样，两道剑眉纠结在一起，漆黑的眼眸中无尽的伤痛和愤怒旋风般喷发而出，"出去！出去！"他高昂的声音里带着一丝颤抖，身体抖动着，仿佛一头被狠狠戳中伤口的狮王，拼命用吼叫来保卫自己。

一直乖乖站在旁边的陶艾欣被吓到了，赶紧上前拉住还想说什么的苏雨琪："阿琪，我们先出去吧。有什么事情我们回头再说好不好？"

"等……"苏雨琪挣扎了一下，却被用足了力气的陶艾欣使劲儿往外拖。临出门前，她还是不忘放话说："林焰，你等着！"

一早上就折腾成这样，真不知道以后的日子要怎么过。陶艾欣有些头痛地看着面前一脸怒意的苏雨琪。眼看就要上课了，苏雨琪还是气鼓鼓的。

"阿琪，好啦！我知道你很生气，其实这样的真相我也很震惊和气愤。但是你骂也骂了，林焰的身份毕竟是学生会会长，我们拿他也没有什么办法。"

"怎么没办法？"苏雨琪偏偏不信邪，"他越是要和江乐梵作对，越是要整垮街舞社，我越是要支持江乐梵，重建街舞社！小欣欣，你一定要支持我哦！"

"那当然！"陶艾欣重重地点了一下头。

平复了一下心情，两个人总算回到了教室。苏雨琪就算坐在位子上，还在不断地想着街舞社的事。

哼，他要整垮江乐梵，要搞掉街舞社，她就偏不能让他如愿。现在一切都准备得差不多了，如果江乐梵再回来的话，人数上应该不成什么问题。到时候拿到五人签名，看林焰还怎么推托！看来，当务之急是尽快找回江乐梵！

可是让苏雨琪失望的是，一连好几天江乐梵都没有在学校里露面。害她的"复社"大计一度停滞不前。这可怎么办？不行！这样等下去也不是办法，还是主动出击吧！一定要把"舞皇子"找回来！

拿定主意之后，苏雨琪开始了"寻人"计划！

只不过，想要打听江乐梵的消息实在很难，苏雨琪问了无数人，包括江乐梵以前的同学，还有前街舞社的成员，他们全都说不知道江乐梵的行踪！

这个人会隐身法不成？憋了一口气的苏雨琪找到了 Star Bar，终于从一个领班的嘴里问到了"23号服务生"的住址。

江乐梵，我看你还能逃到哪里去！抱着这样的念头，苏雨琪直接杀上门去了。

出乎苏雨琪的意料，江乐梵的家居然住在一片极其破旧的住宅区里！

狭窄的街道崎岖不平，偶尔可以看见锈迹斑斑的小卡车停在路边，占去了半条道路。江乐梵的家就在街道旁边，一栋向南的两层住宅楼。

苏雨琪顺着露天的铁栏杆踏上二楼，然后穿过各家悬挂的衣服，沿着长长的走廊一直往前走。她一直走到了尽头，在最后一间房屋前停住。B32，是江乐梵家。

淡黄色的房门上蒙了一层厚厚的灰，结块的油漆碎裂掉落，露出木质的门板。门把手的款式相当陈旧，中间因为经常使用而有些光亮。有一扇狭长的小窗紧邻着门，上面堆积着厚厚的灰尘，似乎很久没有开启了一样。

苏雨琪伸手敲了敲门，门里毫无反应。她接连敲了好几次，都没有人应声。

难道江乐梵不在家？苏雨琪心里开始打鼓，他已经好几天没去学校了，不在家的话，他又去了哪里呢？

苏雨琪不死心地继续敲门，终于隐隐约约听到门里传来声音。

有些破损的木门被一把拉开，江乐梵摇摇晃晃地出现在门口。他的身上只穿着背心和短裤，头发乱糟糟的像个鸟窝，眼睛里布满了血丝，下巴上甚至还有一些刚刚冒出来的胡楂。

苏雨琪简直认不出他来。

"你……怎么来了？"他说话的声音有些浑浊，平日冷漠的眼神此刻看起来十分迷离，双颊红得有些奇怪。

"江乐梵……你搞什么啊？"想都没想，苏雨琪直接伸手摸摸江乐梵的额头，"天哪！你的额头怎么这么烫？你这么多天没去学校难道是因为生病吗？"边说着，边走进了屋子。

江乐梵根本无力将苏雨琪推开，东倒西歪地走了两步。苏雨琪实在看不下去，走过去扶住了他："喂！先坐下好不好？"

江乐梵全身的重量都靠在苏雨琪身上："你……找我？"

"好啦！好啦！你还是先不要讲话了。"苏雨琪索性把江乐梵扶进卧室丢在床上，"我帮你准备点儿冰块。"

江乐梵的卧室也乱得一塌糊涂，苏雨琪险些被丢在地上的衣物绊一个跟头。

在厨房的冰箱里找到了一些冰块，用毛巾包好后，她发现躺在床上的江乐梵已经发出了微微的鼾声。

苏雨琪哭笑不得地放下杯子，看着睡着的江乐梵。

褪去了平日的冷漠和孤僻，也不见了拒人于千里的自我防御，这样的江乐梵让苏雨琪有种奇异的想要接触的感觉。

"你倒是说睡就睡了……"感觉到室内的空调温度开得很低，苏雨琪拉过被子帮江乐梵盖好，把温度调高。

站起来看了看乱成一团的房间，苏雨琪认命地叹了口气，既然都帮他倒水盖被子了，就顺手帮他收拾一下房间吧，说不定等江乐梵睡醒了会感激自己，就答应和自己一起努力重建街舞社了呢！

脏掉的衣服丢进洗衣机，乱丢一地的垃圾扫到外面去装好袋子，咦，那是什么？

苏雨琪的注意力被角落里一个散落的本子吸引了，走过去一看，原来是一个日记本。

"真是的！什么东西都乱丢！"

苏雨琪捡起日记本，环视着房间，找寻合适放日记本的地方。

突然，她的视线落在床旁边一个紧闭的柜子上，桃木色的柜子看上去挺像书橱的。

苏雨琪走过去打开柜子——

咦？

苏雨琪吃惊地发现，柜子的上层整整齐齐地摆放着各式各样的奖杯、奖状，每一座奖杯旁边都有一张标注卡片，上面写着当时获奖的一些状况。往下看去，一套套街舞服装以及小首饰配件全都错落有致地摆放在柜子的下层，旁边还有厚厚一堆街舞教学光盘。

苏雨琪忍不住将最外面的一座奖杯捧出来，一边小心翼翼地欣赏着，一边在脑海中想象江乐梵参加比赛时的样子。不过让她最意外的是，奖杯上居然一点儿灰尘都没有！难道这个看起来粗枝大叶的家伙经常打扫它们吗？

苏雨琪回头怔怔地看着还在熟睡的江乐梵，对自己的居住环境毫不在意的江乐梵，竟然把这些东西当作宝贝一样珍藏着。苏雨琪觉得心里有什么东西碎了，每一次面对江乐梵的冰冷时不自觉会产生的敌意被那涌出来的柔软和温和覆盖了。

他和她一样，对于街舞的热爱，是深深地刻在骨子里的，不是说"不喜欢""放弃"就能真的放手的。

可，究竟是什么折断了他飞翔的翅膀？

突然，一张卡片从奖杯上掉了下来。苏雨琪才发现小手形状的奖杯上，原来插着一张小小的贺卡。

苏雨琪急忙蹲下捡起来，是张很普通的生日贺卡，上面写着一行字：

梦想就在前方，我们一起去追吧！生日快乐！

下面的署名是"陈杰"。

苏雨琪将卡片反过来，卡片的背面同样写着一行字。

陈杰，对……不……起……

这是一种与正面完全不同的字体，上面留下的字迹似乎是主人在发泄时写下的，凌乱不堪，有些地方笔尖甚至划破了纸张。

从窗口射进来的阳光映在卡片光滑的纸面上，苏雨琪忽然发现有几处字迹仿佛化开了……

那是……眼泪的痕迹吗？

苏雨琪震惊地猛然回头，江乐梵仍旧熟睡着，阳光同样照在他脸上，为他俊美的轮廓镶上一道朦胧的光晕。

那一刻，苏雨琪仿佛触摸到了江乐梵心底的脆弱。

也许是看到秘密柜橱的缘故，苏雨琪发现自己现在再想起江乐梵的时候，眼前总是会浮现出那小心翼翼擦拭着珍贵奖杯的细心温柔版江乐梵的身影。

她觉得，那个小男生和他渐渐重叠了。同样那么热爱街舞，同样额头上有一道疤……对于小男生的怀念和感激不知不觉转移到江乐梵的身上，这让她更加迫不及待地想跟他一起跳舞了。必须快点儿重建街舞社，必须快点儿告诉他，她已经知道一切都是林焰搞的鬼，是林焰逼他放弃街舞的，不需要再隐瞒逃避了！

事实证明了苏雨琪是对的。上完了第一节课后,江乐梵就出现在教室里!

"江乐梵!"她几乎是用跑的,来到座位边兴奋地说道,"你身体好些了吗?"

"没事了。"

江乐梵还是那副冷冰冰的样子,并没有因为昨天的事改变多少。不过他今天选择出现在学校里,却着实和苏雨琪有关系。连他自己也说不出来,也许他的心真被她的热情所感动。那冰山的一角也渐渐融化开来,只是很多事情,他还是不愿意接受。

"你怎么知道我住在那里?"

"当然是打听到的!"苏雨琪得意起来,"怎么样?我很厉害吧?"

江乐梵的眼底划过一丝异样的光,随后淡淡地说:"我不喜欢别人打听我的事,不喜欢别人动我的东西。"

"咦?我也没有窥探别人隐私的习惯。"想起昨天的秘密橱柜,苏雨琪决定还是直接说明白,"我只是帮你的宝贝擦擦灰而已!"

江乐梵猛地抬起头,眼睛里射出愠怒的光:"谁让你动我的柜子的?"

"你不觉得,把它们放在柜子里太可惜了吗?"苏雨琪理直气壮地反问。她知道江乐梵并没有真正放弃街舞,只不过是被困在那件意外的事件里无法释怀。现在真相已经找到了,这根本不关他的事,他完全可以回来重新跳舞。

想到这里,她又开口道:"而且我还要告诉你一件事,那场意外的来龙去脉我已经知道了。那真的不怪你!都是林焰!他在针对你,才会搞出这么多事情来!"

江乐梵原本沉默的脸上明显出现了一丝变化。他抬起头,眉宇皱成一团,目光中闪烁着一抹冷厉。

"真的!真的!当初就是他要跟你尬舞嘛!搞不好那场意外就是他安排的,更搞不好……"

"够了!"还没等眉飞色舞的苏雨琪将话讲完,江乐梵狮子吼一样的声音便将她打断了。

苏雨琪一愣,教室里的其他同学更是赶紧闭上嘴巴,大气都不敢出。

"怎么了?"

江乐梵猛地一下推开椅子站起来:"不要再自说自话了。其实你什么都不知道。"说完大步朝教室门口走去。在他的眼睛里分明闪烁着一抹疼痛。那伤仿佛是沉浸在千年冰潭中的宝藏,永远触摸不到。

"等一下!"苏雨琪几步追上去伸出双手拦在他的面前,"我怎么会不知道?这就是真相啊!你——被——陷——害——了!"

"真相?"江乐梵好看的嘴角突然扬起自嘲的笑容,仿佛绽放在夜风中的黑色郁金香,带着绝望的美丽。

可苏雨琪完全没有明白那笑的意思,更没有察觉到江乐梵眼中的变化,她继续发表着自己的言论:"所以啊!现在是你回来的时候了!回来重新建立街舞社,不要让林焰的计划得逞!我会支持你的!"

他凝望着她,从棱角分明的嘴唇中丢出斩钉截铁的一句话:"我是绝对不会重回街舞社的!"

"为什么?"苏雨琪皱起眉头,她有点儿搞不明白江乐梵的态度,"你不用怕林焰的,我知道是他逼你解散街舞社的!但就算他是学生会会长,也不能一手遮天吧?"

"不是他。"

"啊?"

许久,时间像定格了一般。苏雨琪定定地望着眼前的人,而江乐梵却始终没有开口。谁也没有发现,他慢慢收紧的拳头里,指甲几乎陷进肉中。

"我是自愿解散街舞社的。"

苏雨琪一瞬间呆在了原地。

忽然,一个名字跃上心头,陈杰,她还记得那张卡片背面写着"陈杰,对……不……起……"几个字。无意识地,她念出"陈杰"两个字,这两个字仿佛有着巨大的魔力,让江乐梵一瞬间脸上血色褪尽。

她以为自己已经接近了真相,看来那次尬舞意外的内幕远比她想象中的更加复杂……

陈杰。

苏雨琪无意识地在草稿纸上写下这两个字,像盯着一个秘密宝藏一样皱着眉盯着这两个字。

昨天,她本以为街舞社解散的事情已经真相大白,兴冲冲地要把江乐梵找回来重建街舞社,可没想到,他甩下一句话就走了——

"我是自愿解散街舞社的!"

这句话像是梦魇一般不停地出现在苏雨琪的脑海中,让她百思不得其解。再加上江乐梵听到陈杰的名字后白得像鬼一样的脸色,让她不由得联想到——难道陈杰和街舞社解散有什么关系吗?她也尝试问过小欣欣和其他同学,可大家都说没听过这个名字。

到底是出了什么问题呢?

"哎呀,好烦啊!"苏雨琪焦躁地乱揉头发,哇哇大叫,"街舞社到底为什么解散啊?"

"阿琪，我觉得这件事大概是我们错怪林焰了。"陶艾欣制止了吹胡子瞪眼想要反驳的苏雨琪，若有所思地说道，"你先听我说——我问过很多高年级的学长学姐，他们都说林焰很有魄力，做事很讲原则，也很公平，他做出的处理，总是让人心服口服。不仅如此，他对所有同学的态度都很亲切，大家有什么麻烦都可以找他商量。这样的人，不太可能为了自己的私人恩怨，陷害江乐梵和街舞社。"

"怎么可能？他这么做，只有两个字可以形容！"苏雨琪拉开陶艾欣的手，恨恨地哼了一声，"虚伪！街舞社一定……"

话说到一半，苏雨琪抿了抿嘴唇，想起江乐梵强调的事情，她还是把后面的话咽了回去。

苏雨琪突然想起一件重要的事，之前谢诚学长不是给过自己一张纸条吗？上面写着一个游戏账号，他曾经说过这个人也许可以将当初那场意外的真相告诉自己。因为一连串的事情，她把这件事情都给忘了！

这个想法像一道明媚的阳光，顿时冲散了苏雨琪被阴霾覆盖一整天的大脑，思路终于清晰起来。

"阿琪，你要去哪里？"见苏雨琪抓起书包向门外走，陶艾欣赶紧追了过来，"你该不会又要去找林焰理论什么吧？拜托！你不要让我担心了好不好？"

"小欣欣，放心啦！"苏雨琪摆摆手，"我只是想起一件事，急着去网吧而已。"

"网吧？"陶艾欣眨眨眼，一脸迷惑地看着她跑了出去。

星阳中学的附近没有网吧，苏雨琪找了几条街，才终于在购物街附近看到了一家，她赶紧走了进去。

找了比较安静的位置坐下，苏雨琪寻找着《劲舞团》的游戏图标，心里想那个人会是谁呢？他会在吗？

苏雨琪比对着谢诚给的账号，抱着激动不安的期待双击进入游戏。

因为是第一次接触这样的游戏，苏雨琪的操作有些生疏，不过她还是耐着性子研究了起来。

苏雨琪打开好友栏仔细地搜寻着。她没有料到，这样一个级别很高的账号，好友居然只有两三个，而且他们的头像都是暗的，没有一个人在线。

苏雨琪很失望，又无事可做。她强忍着焦急的心情，漫无目的地等待着，也不知道等待的人什么时候会出现。她无聊地开始逛房间，这才发现这款叫《劲舞团》的游戏，是和舞蹈有关，一些动作还明显是街舞中的。《劲舞团》似乎很有人气，同时在线的人数非常多，不同年龄不同地域的人聚在网络上进行着舞蹈比赛，玩得不亦乐乎。

这有什么好玩的？喜欢街舞就去跳啊，干吗要在网上玩这个游戏？又不是动动手指就能提高舞技的！

苏雨琪烦躁地望望窗外，发现天色已经昏暗下来。她决定放弃，下次再来碰碰运气。就在她准备下线的时候，突然有个账号亮了起来。

云在天？

这唯一闪烁的名字顿时让苏雨琪激动不已，她赶紧点击他的名字，向他发送"密聊请求"。

你好，我是星阳中学的学生，可以跟你聊一下吗？

这句话发出之后，苏雨琪紧张地等待着。大约过了有一分钟，对方才发来回话。

你是……

尽管只有简单的两个字，这也足以让苏雨琪兴奋了。至少第一次上线就等到了这位神秘人物，此时此刻在她的脑海中只有一连串闪过的那些疑问。这人会是谁呢？小欣欣打听出的真相是否和他口中的一样呢？而他又会不会知道那次意外？疑惑，好多的疑问啊！

想到这里，苏雨琪开门见山地介绍着自己：

不好意思，是谢诚学长让我来找你的。这样做一定很冒昧，可请你相信我没有恶意。

我知道，这是他的账号。

很好！从这句话中，苏雨琪肯定他们在现实中是认识的，心里更是莫名其妙地有了一些信心。直觉告诉她，这个人一定是当年意外中的关键人物，不然谢诚学长为什么要大费周章地让自己来找他呢？

尽管我不知道你是谁，但是我想谢诚学长让我来找你，一定有他的目的。你一定可以解答我满肚子的疑问。

疑问？

是的。

苏雨琪纤细的双手在键盘上飞舞着，此时此刻她恨不得自己能多长出两只手来，赶紧把想要说的话都打上去，让对方可以一下子全部了解。

你一定知道街舞社，知道江乐梵吧？我没办法把所有的事情一口气告诉你。但是简单概括起来，就是我想重新建立星阳中学的街舞社，所以请你帮我好吗？

敲下回车键，苏雨琪开始了看似漫长的等待。她等了几分钟，见"云在天"还是没有反应，于是再次发去密语：

是不是我太唐突了？请你一定要相信我，我是很不容易才联系到你的，而且我也有自己必须要这么做的理由！

许久，定格的画面终于有了变化，一排字出现在苏雨琪的屏幕上。

你为什么这么想重建街舞社？你知道当初发生过什么事情吗？如果你了解，我想，你不会选择这样做。

当初的事情我的确有听说过，但是谁都不肯将真相说出来。所以我才来找你。我很想真正了解那场意外，它到底造成了怎样的伤害。我也很想走进江乐梵的内心，弄明白当初在学校叱咤风云的"舞皇子"为什么会变成现在这样！

意外的是，这次"云在天"回消息的速度格外快。

乐梵，他……他还好吗？

江乐梵？他不好！

苏雨琪感觉到"云在天"很关心有关江乐梵的话题。当苏雨琪提到这个的时候他回复的话语总是第一时间发送过来，因此，她深吸了一口气，一下子噼里啪啦地把江乐梵的现状都敲了出来。

他说他已经放弃街舞，不想再跳街舞了。很多同学都说，他像变了一个人，他们给我讲述"舞皇子"是怎样的厉害，怎样的出色。可当我在星阳中学见到他的时候，我简直不敢相信自己的眼睛。

紧接着她的话，对方第一时间发来消息。

乐梵变了？他居然说出这样的话！这个浑蛋！那么其他人呢？其他人就这么甘心让他放弃？

街舞社解散了，其他成员都心灰意冷。不过这次我转校到星阳中学就是冲着街舞社来的，所以我一定要把它重新建立起来！

"云在天"似乎愣了一下，不知道他带着什么样的表情在和苏雨琪交谈，只是见她这样说，他疑惑地询问：

你……为什么这么执着地要这样做呢？还这么关心乐梵的事？

苏雨琪小巧的嘴角上扬了起来，记忆的齿轮再次飞转。

几年前，我跳的是一点儿都不喜欢的民族舞，而教我的是位非常严厉的舞蹈老师。与其说是严格，还不如说成是苛刻更准确，我经常被她责怪、批评。在她的眼里，我完全没有跳舞的天分。那时候我越来越讨厌跳舞，就在我快要放弃的时候，我遇到了一个男孩。那是在广场上的纪念碑前，我看到一个男孩快乐又自信地跳着街舞，看着他神采奕奕地讲述着自己的梦想。我第一次发觉，原来还有一种舞，可以让人那么兴奋、那么勇敢地追求梦想。

"云在天"似乎听入了神,一直没有发消息打断苏雨琪的讲述。直到她停了下来,他才问道:

你遇到的那个男孩,是乐梵吗?

苏雨琪对着屏幕微笑了一下,回答道:

当时我并不确定他是谁,也没有问他的名字。我只记得他跟我说过的话,他说他一定要成为星阳中学街舞社的社长,星阳中学街舞社是他实现梦想的第一步。

所以现在你转到星阳,是想找到他?

是啊!我想和他一起实现梦想,我想和他一起快乐地跳舞。

你就那么肯定那个男孩就是乐梵吗?

苏雨琪格外坚定地回答:

当然!从我第一眼看到他的那个伤痕,第一次听到"舞皇子"这个名字,我便确定了他就是我要找的人。可是……我看到的却是因为一次意外,而被彻底打败的"舞皇子"!在他身上我再也看不到自信,快乐,勇气。

"云在天"沉默了。也许他在思考着什么,或者是苏雨琪的话唤起了他的记忆。

见对方不再回复,苏雨琪有点儿慌乱了,焦急地敲字:

我想找回那个自信的男孩,找回他的梦想。我知道当初那场意外是解开他心结的关键,但是没有人肯告诉我具体是怎么一回事。求求你!告诉我你是谁,你是不是就是陈杰?

时间再一次停滞,苏雨琪的眼睛一刻都不敢离开屏幕,生怕错过"云在天"的只字片语。

对方终于打过来一句话:

你猜得没错,我是陈杰。我的确知道一些事情,但是让我好好想一想可以吗?

还没等苏雨琪回复,好友栏里的"云在天"就变灰了。他下线了。

陈杰!

她找到陈杰了!苏雨琪被这突如其来的幸福弄蒙了,半天没有回过神来。可当她心情平静下来,才发现,就算知道"云在天"就是陈杰,对她想要知道的事情也没有任何帮助。

江乐梵为什么要对陈杰说对不起?他们究竟怎么了?为什么江乐梵要自愿解散街舞社?这一切,还是一个谜。

她有种感觉——似乎所有人都在保守着一个秘密,就连林焰,都是一副另有苦衷的样子!

江乐梵、林焰、陈杰……他们仿佛被一条看不到的锁链连在了一起,明明知道问题在哪里,却偏偏没有人肯给她钥匙!苏雨琪盯着电脑上云在天的名字,好像要把它看出

一个洞来……对了，谢诚学长，他应该知道一切！

从网吧里出来，苏雨琪有些疲惫地朝家走，一边走着，一边想方设法地整理着乱糟糟的思绪。当她转过弯时，却被街角处的一间小小的花店吸引了目光。吸引她的当然不是那些娇嫩的花朵，而是停在花店门口的那辆车。

车门打开的一刹那，她分明看到了一个熟悉的身影从里面走下来。苏雨琪好奇地睁大眼睛张望，只见林焰挺拔的身影向花店走去。

林焰？没错！就是他！

可是……他为什么会出现在这里呢？难道他要买花？"木头人"会做这种事情？

为了看清楚些，她又往前走了两步，伸长脖子朝车子里看了看，除了司机，好像没有其他人了。要大名鼎鼎的林焰亲自买花，对方到底是什么来头？这让苏雨琪更加好奇了。

正在她胡乱猜测的时候，林焰已经买好花走了出来。苏雨琪看到那是一束由白色的百合和满天星组成的花束时，不由得惊讶地捂住了嘴巴——这不是专门用来吊祭的花束吗？林焰……要去拜祭谁？

看着林焰的车缓缓开动，苏雨琪来不及多想，伸手拦下一辆恰好开来的出租车。

"帮我跟着前面那辆车！"苏雨琪对出租车司机说道。

出租车司机很专业地一踩油门，紧紧跟上了黑色的车。

车子一直开到山下的墓园才停了下来，苏雨琪付了车钱，远远地跟在林焰的身后。

夕阳下的墓园有些过分安静，昏黄的暮色笼罩着一座座排列整齐的墓碑，拖出长长的阴影，显得有些可怕。苏雨琪按住胸口深呼吸，赶紧追了上去。

苏雨琪有种直觉，似乎林焰前来拜祭的这个人很特别。

听小欣欣介绍，林焰的父母健在，就连爷爷奶奶外公外婆也都是报纸新闻上经常可以见到的焦点人物。苏雨琪想不通有什么人值得林家的大少爷亲自前来拜祭。

一阵风刮了过来，墓园里的树叶响起一阵阵"沙沙"声。偶尔有几只小鸟飞来，停驻在洁白的墓碑上。

苏雨琪躲在一棵大树后面，看着林焰在离她不远的一块墓碑前停下脚步。

他缓缓俯下身，将花束放在墓碑前面，然后伸出手，轻轻抚摸着墓碑。

"小峰……"林焰看着墓碑上镶嵌的小小照片里笑得阳光灿烂的少年，"有一阵子没有来看你了，你还好吗？"

司机识趣地退开几步，将空间留给少爷。

林焰望着墓碑的目光宠溺而温存，仿佛仍旧是对着那个会对他撒娇耍赖的可爱男生：

"小峰,最近发生了很多事。呵呵,有人想要重建街舞社……你会不会觉得很惊讶?"

林焰想起了那天当众表演的苏雨琪,目光变得有些迷茫:"小峰,那天我以为我看到的是你……街舞社不存在了,如果你还在的话会不会也和她一样不甘心?你始终想要超越我,超越我这个早就放弃了梦想的人,结果……也许是我害了你。"

苏雨琪皱起眉头——小峰是谁?为什么林焰会跟他说街舞社的事情?

她正在出神,手背上忽然传来一种异样的感觉。

下意识地看过去,苏雨琪惨叫了一声——一只巨大的蜘蛛正快速从她白嫩的小手上爬过去!

几乎是从大树后面"滚"出来的苏雨琪,已经来不及去想会被发现这件事了,她一面拼命抖着手一面不停地尖叫着。

看到惊慌失措的苏雨琪,林焰先是愣了一下,随即沉沉地闭上眼睛,长长地叹了口气。

"是你……"

林焰刚才温柔的神情变得怅然,眉宇间紧紧地纠结着。

"苏雨琪,你不觉得自己太过分了吗?你一再地跟踪我,还想从我这个恶魔这里得到什么?"林焰的语气还是带着一贯的嘲讽,但不知为什么,听起来却像是带着一丝无奈和一丝悲痛。

"我……我不是有意的……"

苏雨琪头一次在林焰面前惊慌失措,她也不明白自己为什么要跟着林焰来到这里,总不能说是出于好奇吧?现在的林焰看上去很平静,如果她敢这么说,苏雨琪百分之百相信林焰会像他的名字一样,变成一团火焰把自己吞噬下去!

"对不起……我只是……"慌乱中苏雨琪想这次算是自食恶果了。

前几天自己冲去学生会把林焰骂得那么惨,今天又跟踪他被发现,他怎么可能放过这次报仇的机会?不过不知道为什么,苏雨琪鼓起勇气想要直视林焰,坦诚自己的错误,可眼光偏偏先自顾自地往墓碑上打转。

当照片上的男孩映入眼帘的时候,苏雨琪倒吸了一口凉气,眼睛也瞪圆了一大圈,活脱脱一副见到鬼的样子。好半天她才支吾地指着照片问林焰:"你……你……你不是活得好好的吗?干吗……干吗把自己的照片贴在上面?"

林焰脸色阴沉地盯着苏雨琪,眼底分明划过一丝痛彻心扉的伤:"意外吗?他是我弟弟。"

"弟弟?"苏雨琪张大了嘴,怎么小欣欣从来没提过这么劲爆的消息?

"我们是双胞胎,长得一模一样,经常有人搞错。"林焰一边说着,一边转过身去温柔地抚摸着墓碑。他的动作让苏雨琪毛骨悚然，不敢乱动或者擅自接话，总觉得现在的林焰……很不正常。

"没错。我的确还活着。但是你知道吗？如果可以的话，我恨不得当时死的那个人是我。"林焰的语气第一次那么冰冷，冰冷得像是千年冰川上的积雪，可以将任何悲伤埋葬。

苏雨琪呆呆地望着他，喉咙里像被什么东西卡住了，只觉得胸口处格外沉闷，再无法说出一个字。

这还是那个高高在上的学生会会长林焰吗？那个赫赫有名的林氏财团的继承人？他深邃的眸子里只有墓碑上的那张照片，那个和他一模一样的男孩。林焰紧握的拳头在空气中留下冷漠的划痕，指甲将掌心刺得毫无知觉。

"你不是一直都想知道当初的事情吗？好，我告诉你，告诉你最重要的东西被人剥夺那是一种怎样的感觉！"林焰脸色苍白，唇边泛起一丝自嘲的笑意。

他指向墓碑的手微微颤抖："在那里面躺着的，是我的双胞胎弟弟林峰。当初他和江乐梵尬舞的结果就是——现在他躺在这里！躺在这个冰冷的地方，都是拜江乐梵所赐！你不是说这一切是我的阴谋吗？如果真的都是我的阴谋，我只会选择让江乐梵躺在这里，而不是我弟弟！"

这一切来得太过突然，让苏雨琪根本无法第一时间做出反应。她的脑海里闪过一幕幕画面——难怪小欣欣在网上查到"林焰"的照片，那不过是和林焰长得一模一样的林峰。难怪很多人错认为当初尬舞的人也是他。可是他为什么不把一切都解释清楚呢？是因为受到了这样的打击，根本不想再提起这件事了吗？那么一直以来，自己这样刨根问底地追查所谓的"真相"，就像硬生生地把别人快要愈合的伤口撕开……苏雨琪第一次觉得自己是那么残忍，原来自己从来没有考虑过别人的感受。那所谓的热情，所谓的梦想，完全是建立在别人痛苦的记忆上。

"对不起……真的……真的对不起！"望着林焰写满悲伤的眼睛，望着他那有些潮湿的眸子，苏雨琪觉得自己可恶到完全不能被原谅。之前居然还那么冲动地拿着所谓的"真相"去质问林焰，现在想起来，那是多么可笑的事情啊。想到这些，苏雨琪怎么也无法抑制难过的情绪，眼泪也不听话地掉了下来。滚烫的泪水带着自责与后悔流过她白皙的脸庞，划过嘴边的时候带着苦涩的味道。

林焰苦涩地笑起来，整个人看起来显得格外憔悴。

"那天下了很大的雨，我根本不知道小峰和江乐梵尬舞的事情。等我接到电话赶去出事现场的时候，小峰已经因为失血过多而……"他背过身，也许是不想让人看到自己流泪的样子。说到这里，他哽咽了一下，停顿了好久都无法再说下去："小峰只留下了一句话，尽管我不知道那场事故具体是怎么造成的，可当时只有江乐梵一个人完好无损，加上他那众所周知的嚣张性格，这件事情他很难摆脱责任。我原本以为随着时间的流逝，心底的伤会痊愈，但是你的出现却偏偏要将一切重现。苏雨琪，你为什么要这么残忍？现在你满意了吗？你得到你想要的真相了。"

林焰说完，大步朝停在不远处的车走去。司机赶紧几步跟上前。

林峰的墓碑前，只有苏雨琪一个人孤零零地站在那里。山风吹动她的秀发，她纤细的身体似乎随时可能随风而去，那不争气的眼泪居然没有办法停下来，一个劲儿地向外涌出。

她望着墓碑上的男孩，觉得那样熟悉，又格外陌生。

林焰回到车上，小小的空间内，他几乎可以听到自己的心跳声。司机不敢多说什么，但并没有马上发动车子。

许久，坐在前面的司机才小心翼翼地安慰道："少爷，这些话您说出来，心里会好受一些吧？我在林家做事已经有二十几年了，两位少爷几乎是我看着长大的。你们的感情从小就很好。唉！小少爷出事以后，您变了很多……我真担心您把什么事都闷在心里，早晚会把自己闷出病来。"

"陈叔，谢谢你。"林焰的情绪总算稳定了一些。他将车窗打开，夜幕降临前的山顶带着几分凄凉。林焰用手撑住头，刚刚的咆哮让他觉得有些疲劳。只是连他自己都不明白，为什么会突然情绪失控，变得完全不像自己。这么多年来，他沉着、淡定、承受着不该这个年龄的人所承受的事情。在外人的眼中，他是儒雅高贵的少爷；他是家族事业的继承人；他是权力的象征，甚至……他的一切都不该属于自己。然而……只有小峰知道，他并不快乐。小峰走后，林焰觉得自己的世界灰暗了、坍塌了、崩溃了……他觉得他该把一切都埋葬起来，不愿再提起。被尘封起来的记忆，就这样轻易地被打开了，究竟……是为什么呢？

林焰沉静地望着窗外，思绪在脑海中交织，发泄一通之后，似乎心里有一些说不清道不明的感觉。

像是有一道淡淡的阳光，小心地拨开他心底的阴霾，一点儿一点儿地将每一寸地方点亮。只是……

"少爷，说实话，我很久没看到过您这个样子了。"司机见林焰的情绪稳定了下来，说话也放开了一些。他一边发动着车子，一边不经意地透过倒车镜向后面看去，"这个女孩子可真不简单啊！能让我们大少爷发这么大的脾气。她应该很喜欢跳舞吧？您看！

她好像又在跳着什么。"

　　听到司机的话,林焰忍不住向后看去。只见刚刚还站在林峰墓碑前的苏雨琪正在跳着奇怪的舞蹈。她的动作轻柔而缓慢,可每一个动作都透着庄重和真诚。她小巧的身体被筑上了一层金灿灿的光芒,整个人都显得那么宁静。

　　她……在干什么?林焰忍不住一愣。

　　司机却恍然大悟似的一拍脑门:"哎呀!我想起来了,我在老家的时候看过这种舞蹈,是用来超度死去的人,是对死者的一种安慰。"

　　林焰重新坐好,脑海中却总是浮现出苏雨琪在墓碑前起舞的样子。这究竟是一个怎样的女孩子?她的固执,她的坚持,她的冲动,以及……她的舞蹈,都是林焰所没遇到过的。她的出现,让他有些措手不及。只是这些都意味着什么呢?

　　司机利落地发动车子。黑色的轿车渐渐消失在夕阳的余晖中,而墓碑前的身影却久久没有离去……

Chapter 04 第四章

解开心结，再次出发

从苏雨琪一言不发地走进家门时，高岚便注意到了女儿的异常。不仅连饭都不吃，整个人看起来也十分的疲惫，像是经历了什么，沉浸在自己的思绪中无法自拔。可她不想马上去打搅她，只是在厨房里准备着水果。

苏雨琪呆呆地在床上躺了一会儿，自从转到星阳中学之后，所经历的一切都在她的脑海中浮现出来，像是没有剪接完整的老电影，有些画面显得凌乱而伤感。

只是她做梦也没有想到，会走到今天这一步。林焰在墓园说的话，不断地在耳边重复，让她想忘也忘不掉。

这仅仅是林焰的痛。那么江乐梵呢？叱咤风云的"舞皇子"变成现在这副模样，背后又有着怎样的伤呢？难道真的像林焰说的那样，造成这一切的真是江乐梵？

无法将所有的思绪都整理清晰，苏雨琪觉得自己快要疯掉了。她翻出之前在孤儿院带回来的光盘，拿到楼下去看。

电视里开始出现画面，那是江乐梵在六一儿童节时，和几个朋友在孤儿院里给孩子们跳舞时拍下的。

那时候的他居然可以笑得这么开心，还会跟孩子们说："大哥哥要练一个很厉害的绝招，明年六一再来给你们表演！"这很让苏雨琪意外。

她看着几个孩子快乐地围在江乐梵身边，笨拙却很努力地模仿着他的街舞动作，那种温暖的感觉像流淌的泉水不停地涌出来。原来，可以自由地跳街舞时的江乐梵是这么快乐……

"琪琪，在看什么？"这时高岚走了过来，将切好的水果放到茶几上。

随后她靠着苏雨琪坐下："那是你的朋友吗？"

对于女儿看有关街舞的东西，高岚已经见怪不怪了。只是今天的苏雨琪实在奇怪，表情也从未这样忧伤过。

苏雨琪轻咬了一下嘴唇，原本晶亮的眸子蒙上了一层阴影。她想了想，还是决定询问妈妈的意见。

于是，她把事情原原本本地讲了一遍，然后问道："妈，你说，我应该怎么办？我拼命想要重新建立街舞社，拼命想让大家重新振作起来，可是我没想到最后却是我伤害到了其他人。现在我好后悔，当时要是不那么说就好了。"

高岚有些心疼地搂住女儿的肩膀，摸着她的头安慰道："傻孩子，你的初衷并没有错。你只不过是用错了方法。"

"我太残忍了。我拼命地把别人刚刚愈合好的伤口撕开，我真是个可恶的浑蛋！"

"不可以这么说自己！"高岚认真地看着女儿，"琪琪，妈妈是了解你的性格的。

我们来打个比方好吗？就像一个喜欢跑步的人，他一心想要到达终点，所以拼命地向前跑。可他只顾着跑，却没有及时停下来看一看方向，也许他选另外一条路的话，会更早一点儿到达目的地。我们在遇到事情的时候，不应该太冲动、太武断，不应该只按照自己的想法一意孤行地凭着感觉去做事。在适当的时候，应该停下来，听一听别人的想法，找到最正确的方法。这样才能达到最好的效果，对吗？"

苏雨琪仔细听着妈妈的话，然后用力点了点头。

"可是现在一切都晚了。我已经伤害到那么多人了。妈妈，我不要再固执下去了。林焰也好，江乐梵也好，我根本不知道他们内心的想法。"

"琪琪，你好不容易治好了病，回来就是为了参加街舞社继续跳下去，不应该因为遇到挫折就轻易放弃。用错了方法可以再想办法弥补啊。就像跑错了路的运动员，再重新找回方向不就好了？"

"妈，我真的能做到吗？"

"这可不像是我女儿说出来的话哦！"高岚露出鼓励的笑容，"'有信心不一定会成功，可是没有信心就注定了失败！'——阿琪，你难道忘记这句话了？这可是你以前一直挂在嘴上的。每个人在成长的过程中，都会遇到挫折和困难，也都会犯错。这是所有人成长的必经之路。谁都不可能绕道而行。所以啊，吸取教训，让自己变得更加坚强。妈妈相信你！"

这些话像是给苏雨琪打开了另外一扇天窗，如阳光照射进来，化解了她的后悔、懊恼，让勇气重新充溢在胸间。

是啊，她是不知道江乐梵过去遇到了什么，但很明显，现在这个不跳舞的他是不快乐的。只要能重建街舞社，只要是她能做的事情，她都会尽力去做，然后……

一切都会好起来的，对吗？

老妈的开导果然效果非凡，一大早起来苏雨琪又是一副信心满满的阳光模样了。只是她比平时更早地来到了学校，目的嘛……

她今天特地把录放机也带到了学校，准备好音乐之后，来到离教学楼不远的空地上，按下按扭。节奏强劲的舞曲立刻响了起来，尽管声音不是很大，但在清晨的校园里还是格外醒目。

苏雨琪觉得自己好久都没有痛痛快快地跳舞了。最近一直忙着重新建立街舞社的事情，根本没有顾及这些，心情当然也会随着这些而大起大落。

现在一切都放下了，当然人一下子就豁然开朗起来。

她把头发梳成了高高的马尾，特地选择了简洁却色彩明快的头绳。而那姣好的面容自然不用多加修饰，她的一双大眼睛显得越发明亮清澈。

随着音乐的节奏，她开心地跳着熟练的舞步。尽管不是在练舞房，更没有合作的伙伴在身边，然而苏雨琪此刻却觉得格外轻松与快乐。她轻盈地扭动着身躯，像一只飞舞在半空中享受清新空气的蝴蝶。在明媚的阳光中舒展着自己的翅膀，展现着那最自然的美丽。

上课时间临近，同学们纷纷来到学校。当然也被这不寻常的音乐吸引了目光，聚集在空地上的人越来越多。起初还有人纳闷，议论，最后全都为苏雨琪精彩的舞步所倾倒，就连谢诚也忍不住发出称赞声。

就在这时，人群中出现了一个熟悉的身影，当然那冷漠的气势让一度激动的同学的情绪也瞬间降温到原位。

林焰没有想到，经过了昨天的事情，苏雨琪还会做出这样的事。他没有看错，一大早就见到这个丫头的个人表演秀，而且这样嚣张地将同学们聚集在一起。

她到底想干什么？

音乐终于结束了。

还没等林焰开口，气喘吁吁的苏雨琪便看到了他，几步跑到了近前。

由于刚刚跳过舞的缘故，她的脸上还挂着晶莹的汗水，额前的头发被打湿，却显得她更加有朝气。

苏雨琪一脸快乐地叫道："林焰！"

看着苏雨琪一身街舞装备，林焰微微皱了一下眉。他不动声色地望着苏雨琪，声音没有起伏地问："苏雨琪同学，你这是做什么？打算要组织同学'暴动'吗？我说过了，街舞社……"

"好了啦！"苏雨琪笑嘻嘻地阻止他下面的话。说来也奇怪，平时见他那副"木头人"的表情心里有几分讨厌，今天却有几分理解和亲切。

"林焰，你误会了。我只是突然想要跳舞而已。你不觉得清晨的空气是最清新最适合做运动的吗？空气里有潮湿的味道，还有一点儿甜甜的！"说着她还闭上眼睛做了一个深呼吸，一副十分享受的表情。

林焰真是被她搞糊涂了。周围的同学见她不跳了，又和会长大人对掐在一起，生怕出什么状况危及自己，纷纷溜之大吉，人群很快散开了。

苏雨琪冲着他们吐了吐舌头，毫不在意地掏出口袋里的糖果盒，掏出一粒放进嘴里。

刚刚真是跳得太过瘾了，好像太久没运动，身体有些僵硬了呢。

"你真的只是想要运动一下?"林焰看着眼前的苏雨琪,微微有些质疑。

"要不然呢?你以为我想怎样?"见林焰一张面无表情的脸,苏雨琪"扑哧"一声笑了出来,笑够了才换上认真的表情对他说道。

"林焰,我现在要很郑重地向你道歉。请你一定要原谅我之前的莽撞和任性。我知道我对你做了很过分的事,所以……对不起!"说完她装出一副超可爱的样子,对着林焰眨了眨眼,笑眯眯地等待着对方的回答。

林焰沉默地望着苏雨琪,琥珀色的眼眸沉静如湖水般。这个丫头究竟在打什么主意?

"喂!你傻啦?还是根本不打算接受我的道歉?你可是堂堂的会长大人哦!心胸不会这么狭窄吧?"苏雨琪伸出手指在林焰的胸前戳了一下。

"对不起!对不起!我以后绝对不会再这么冲动了!"

"你的意思是说……你要放弃了?不打算重新建立街舞社了?"林焰终于有了一丝反应。

苏雨琪摇了摇头:"我呢!只是不想再把重新建立街舞社挂在嘴上了,也不想再逼迫谁了。可我不会放弃的。我喜欢跳舞,但是不在街舞社一样可以跳舞啊!你看!我刚刚不就是在跳舞吗?所以就让事情顺其自然吧。我只想开开心心地跳舞,只想守住这样一份简单的快乐。重建街舞社,也是为了能把这份快乐传递给更多人。"

她犹豫了一下,还是鼓起勇气说道:"小峰一定也希望你幸福快乐的。"

林焰愣了一下。站在他面前的女孩拥有一张快乐的脸,浑身上下都充满着活力,像清晨的第一缕阳光,让人舒服。她真让他意外!她总是做出他意想不到的事情!尽管脸上仍旧是那副淡定的表情,可林焰的内心却仿佛被什么温暖的东西触摸了一下。

"喀!"林焰清了一下喉咙,顺便清除心里奇怪的感觉。他凝望着她,淡淡地说了一句,"我原谅你。不过也希望你不要再触犯校规了。"

说完转身离开,径自走进教学楼。

望着那个看起来格外严肃的背影,苏雨琪再次露出笑容。原来自己和这根木头也是可以和平共处的嘛!

"喂!会长大人,我们重新认识一下吧!"苏雨琪突然冲着林焰大叫,双手举到唇边,"我叫苏雨琪,请问你叫什么?"

林焰被这突如其来的询问声拉住脚步,转过头去看。

阳光下的苏雨琪脸上挂满了快乐的笑容,那沾着汗水的发丝被阳光照得发出绸缎般的光泽,眼睛里分明全是满足。

林焰觉得这一切的转变显得那么微妙。几秒钟之后,他棱角分明的唇瓣终于开启,好听的声音回荡在空地上:"我叫林焰。"

谁也没有发觉,在他转过身走向教学楼的时候,那冰冷的嘴角处居然绽放出了一朵好看的梨花。

自从苏雨琪的想法改变之后,日子也跟着一下子变得轻松了许多,不过她的心里还是有一个结没有解开。

"江乐梵难不成退学了吗?好多天不来学校,他还是不是学生啊?"苏雨琪在学校等了江乐梵整整一天,怅然若失地望着教室门口,沮丧地说,"想道歉都找不到人!"

陶艾欣坐在自己的座位上,一边清点着刚刚收上来的作业,一边安慰她:"江乐梵不会退学的!他可能还没有从低落的情绪里走出来,毕竟当初发生过什么,我们没人知道。"

"是哦。"苏雨琪突然想到什么,笑嘻嘻地大叫起来,"呀!小欣欣,你好像很了解他嘛!"

"我……猜的啊!"陶艾欣眨眨眼,"干吗这样看我啊?对了,上次问你借的光盘,还给你!"

陶艾欣从课桌里掏出江乐梵跳街舞的光盘,递给苏雨琪。

她侧头看着一脸平静的苏雨琪,微笑着说:"阿琪,你这次可真沉得住气啊!比以前成熟多了,没有横冲直撞地去找江乐梵。"

在等待江乐梵出现的这几天里,苏雨琪也没有完全安稳下来,只要一有时间就会到教学楼前的空地上去跳一会儿街舞。

几天下来,不少同学都认识了这位充满活力的女孩,还有一些人想要拜她为师呢!可惜一听说跳街舞很辛苦,要拼命练习,不少人都打了退堂鼓。

正在这时,门外突然传来熟悉的声音。

"那不是谢诚学长吗?他好像是在找你!"陶艾欣指了指门口。

苏雨琪循声望去,奇怪……谢诚学长怎么会来班上找自己?

"嗨!最近看你安分了不少,也不到处散发传单了,难道真的想要放弃重建街舞社的计划了?"谢诚站在楼道里,挺拔的身影透着一丝俊美,调侃地问道。

苏雨琪冲他笑了笑,眯起一双漂亮的大眼睛纠正他:"谁说我要放弃啦?我只是换了一种方式而已!我是永远都不会放弃跳街舞的哦!对了,学长,你来找我有什么事情吗?"

"呃……"谢诚的表情突然有了一丝变化,犹豫了一下,终于说了出来,"我只是替人传话而已。放学之后，你去一下购物街拐角处的那间茶楼。记得要一个人去，而且这件事也不要告诉任何人。"

"啊？怎么搞得这么神神秘秘的？"苏雨琪完全搞不明白他葫芦里卖的是什么药，听起来简直像地下接头似的。她开玩笑地问："不会还有什么接头暗号吧？"

谢诚淡淡地一笑，什么都没有说，朝她摆了摆手转身离开了。

苏雨琪若有所思地回到教室，怎么也想不出到底谁要用这样的方式来见面。

放学之后，苏雨琪没有回家，而是按照谢诚学长说的去了购物街拐角处的茶楼。

还好那家茶楼位置很醒目，她很容易便找到了，只是到现在也猜不出究竟是谁要见自己。

怀着满肚子的疑问，苏雨琪走进茶楼。

大厅装修得十分清幽典雅，让进入这里的人有种心旷神怡的感觉。

苏雨琪刚走进茶楼，还没等服务员前来问话，从不远处的座位上就传来一个温和的声音。

"苏雨琪同学？"

苏雨琪顺着声音望过去，发现坐在座位上的是位有些文静的陌生男孩。一身简单的白色装束，此刻正坐在靠窗的一张桌子前，安静地看着苏雨琪。

对方是在叫自己，没错。可是她并不认识他啊！难道就是他找自己过来的？

服务员将苏雨琪带到桌子前，见男孩已经点好了茶，便识相地转身离开。

"你果然和我想象中的一样。"见苏雨琪一脸迷惑，男孩微笑了一下，替她把茶具安排好，脸上的表情始终那么平静。

"你是……你怎么知道我的？"

"我们交谈过。你忘记了吗？"

"不会吧？什么时候的事？"苏雨琪在脑海里面努力翻找关于他的记忆，却始终没有头绪。难道自己得了失忆症？

"我是陈杰。"男孩的目光意味深长，语气却始终那么温柔。

"陈杰"这两个字让苏雨琪好半天都没有回过神来，像是做梦一样。

"你就是陈杰？"苏雨琪上下打量面前的男孩，却觉得有种隐隐的熟悉感。没道理啊，照理说她只是在游戏里与他说过几句话，没见过面啊！她皱紧眉头拼命回忆这几天碰到过的人……

蓦地——

"啊，我见过你！在孤儿院的光盘里！"苏雨琪下意识地喊出声来。

陈杰愣了一下，随即笑起来："哦，你说的是去年六一儿童节的事吧，对，我和乐梵一起回去给孩子们表演了。"

"你和江乐梵是……"苏雨琪挠了挠头，忍不住好奇地问道："我问了学校里的同学，他们都不知道你的名字啊。"

陈杰点了点头："那是当然。我不是星阳的学生。我和乐梵从小一起长大，一起跳舞，所以只有街舞社的人知道我。"

他顿了顿，开门见山地说道："我让谢诚把你约出来，是因为我有一些事想告诉你，你不是也很想知道吗？"

他是指那场意外吧……几天之前苏雨琪的确很想知道那所谓的"真相"。可是因为自己的追根究底，她已经伤害到了别人。和这些比起来，真相反而显得微不足道了。

想到这里，她很认真地对陈杰说道："很高兴你能信任我。如果讲述真相对你来说很难，我不会再逼你讲出来的。"

陈杰一愣，显然对于苏雨琪的话有些意外："怎么？你之前找我不正是想知道这些吗？那时候你看起来很急切。"

"是啊，是有点儿太急了。"苏雨琪有些不好意思地笑了一下，"那是因为之前我完全没有考虑过你们的感受，只一味地做自己想做的事。反正……反正我就是不想再逼任何人做任何事了。"

"真是三日不见当刮目相看啊！你的想法真的成熟了不少。"

"你就别笑我了。不过……如果你想要讲给我听的话，我当然会很认真地听完！"

听完苏雨琪歉然的话语，陈杰注视她的目光从意外渐渐变成了小小的欣赏。他淡淡地笑了笑，开口道："如果不是你突然找到我，也许我不会再提起它。"他停顿了一下，然后若有所思地望向了窗外，"但也许，让更多人知道真相，会让不必要的伤害和猜测减少一些……"

他回过头，注视着苏雨琪，轻轻地说："那的确是一场意外，很大的意外。一死一伤。"

听到陈杰的话，苏雨琪微微一怔，问："我知道死的是林峰，那受伤的是……"

"我。"陈杰原本平静的面容微微起了一丝变化，眼睛里闪过悲伤的痕迹。

苏雨琪睁大了眼睛，诧异地盯着陈杰，怎么都没发现他哪里有伤。大概是意识到自己的行为太没礼貌，苏雨琪忙不安地道歉："对不起，我不知道你发生了这样的事情……"

"没关系，不用道歉。"陈杰淡淡地笑笑，随即弯腰拉起裤管。苏雨琪震惊地发现，白色的运动裤里面套着的是假肢！同时，她这才发现，在陈杰座位边的角落里，还放着

一副拐杖。

"这是我在美国安装的最新型的假肢,真正复健以后,虽然不能再跳舞了,但日常生活没有问题。"陈杰微笑着解释道。

苏雨琪皱起眉头不安地说道:"陈杰,我知道那次的意外对你们所有人是一个重大的打击。"她咬紧唇角,"其实,这几天发生了一些事情,我也想明白了,不会再那么冲动地戳人家的伤口。所以……"

陈杰放好裤管,宽慰地笑笑:"没关系,一切都已经过去了,说出来反而会让我轻松一点儿。"

苏雨琪望着陈杰依旧平静的表情,看到他格外安静的目光。也正是这份安静,让苏雨琪觉得他透着一股亲切和令人心疼的感觉。

"林峰并不是星阳中学的学生,但他对街舞有一种说不出的狂热。听闻'舞皇子'的名号后,总是三天两头地到学校去向乐梵挑衅。乐梵起初没有在意,但是久了脾气也被激了起来,和他尬了几次舞,乐梵胜多败少。可林峰就是不甘心,还是缠着乐梵不放,结果最后的那次尬舞出了意外。"陈杰缓缓地讲述起当时的事件。

"那次参加的是四个人,我和乐梵,林峰带了一个同伴,地点就在广场的纪念碑旁。"

听到这里,苏雨琪的心不由得微微一颤,原来尬舞的地点居然是那里!那个纪念碑……

陈杰继续讲着当天的事:"为了不受到干扰,时间选在了半夜,那个时候广场上没有什么人在了。但是谁都没想到,进行到一半的时候,天突然下起了暴雨。乐梵提议先暂停,可是林峰觉得这并不算什么。而且当时他领先,不想眼看着取胜的机会就这样错过了。可是……"

苏雨琪一边仔细地听着陈杰的话,一边纠结着眉头,胸口扑通扑通跳得厉害,仿佛正经历着一切,怎么都缓不过劲来。

"……天气其实并不是最致命的。造成那次意外的主要原因,是我们谁都没有注意到,当时的纪念碑内部在进行维护,里面的一些支撑框架都被拆下来了。乐梵在做一个动作的时候,因为下雨地面滑,不小心摔倒了,刚好撞在纪念碑上,结果已经松动的纪念碑就一下子倒了下来……"说到这里,陈杰再也无法控制情绪,声音颤抖,紧握的手几乎要把茶具捏碎。

苏雨琪失控地"啊"一声叫了出来。仿佛此时此刻,她就站在下着雨的午夜广场,面前的几个少年不知所措,撕心裂肺地大叫着想要搬开千斤重的纪念碑。可碑下的男生,俊秀的脸上惨白一片,鲜红的血染红了他的身体,顺着雨水向四周蔓延开……

泪水早已涌上了眼眶，不受控制地往下落。

"对不起……对不起……"苏雨琪也不知道自己在为什么道歉。

陈杰努力平复着情绪："没关系，是我自己决定讲出来的，这些事总归要面对。"

看到抑制不住难过的苏雨琪，陈杰抽出一张纸巾，温柔地递给她。

苏雨琪接过纸巾，有些不好意思地擦擦湿润的脸庞："可是这样的话，确实是一场没有人能预料到的意外，并不是江乐梵的错啊。他为什么不跟林焰解释，还要解散街舞社？"

陈杰摇了摇头："乐梵就是那种喜欢把所有责任都背在自己身上的人，就算被误会也不肯解释。"

苏雨琪忍不住叹了口气："难怪林焰会这么讨厌江乐梵。他一定觉得江乐梵害了他弟弟……"

"乐梵这个脾气确实很吃亏，你有机会就劝劝他吧。"陈杰侧身将拐杖拿了过来，支撑着站起来，"看到有你这样关心他的朋友，我也能放心地走了。"

"等一下！"苏雨琪惊讶地瞪大了眼睛，"你要走？你不去看江乐梵吗？"

陈杰低头看了看自己的双腿，有些落寞地说："我就是不想让他看到我现在的样子，才选择离开的。被乐梵看到，他一定更加自责。"

"可是……也许……"苏雨琪想说，也许他对乐梵避而不见，只会让江乐梵更加误会。不过从之前发生的事中苏雨琪吸取了教训，她觉得自己不该随便猜测别人的内心，不然也许在不经意间又会伤害到别人。于是她还是把后面的话全都咽了下去。

陈杰挂着拐杖，走到柜台边，不顾苏雨琪的阻拦坚持付账。苏雨琪留意到陈杰的钱包里真的夹着一张机票，时间是后天晚上7点。

她憋了又憋，终于还是吐出一句话："陈杰，如果江乐梵真的需要你，你能见见他吗？"

陈杰惊讶地望着她："也许……我会考虑考虑的。"

在之后的时间里，苏雨琪一直思考着这个问题，到底要不要把事情告诉江乐梵。陈杰希望看到他吗？而江乐梵又有没有勇气去见陈杰呢？自己如果这样做了，会不会又多事地伤害了他们？

想来想去，苏雨琪觉得还是不该就这样让他们不告而别。不管是有着怎样的心结，只有双方见面才有解开的可能啊！像这样躲避着对方，什么时候才能把话讲清楚？

一定要告诉江乐梵陈杰回来了的消息。

拿上宁院长拜托自己转交的光盘，她风风火火地赶到了江乐梵打工的那间酒吧。

解开心结，再次出发

喧闹的娱乐场所里，疯狂的年轻人在舞池里扭动着腰肢。苏雨琪透过昏暗闪烁的灯光，费力地寻找着那个熟悉的身影，可是找寻了好一会儿，她都没有看到江乐梵。

苏雨琪却还是不死心，拉住一个朝她这边张望的服务生："请问，江乐梵，就是23号服务生，他现在在哪里？"

"你找23号？"服务生仔细地打量着苏雨琪，又朝某个方向张望了下，有些迟疑地说道，"他今天没有排班，不会来这里。"

苏雨琪有些诧异，又着急地问："那他什么时候排班？我真的有很急很急的事找他！必须，一定要找到他！"

这位服务生一愣，不知道该怎么回答。

突然，有一个熟悉的身影从眼角的余光中闪过，苏雨琪一震。

"江乐梵！"

她死死地盯着吧台后面的一扇门，明明看到江乐梵从门背后闪现。看来，江乐梵一定是看到自己出现，就躲到后面去了！这可不行，一定要把陈杰的事情告诉他！

江乐梵看到是她，直接就想闪人。可苏雨琪哪肯就这样放过他，赶紧上前拦在他的面前："喂！你躲着我干吗，我找你有事。"

江乐梵淡淡地望了她一眼，还是转身就要走。

苏雨琪见他转身要走，忙从包里掏出光盘递出去："这是上次宁院长让我交给你的光盘，别像上次那样动不动就丢出去了。"

这次江乐梵没有抗拒，而是很快地接过，还疑惑地看了她一眼，好像不相信她是为了这么简单的事来找他。

苏雨琪脸一红，清了清嗓子，也不顾得什么，认真地盯着他说："你知道吗？陈杰回来了！"

"陈杰？"听到这两个字，江乐梵的脸色变得格外难看，整个人一下子又变成苏雨琪刚认识他时颓废痛苦的样子，眼底的光芒也在瞬间黯淡了。

"是的。陈杰回来了，他把一切都告诉我了。"苏雨琪点了点头。"江乐梵，我都知道了，这不是你的错！"

江乐梵甩开她的手，低吼道："怎么可能不是我的错？你根本什么都不明白！"

"你听我说，陈杰他一点儿也没有怪你的意思，他听说你不再跳舞了，还非常生气呢！街舞不是你的梦想吗？你不应该再沉浸在自责里，应该重新振作，不要再糟蹋自己的梦想！"

"不用你管！我怎么样和你没有关系！"江乐梵涨红了脸，眼睛里射出冷厉的视线，狠狠地盯视着苏雨琪。

"怎么和我没关系？你额头上的伤疤告诉我，你就是我一直在寻找的那个男孩！"苏雨琪也有些急了，伸手撩开江乐梵额前的头发，"你知道吗？你就是那个让我喜欢上街舞的人，我想和你一起跳舞！"

江乐梵一把抓住苏雨琪的手，用力地扔到一边，冷笑道："伤疤？跳舞的人，谁没有一两个伤疤？你别自作多情了！"

说完他头也不回地朝后台的方向走去。

苏雨琪握紧了拳头看着江乐梵的背影。

他一定是为了让她死心，才故意这么说的。她不能眼看着他继续背负着内疚活下去！

"陈杰会乘后天晚上7点的飞机离开。"苏雨琪不死心地朝着快要消失不见的江乐梵喊道，"你这几天如果不见他，就再也看不到他了。喂！你自己好好考虑清楚！"

江乐梵的步伐稍稍停驻了一下，随即还是头也不回地离开了。

夜，降临到整座城市。

黑幕一样的天空，只有繁星点缀着最后的孤独。

房间里没有开灯，地板上凌乱地散落着各种光盘和杂志。

江乐梵坐在客厅的地板上，在黑暗中他看不到自己的影子，却感觉到内心格外寂寞。

苏雨琪的话，一遍又一遍地出现在他的脑海中，而"陈杰"两个字也犹如一把尖利的刀，毫不留情地插进他的胸口。

没人能明白他此时此刻的心情。

这一切难道不是他造成的吗？如果自己不答应林峰尬舞，是不是就能避开那场意外？如果那天离纪念碑远点儿，林峰是不是就不会死，而陈杰也可以继续跳街舞？

如果……如果这一切都能重新来过，那该有多好！

黑暗中，他随手捡起地上的光盘放进播放机，正是苏雨琪在 Star Bar 里给他的那张。盘片在播放机里嗡嗡地旋转着，电视里传来欢乐的声音。

这些全都是他以前的回忆，那时候陈杰也在，他们曾经是多么默契的朋友啊！可是现在……

"大哥哥在练一个很厉害的动作哦！到时候第一个表演给你们看！"

"等我长大了，也要像大哥哥一样跳舞！"

"好！一言为定！"

……

光盘依旧播放着，那些充满甜蜜的画面刺激着江乐梵的泪腺，更像是一枚炸弹，轰炸着他早已千疮百孔的心。

他还有资格跳舞吗？

他还配拥有梦想吗？

连朋友都保护不了的他，究竟还能做什么呢？

猛地按下退出键，房间一下子又恢复到寂静中。江乐梵痛苦地将脸埋进双臂中，肩膀剧烈地颤动着。

他知道，纪念碑倒下的一瞬间，他的世界，完全颠覆了。

今晚7点，陈杰就要飞往美国了。整个早上，苏雨琪一直在忐忑不安地思考着一些问题。

江乐梵今天会来学校吗？考虑了这么久，他是不是已经想通了呢？如果江乐梵出现，她一定要拉着他去见陈杰，好把彼此的心结打开！

然而等了整整一天之后，她彻底失望了。

那个固执的家伙仍然不肯敞开那扇尘封的大门，不管是什么误会，就这样擦肩而过的话，什么时候才能明白彼此的心意呢？傻瓜！真是个大傻瓜！

一放学，她就"嗖"地站了起来，连陶艾欣都没来得及告诉就冲出教室。

来到江乐梵打工的地方，苏雨琪看看表，已经快7点了。

"江——乐——梵！"一进酒吧，苏雨琪就大吼。

江乐梵居然真的在，不过见到她，脸上没有什么太好的表情。刚想躲开，就被苏雨琪堵住了："陈杰都要走了，你怎么还这么悠闲啊？"

江乐梵没有理会她，眼睛瞟向别处。墙上挂钟的时针渐渐指向"7"，陈杰搭乘的航班应该已经准备起飞了吧……

他的眼神微微一黯，随即又恢复了表面的无谓态度，转身想要走开。

苏雨琪张开双臂阻挡他的去路："江乐梵，你真的这么不在乎吗？陈杰如果真的走了，说不定以后就再也看不到他了！难道这样也无所谓吗？"

但是，不管她怎么说，江乐梵似乎铁了心，始终不愿意去见陈杰。

苏雨琪焦急万分，抓住江乐梵的右手就使劲儿往外拖。江乐梵没料到她竟然直接抓人，不由得眉头紧皱，想要甩开她的手。可对方还是死死拽着自己不放。

"放开我！我说了我不去，别再多管闲事！"

说话间，两个人已经拉拉扯扯出了酒吧朝广场走去。

当——

从广场传来了悠扬的钟声。

已经是晚上7点。

江乐梵的眸中飞快地闪过一丝复杂的情绪，失落、悔恨、悲伤……而前方，苏雨琪已经转身迈出了脚步。

她的每一步，都像踩在他的心上一样，引发不可遏止的颤动，内心拼命掩饰的某些重要的东西，似乎已经摇摇欲坠……

夜晚的鲜花广场一如既往地热闹着。

广场中心的大舞池传来一阵阵节奏激荡、铿锵有力的音乐，人们在其间尽情自由地舞蹈着，不时爆发出阵阵口哨声和笑声。高大的纪念碑巍然耸立，见证了每一张笑颜。

"为什么要带我来这里？"

江乐梵停下脚步，注视着走向纪念碑的苏雨琪，墨黑的眸中，耐心已经消耗殆尽。他没有想到苏雨琪会带他来这里，这个曾经发生过不幸的现场。

苏雨琪一直走到纪念碑前才停下来，目光热烈地转身看着江乐梵："因为我想让你面对现实。从哪里跌倒，就从哪里站起来。"

"无聊。"江乐梵的手插在裤袋里，一副打算离开的样子，"我回去了，你自己待在这里吧。"

说完，他转身就走。

苏雨琪在他身后，忍不住喊："江乐梵，为什么你总把所有的责任往自己身上背呢？陈杰已经不怪你了，为什么你要固执地把自己封闭起来？"

江乐梵猛地回头，愤恨地怒视着苏雨琪："他怎么可能不怪我？你没有经历过，怎么能体会到那种痛苦？别在那里不负责任地指手画脚！"

"为什么我不能体会？不能跳舞的痛苦，我比你更清楚！你分明就是在逃避！"苏雨琪大声地反驳。

"我没有！"

"你有！"她上下打量着江乐梵，"看看你现在的样子，就算和陈杰见面，他也不会认出你就是'舞皇子'江乐梵了！因为现在的你，只是一个窝囊废！"

"够了，你不要再说了！"江乐梵背过身，却依然无法掩饰脸上的表情，他的声音有些颤抖，"我现在……有什么资格见他！是我害他不能跳舞的，虽然不能赔给他一双腿，可我也不会一个人再跳下去了！"

"骗人！不要再骗自己了！你分明还是想要跳舞的！"苏雨琪大声斥责，因为激动，

说话的语速飞快。

江乐梵的身体微微一怔,如北极夜空般漆黑的眼眸中射出灼热的光。他高声说道:"对!那又怎样?就算我还是想跳舞,那又怎样?我真的不能再跳了。"江乐梵的声音渐渐低了下去,他痛苦地抓着自己的头发,像是拼命想要扯去那些悲伤的记忆,"我真是又胆小又懦弱,就连惩罚自己都不够彻底……"

苏雨琪看着他痛苦的样子,忽然觉得一阵心酸:"可那是一场意外呀,你不要把所有的责任都归结到自己身上好不好?"

"不!都是我的错!即使没有人怪我,我也知道!都是我太过逞强,明明知道有可能失败,还是强行挑战没有练习熟练的头转动作,所以才会失手,才会……"江乐梵沉浸在痛苦的回忆中,悲伤的神情令人心疼,"是我的错!全都是我的错!所有的一切原本都不会发生!"

苏雨琪张了张嘴,却不知道该说什么。然而,很快有人打断了她的思考。

"是!所有的一切都是你的错!"突然,有一个声音从黑暗的角落处传来。

江乐梵下意识地回过头去,还没等他看清那个声音的主人,只见迎面冲过来一拳,结结实实地打在他的脸上。

江乐梵跟跟跄跄地往后退了几步,吃痛地捂着被打的脸部,等他看清站在眼前的那个人,一下子怔住了。

陈杰!他……竟然没走?

江乐梵简直不敢相信自己的眼睛,他的嘴角微微地颤动着,眼睛里弥漫着潮湿的雾气。他的身子不由自主地向外侧着,愧疚和自责让他下意识地想要离开。

"这是我一直想给你的东西!"

陈杰晃了晃拳头,挂着拐杖与江乐梵相向而立,他似乎已经在纪念碑后待了好一阵子,听到了他们的对话。

"陈杰……"江乐梵腿一软,有些颓然地坐在地上,"随便你打,来吧……"

"你说得没错!是你让那天突然下雨的!也是你让纪念碑刚好整修的!更是你命令我不准躲开,让它砸到的!是你!都是你!"陈杰边说边挥拳头,似乎想要重重地打在江乐梵脸上。

江乐梵顿时闭上了眼睛,心甘情愿地接受好友的处罚。可是,他等了一会儿,拳头迟迟没有落下来。他慢慢睁开眼睛,抬起头,诧异地望着陈杰。

陈杰早已放下拳头,原本还一副生气面容的他笑了起来:"拜托!你以为自己是神吗?你可以操纵所有的事情吗?难道盲人要怪生自己的母亲?病人要怪老天让自己生病?所有人都凭着'怨天尤人'四个字过日子吗？不过现在我真的要怪你了！你真的觉得我看到你不跳舞会开心？我在你心里就是这样心胸狭隘的人吗？我们的梦想呢？当我实现不了的时候，你更要加油啊！把我的那份也一起加上！这才是把我当成真正的朋友！"

陈杰笑得十分轻松，他如一弯湖水般平静的双眸，流露出云淡风轻的释然。

"杰……你真的可以原谅我？"江乐梵颤抖着声音问着，眼睛里再次迷蒙了起来。

"傻——瓜！"

就在这个时候，一群人穿过广场，经过他们身边走向舞池。

他们走过来时，其中一个粗鲁地撞了下陈杰，却丝毫没有道歉的意思，打算扬长而去。

江乐梵赶紧上前一步扶住陈杰。

苏雨琪一脸愤怒地冲他们的背影喊："喂，你们站住！撞了人，难道连句对不起都不会说吗？"

那些人停住了脚步。领头的一个带着一副不羁的神情走向他们。站在陈杰面前打量了他一下，露出一个讽刺的笑容，说道："哟，哪里来的瘸子啊，这样也可以跳舞吗？这个广场可是街舞圣地！没用的人让开！"

陈杰愤怒地仰头看着这个人："你说什么？"

苏雨琪勃然大怒："喂！你们胡说八道什么啊！别以为自己很了不起！"

"瘸子，说错了吗？"另一个人夸张地模仿陈杰拄着拐杖的样子，还一边说一边做鬼脸。

苏雨琪气疯了，上前一步，傲然地挑挑下巴："有本事跟我比！"

那个领头的人斜了苏雨琪一眼，"哈"的一声笑了出来，朝身后招了招手。

"不自量力，一个女生加一个瘸子！上次有个臭小子自以为了不起，最后还不是输得满地找牙！"

他身后的人围了过来，也都肆无忌惮地嘲笑着。

"废物！"

"你、说、什、么？"

"废物"两个字仿佛一根针猛地刺进江乐梵心里，他倏地抬起头，死死盯着那个人，牙齿咬得咯咯作响。

那人耸了耸肩，嗤笑着："说你们啊……"

话音未落，不远处跑来了一群人。苏雨琪的脸上露出了微笑。

是前街舞社的成员们！原来说好是想等江乐梵和陈杰解开心结之后才现身，但现在看到有人欺负自己的朋友，就再也待不住了。

看到那些熟悉的昔日同伴，江乐梵吃惊地睁大了眼睛，蓦地说不出话。

谢诚第一个和他打招呼："社长，好久不见。"

"老大！"随后，展陌远很自然地站到江乐梵身旁，"怎么回事？这些人要干吗？还不快点儿好好修理修理他们！"

其他几个人也纷纷义愤填膺地点头，随声附和。

那些人看到对方一下子来了这么多人，态度稍微谨慎了一点儿，但还是根本没有道歉的意思。

"你们就算来的人再多，也都不行！根本就不会跳街舞，还出来丢人现眼！哈哈哈哈。"

前街舞社社员们的脸色沉了下来，愤怒地瞪了那些人几眼，请战的目光纷纷投向江乐梵。

"一定要让他们吃点儿苦头，敢看不起我们星阳街舞社！"

"老大！我们上吧！"

"对，给他们点儿颜色看看！"

一片请战声中，江乐梵反而沉默了下来，始终紧紧地抿着唇没有说话，就像一个没有生命力的木头人一样。

苏雨琪气得连连跺脚，明明都这种情况了，他还不肯正视自己的心结！她恨不得冲上去，亲自把他的嘴巴撬开！

"江乐梵！"陈杰终于忍不住了，他举起拐杖敲了敲江乐梵的小腿，一脸恨铁不成钢的样子，"你还要等到什么时候？"

江乐梵转头看着他的眼睛，目光里有无助、内疚、痛苦，还有如闪电般一闪而过的愤怒，可这一切都被一层冰面封闭在漆黑的眼瞳中。无数次，他都是这样压抑住自己渴望跳舞的冲动，让自己变成无知无觉的木头人！

"如果你认为都是你的错，希望我原谅你的话……"陈杰的目光仿佛想要在江乐梵身上穿出两个洞一样，他一字一顿地说道——

"打败他们，给我赢！"

江乐梵一愣。

他的手指在一点儿一点儿收紧……无数个画面像凌乱的老电影出现在他的脑海中。跳舞……他还是那个自信的他吗？他还可以轻易地站在顶端，击败任何人吗？

可当他的目光与陈杰充满期待的眼神重叠时，他脸上的表情明显在变化。仿佛一点儿一点儿融化开来的冰面，又仿佛是投入火中，即将重生的凤凰。无数种情绪喷薄而出，江乐梵就好像重新被注入了生命力,每一个细胞都从沉睡中醒来,散发出浑然不同的气势。

苏雨琪高兴地拍起手来,不由得惊叹:"回来了!回来了!这才是星阳街舞社的'舞皇子'嘛!"

"你想跟我们比?和她一起?"那人一脸轻蔑地看着向他们走来的江乐梵,嘲笑道,"输了可别哭哦。"

江乐梵只回答了六个字,简简单单却斩钉截铁。

"输的会是你们!"

很快,在广场中心的舞池中,尬舞正式开始了。

脱掉制服的江乐梵穿着一件黑色的紧身背心,露出线条优美的肌肉,在广场上流光溢彩的灯光下,像是一尊大理石雕刻的塑像。

他的头仰着,蓬松的头发有些不羁地竖起来,却显得他脸部的轮廓越发分明,英俊逼人。与之前相比,他仿佛换了一个人一样,那种冷厉的气势让那些人面面相觑。

音乐响了起来,放的重摇滚乐,虽然不是街舞的标准配乐,但是格外适合江乐梵此刻的心境。

压抑的,被释放了。

束缚的,终于喷涌。

他好像一座沉寂多年突然爆发的火山,又像一条蛰伏许久蓦然腾空的飞龙,张扬着散发出无人可敌的魄力。扬起的双臂在空中划出完美的弧线,配合着扭动的身体,一下子就夺走了所有人的注意力,江乐梵绽放出他所有掩埋的天分,他的身姿犹如闪电一般华丽而动人心魄。

双手撑地,整个人一个漂亮的倒立,以手腕支撑着重心高速旋转着,这是街舞动作中炫目的"风车"。被江乐梵做来,就好像是小孩子的空手翻那样轻松随意;他的身体就好似一只陀螺一样,在无数次旋转后戛然而止,一个极高难度的后空翻之后,江乐梵又像触电一样玩起了关节的技巧,在场所有人都看得咂舌不已。

一旁的苏雨琪一边配合着江乐梵的动作,辅以柔软轻快的舞步,一边在心里赞叹着:江乐梵真不愧是"舞皇子",这样的表演简直太棒了!

那些人虽然也在跳,但是在观众们的嘘声里,他们已经很难继续支撑下去,因为跟江乐梵的舞蹈比起来,他们跳的根本就不是街舞,反而像拙劣的模仿秀。

"太棒了!好厉害啊!"

顷刻间,舞池周围爆发出热烈的掌声,每一位观众都为江乐梵精湛的表演由衷地赞叹着。

街舞社成员们的笑容尤其灿烂。

陈杰也笑了,挂着拐杖走过来,把手放在江乐梵的肩膀上。

他欣慰地说道:"不错不错。"

江乐梵的目光迎上陈杰轻松的微笑,终于也第一次露出了些微的笑意。

突然,陈杰猛地拍了一下江乐梵:"但还不够——要算上我那份。"

"好,连你的那份。"江乐梵郑重地点了点头,"我会一直努力下去的!"

苏雨琪看着这一幕,笑得比谁都开心。她目不转睛地看着江乐梵——这才是她心目中的"舞皇子"啊!

报名全国资格赛，队内矛盾重重

当一行人再次站定在练舞房前，望着窗明几净的熟悉的空间时，大家都感慨万千。

只有展陌远一副大大咧咧的样子，站在练舞房中央皱着眉直嚷嚷："这里好拥挤啊！"他望着四周胡乱堆放的杂物，伸手比量着空间大小。

"这些不是我们街舞社的东西吧？"

苏雨琪点点头，解释道："嗯，是其他社团暂时放在这里的。"

"可恶，叫他们快点儿搬走啊，现在这样叫我们怎么用啊？"

谢诚连忙出来安抚急躁的展陌远："你可别扫大家的兴啊，今天我们聚在这里是为了庆祝街舞社的重生，你就先忍忍吧。"

苏雨琪连忙补充说："是啊，等我们跟学校申请正式建社，就可以把东西搬走了。"

另一边，胖胖的麦田正一脸严肃地背着手绕圈。

苏雨琪转头看到他一颠一颠的肚子就想笑，真没想到大名鼎鼎的"Blue Moon"竟然是这副尊容，不知道跳起舞来会是怎样。

麦田身边的许亚斯戳了戳他："干吗发呆啊？今天我们是来练舞的，不是来缅怀过去的，你这是什么表情啊？"

麦田的眼睛里居然真的有晶莹的东西闪啊闪，这下子所有人都露出怕怕的表情，一起看着他。

麦田用力揉了揉眼睛，他的眼睛立刻变得像兔子眼睛一样红通通的。苏雨琪有点儿结巴地问道："喂……你……你至于感动得哭吗？"

麦田再眨了眨眼睛，两滴圆圆的泪珠从他眼睛里滚落下来。

苏雨琪惊讶地张大了嘴巴："哇……麦田，你……你居然感情这么丰富……"

不过麦田脸上的表情看起来可不像是"感动"，他一边抬手揉了揉眼睛，一边郁闷地问道："你们……谁打扫的这个练舞房啊？怎么不扫得彻底一点儿啊？我刚进来就被灰尘迷了眼睛。"

一瞬间，似乎有一大群乌鸦从众人头顶上飞了过去。

这时，苏雨琪注意到江乐梵进来后就一个人靠着墙，默默地一言不发。她像只小兔子一样跳了过去，打量着正若有所思的江乐梵，坏笑着凑到他耳边。

苏雨琪正准备"哇"的一声大叫吓他一跳，江乐梵却突然猛地一拍手，"呼"地一下抬起头来。

于是猝不及防地，江乐梵和苏雨琪的脑门重重地撞在了一起。

"啊！"

"啊！"

两声惨叫几乎同时响起,只不过其中一个还带着点儿惊吓。

苏雨琪是典型的吓人不成反而被吓得不轻,而且撞得又很重。她捂着额头几乎是眼泪汪汪地瞪着江乐梵,一副恨不得扑上去咬他一口的架势。

旁边一干人毫无同情心地笑得前仰后合,就差抱着肚子在地上打滚了。

"苏雨琪和老大真是太合拍了,一样的搞笑!"

展陌远像只猴子一样跳来跳去,笑嘻嘻地说:"你看你那样子!"说完也大笑起来。

苏雨琪无奈地瞪瞪他们,又偷偷瞄一眼一脸酷酷的江乐梵,清清嗓子大声说:"好啦!好啦!大家别吵了!我有事要宣布!"

"什么事情?"

大家不解地看着她,就连江乐梵也是一副摸不清头脑的样子。

苏雨琪站到一个垫子上,微笑着望向大家,兴奋地宣布道:"我准备替大家报名参加'World of Dance(世界街舞大赛)'了!"

"咦?就是那个全球顶尖的街舞大赛,每年只有一支中国的队伍可以参加亚洲区预选赛的?"

"太棒了!参加这个比赛一直是我的梦想!"

听到"World of Dance",大家顿时像炸开了锅一样,欣喜地互相议论。

"那我们的队伍叫什么名字呢?"展陌远想到这个关键问题,像个小学生一样赶紧举手提问。

"舞皇子!"

"X-Dancers(炫舞者)!"

"追风逐梦!"

听着大家的回答,苏雨琪抽搐着嘴角——幸好早有准备!

她扬了扬下巴,胸有成竹地说:"我们就叫'星阳'吧!我们是星阳街舞社,作为星阳中学的学生参加这个街舞大赛,要为所有星阳人争光!"

"这个名字不错!"

"好!就叫星阳!"

苏雨琪的提议迅速得到了成员的响应,队伍的名字就这样定了下来。

站在一边的谢诚拍了拍江乐梵的肩膀,笑呵呵地问道:"再次回到练舞房,你要不要先跳一支舞庆祝一下?"

展陌远听到了,立刻举双手赞成:"好呀!好呀!我喜欢看老大跳舞!"

"要是江乐梵退步了,个人秀可以换别人上哦!"苏雨琪眨眨眼睛,调皮地说着。

江乐梵望着大家期待的目光，淡淡一笑："没问题！"

展陌远连忙跑到录音机旁想要放音乐，却发现插座已经完全被一层又一层的杂物挡住了，他无奈地转过头说："怎么办？没音乐……"

江乐梵笑笑，从口袋中掏出了手机，摁了几下，放在地上。顿时，充满节奏感的音乐流泻而出。

伴随着音乐，江乐梵以几个流畅的滑步走到场地中央，"呼"地一下甩掉了外衣，露出里边贴身的红色T恤。细细的银色链子挂在他修长的脖颈上，链子的末端坠着一个小小的星星，上面的透明水钻仿佛射灯下的宝石那样，在从窗口照射进来的阳光的映衬下闪闪发亮。

玩了几圈"风车"之后，江乐梵忽然像一片落叶那样贴在了地上，但下一瞬间他仿佛装了弹簧一样弹跳起来，连续两个侧手翻，高高跃起……

其他人也被江乐梵充满力量感的舞蹈感染，纷纷加入，一时间，练舞房里可说是热闹非凡。

忽然，音乐的旋律变了。

"哇，老大的手机好强大，还能自动切换音乐吗？"展陌远崇拜地看着地上不断振动的手机，啧啧称赞。

"傻瓜，是来电话啦！"麦田一边说着，一边把手机递给江乐梵。

看到手机屏幕上显示的号码，江乐梵赶紧按下通话键："陈杰，怎么啦？"

知道打来电话的人是陈杰，大家都关注地看着江乐梵。

虽然听不到陈杰说了些什么，但是从江乐梵越来越难看的脸色上，所有人都知道很可能是坏事情。

于是这些没义气的家伙相互挤眉弄眼了一阵子，趁着江乐梵全神贯注在接电话的时候，一起开溜了。

开玩笑，老大那脾气可不是能用"好"来形容的，谁会在这种时候留下来当出气筒啊！

于是，当江乐梵沉着脸挂断电话的时候，他身边就剩下了一个一脸茫然的苏雨琪。

苏雨琪还在奇怪一群人为什么好好的全跑了，而且跑之前还都要拼命给她使眼色。

她看着江乐梵一脸的郁闷，好奇地问道："陈杰说了什么啊？"

"他要走了……"江乐梵咬了咬嘴唇，"他必须要回到美国继续治疗他的双腿。"

苏雨琪点了点头："那很好啊。下次见面他应该就可以不用拐杖了吧。"

一边说，她一边瞄着江乐梵阴云密布的脸，忽然恍然大悟地"哦"了一声，拍了拍江乐梵的肩膀，笑嘻嘻地说："你是舍不得他走吧？"

江乐梵仿佛被窥破了心事，扭头望向窗外。

苏雨琪似乎感受到了江乐梵的伤感和失落。

她抿了抿唇，歪歪头，小声地说道："江乐梵，你别这样。陈杰虽然走了，但你们还是好朋友，不是吗？像我跟小欣欣分别了好几年，也没有影响我们之间的感情啊。"

为了解决练舞房的问题，尽快让街舞社重建，苏雨琪将早已准备好的社团申请书递交到教导处。

宽敞明亮的会议室里，负责社团事务的刘副校长一边看着坐在他身边一言不发的林焰，一边看了看站在桌子对面的苏雨琪。

他颇为无奈地皱了皱眉，低下头去仔细查看申请报告。

苏雨琪望着一脸严肃的林焰，骄傲地说道："我说过的话，我做到了。"

"恭喜你。"林焰不动声色地点点头，视线却没有转向苏雨琪，仍然直勾勾地盯着申请书上那一排各式各样的签名。

苏雨琪似乎注意到了林焰的"恭喜"只是一种客套，锲而不舍地追问："我们经过正常的程序，聚集足够的成员，提出建立街舞社的申请。请问，还有什么问题吗？"

苏雨琪稍带攻击力的话引起了林焰的注意，他收回视线，神情恢复正常。

"不知道是不是我听错了，你的话里有一点儿火药味。"林焰的语气惯常地沉着冷静，"对于任何学生，想要在学校的规章制度内建立内容健康、主题积极向上的社团，我是从来不予反对的。"

"嗯，我相信你。"苏雨琪淡淡地笑了笑。这句话引得林焰抬头瞥了她一眼，琥珀色的瞳仁里蕴藏着说不清道不明的情绪。

"那个……"这时刘副校长有些迟疑地开口，愁容满面地按按太阳穴，"苏同学，你提出重新建立街舞社的申请，我刚刚已经研究过了……"

"那是不是可以批准了呢？"苏雨琪急切地追问着。

刘副校长再次看了看身边的林焰，但林焰仍旧神情严肃，他只好勉强笑了一下："这个，学校也需要考虑大多数同学的意愿……所以……"

"不用考虑了。"苏雨琪连忙递上一份打印的文件。

"这是我们自己做的调查，全校至少有百分之七十的同学希望能够设立街舞社，如果您不相信，可以重新调查一次。"

"啊……那个……"显然没有想到对方有这么一手，刘副校长尴尬地笑了，"哦，如果是这样的话，那么……其实是可以考虑的，但是……"

林焰动了动身体，沉声说道："刘副校长，街舞社的申请是符合所有章程的，我们应该予以备案。"

刘副校长点点头说："对，可以备案。"

"备案？"苏雨琪眨了眨大眼睛，显然没弄明白他们的话。

"符合条件的社团在提交申请后，经学校同意后予以备案。但在此期间，学校不会提供场地、资金、设备等任何一方面的支持。"林焰解释道。

苏雨琪愣了愣，着急地问："什么？那练舞房呢？"

"暂时不能给你们。"林焰摇摇头，"不过，如果你们通过考核，就可以得到学校官方的认可。得到认可的社团，学校会给予一系列的支持。"

苏雨琪紧皱眉头，有些质疑地看着林焰："还要考核？我怎么没听说过？"

刘副校长清咳了一声，提醒苏雨琪："学生手册里有，在第32页第三条。"

苏雨琪无奈地叹了口气，望着面无表情的林焰，说："那考核什么？"

话虽然说得很好听，但考核的内容通常不会有好事……

林焰没有直接回答苏雨琪，而是指着袁妙和谢诚的签名，带着一丝疑问地说："这两个人都已经三年级了，明年就要进行升学考试，这个时候分心来做社团不是很好吧？"

"谢诚学长的成绩一向很好，前一阵子还考了全年级第一呢。"苏雨琪得意地说着。

林焰似乎预料到她会这样回答，又指着江乐梵的名字："那他呢？听说他经常旷课，考试永远倒数第一。"

"那是以前的事情了，江乐梵一定会努力赶上来的。"苏雨琪抬起头，盯着林焰，目光平静而坚定。

"那好，如果你们通过以下考核，街舞社就正式成立。"林焰站了起来，声音清朗。

"所有成员必须在接下来的期中考试中达到良好的成绩，以证明社团活动不会影响你们的正常课业。这样的考核可以吗？"

苏雨琪认真地想了想，仿佛眼前一亮似的，一双水汪汪的大眼睛里忽然闪动着明亮的光泽："你说的是真的吗？"

"当然。"

林焰点点头，再次确认地说："只要你们考试得到良好，街舞社就能得到学校官方认可。"

苏雨琪愣了一下，有些愕然地看着林焰——这是她第一次从林焰口中听到，他不再反对重建街舞社。

"你不会是在跟我们开玩笑吧？"

"我个人是绝对不同意重建街舞社的。"他静静地说道。

"但作为学生会会长,我不能无视大多数同学的要求,也不能拒绝通过正常途径递交的申请。可你记住,即使重新建社,如果还会发生同以前一样的事情的话,不管是谁,都帮不了你们了!在这一点上,我对你们没有任何信心可言。"

苏雨琪哼了一声,嘟起嘴盯着林焰:"你这是在诅咒我们吗?会长大人?"

她瞪了林焰一眼,暗暗地想,这个人果然是一如既往的死脑筋!

"咦?你们一个个怎么都垂头丧气的?"苏雨琪说完学校的要求后,诧异地发现谢诚他们似乎都打不起精神。

谢诚叹了口气:"当然是因为前途渺茫……"

苏雨琪迷惑不解地眨了眨眼睛,有现在这样的结果她觉得已经很好了——难道这其中还有什么别的原因吗?

袁妙同样皱着眉,盯着一言不发的江乐梵:"老大,虽然我对你有信心,不过你不务正业已经很久了,刘副校长给的标准可不是及格,而是良好。你期中考试的平均分数要达到 75 分以上,你行吗?"

江乐梵还没回答,许亚斯已经叹了一口气:"就算老大过得了关,'烈焰'怎么办?老大不务正业才搞得这么凄惨,他天天来上课还不是一样……"

"等等……"苏雨琪总算明白他们在担心什么了。

她嘴角抽搐了两下,看着这帮人:"你们不要告诉我,你们一个个原来都是排倒数的……"

"那倒不至于……"一向成绩好的谢诚赶紧为自己辩护,"我和袁妙还有亚斯都没有问题,不过也不是人人都像我们一样,麦田的成绩也一般。"

苏雨琪惊叹:"也就是说其实想要全体达到良好是很难的,对吗?"

"如果我们不是三年级还好……"谢诚皱皱眉,"可以分一些时间出来帮他们补习,但是现在我们自己的时间也很紧,就算能够抽出来几天,临时抱佛脚的效果也不会太好吧。"

"哦……那我有办法……"苏雨琪笑了,"补习的话就交给我吧!我家小欣欣可是天才哦!"

"这样啊……"谢诚松了一口气,看了看江乐梵,"如果能找到人帮忙的话就最好了,老大,你自己要加油。"

江乐梵点了点头,没有出声。

虽然提交了社团申请书，并且在学校社团管理处备案了，但苏雨琪他们并不能完全使用练舞房，这让他们十分郁闷。

看着练舞房里塞得到处都是别的社团的道具，苏雨琪想着去找林焰说说情，看能不能让他去跟其他社的几个社长说，请他们暂时不要继续使用练舞房。

她刚走到学生会旁边的会议室楼道里，忽然传来"砰"的一声巨响，好像是有人用力地在拍桌子，紧接着一个极力压抑着怒气的声音传了出来。

"……你们几个真以为把街舞社占据了，我就会考虑撤除街舞社吗？倒是你们几个，不好好去管理各自的社团，只在这里斤斤计较，这实在不符合一个社团负责人的身份，我要重新考虑你们的身份了！"

咦？苏雨琪怔住了。

这个声音好耳熟，好像是……林焰吧？

"会长，是她先跟您作对的，我们只是想警告她一下！"这个带着委屈的声音不正是那天的家政社的社长于小菲吗？

"是啊是啊……"随后又有几个附和的声音响起来，"而且街舞社一旦复社，我们这些社团肯定有不少社员会被拉走，会长您也要为我们考虑一下啊！"

哈哈？来得可真巧，正好碰上他们在这里开社团会议！

苏雨琪走近了几步，从门缝里偷眼张望。果然，各个社团的代表正围成一圈七嘴八舌地议论着，为首的正是那天说要占用街舞社教室当仓库的几个人。他们正围在林焰的身边，看表情都有些不解。

林焰的脸上仍旧挂着笑容，可是他那笑容给人带来的并非是如沐春风，而是寒冷刺骨——在他目光的逼视下，几个社团代表不由自主都往后缩了缩。

"你们留不住自己的社员，是你们没本事，跟街舞社是否复社有什么关系？不要拿这个当借口！"林焰漠然地看着这几个人。

"我再说一次，街舞社复社与否，是要通过学校规定的正常程序的，我也无权干涉。但是，如果再让我知道你们私底下跟苏雨琪过不去，作为学生会会长，我是不会坐视不理的！"

"可是……"于小菲还想说什么，林焰冷冷地一眼横过来，成功地将她所有没说出来的话堵了回去。

"你想说她和我对立是吗？"林焰哼了一声。

"你们以为我是什么？苏雨琪有这样的勇气和毅力，我很佩服她。不管我是否支持她的选择，但她有这个权利。你们……"

他笑了笑："盲目崇拜会让你们失去自我的。"

苏雨琪呆住了。

这是她第一次听到林焰在别人面前对她的肯定！

原来这个让她觉得又冷又硬又顽固的家伙，居然会为自己说话啊！太不可思议了！

正想着，苏雨琪突然发现林焰已经朝门口走了过来。

啊啊啊，不能被他发现自己在偷听！苏雨琪急忙转身拼命地按电梯，可偏偏这个时候电梯就是不来！

"苏雨琪？"推开门走出来的林焰一眼就看到了她。

无处可逃的苏雨琪只能硬着头皮转过身："哈哈，会长，你好啊……"

林焰看了看苏雨琪那一脸尴尬的表情，又回头看了看虚掩着的办公室的门，轻声笑了："你刚才听到了？"

苏雨琪咬着嘴唇，点了点头。

"林焰，刚才你对她们说的那些话，谢谢。"

"不用客气，我那么说不代表我支持你的立场。"林焰的声音听起来仍旧冷静得仿佛不带一丝感情。

苏雨琪却丝毫没有生气，反而笑得更加开心："我知道我知道……但是我还是要谢谢你！而且……"

她转了转眼珠："为了表示我真诚的谢意，放学以后我请你吃饭好不好？"

"哦？"

林焰似乎有些惊讶，不过随即露出了一个真正温暖柔和的笑，就好像春天可以融化冰雪的阳光。

"让女孩子请客是不应该的，如果你不介意的话，可以去我家里，正好我也有东西要给你，但放在家里了。而且，我家厨师做的小点心还是很不错的。"

"真的吗？"听到有美食的苏雨琪眼睛更亮了，"那我不客气了哦！"

林焰笑着点点头。

苏雨琪答应了林焰的邀约，但她心里还有另外一个小算盘——她打算把江乐梵也带上一起去！

她看得出来，林焰和江乐梵颇有点儿不对付。她也知道，林峰的死对林焰的打击很大，可是那件意外的前前后后，陈杰已经说得很清楚了。不管是他失去双腿还是林峰意外身亡，都不能说是任何一个人的错,把责任全部推给江乐梵是不对的。

所以,苏雨琪无论如何都希望能让这两个人消除误会。

毕竟一个是学生会会长,一个是街舞社的社长。两个人闹得水火不容的话,以后街舞社肯定还是岌岌可危的!

况且,林焰最近的所作所为,让苏雨琪觉得其实他还是挺讲道理的,也许之前自己对他多多少少是有些误会了,江乐梵恐怕也是这样吧。如果能趁这个机会解开他们两个人之间的误会,那以后就"天下太平"啦!

想得虽然好,可是当苏雨琪把这件事告诉江乐梵时,江乐梵的反应当头浇了她一盆冷水。

"不去。"

"为什么不去啊?林焰毕竟好心地帮了我们街舞社很多忙,我们去道谢也是应该的啊!"苏雨琪有些不满地推了推江乐梵。

"我不去。"江乐梵皱起眉冷冷地说,"他自己喜欢多管闲事,和我有什么关系?"说完酷酷地转身离开,不给苏雨琪劝说的机会。

"喂!你怎么这样?人家好心帮忙你却说人家多管闲事!你——"

苏雨琪看着江乐梵的背影,拼命地跳脚。

要不是为了解决你和他的矛盾,我干吗拉你去他家啊!哼,不去就不去,我自己去!

放学后,苏雨琪看到校门口停着的车晕了一下。

她都差点儿忘了林焰是富家公子,还以为只要走走路就能到了呢。

而当车子驶进林家大宅的时候,苏雨琪更是彻底地震惊了!

虽然在电视和报纸上看到过所谓的豪宅,但是只有真的置身其中的时候,苏雨琪才发现电视和报纸上那原来被她认为是夸张的报道,其实根本不足以形容这里的豪华!

林家大宅依山傍水而建,车从半山腰敞开的大门开进去,一条笔直宽阔的大路一直通向一栋米白色的建筑——这栋有些日式风格的小楼竟然是建在一片广阔的水面上的!

悠长曲折地架设在水面上的回廊,从小楼后面通向另外几栋各具风格的别墅。整个宅院仿佛就是一个天然的度假区,各种建筑都掩映在葱葱郁郁的树木花草中,甚至还可以听到鸟儿的歌唱。

大路两旁有造型优美的路灯和花坛,苏雨琪死死地盯着车窗外的风景,下巴几乎要掉下来了!

车子在那栋米白色的小楼前停下，苏雨琪迫不及待地从车子上跳下来就直奔小楼而去。

她跑到小楼四周的回廊上，兴奋地趴在栏杆上朝水里看去。

"哇！好多鱼啊！"看到那些悠闲自在慢慢游动的锦鲤，苏雨琪惊讶地睁大了眼睛，"林焰，你家的鱼真肥！"

林焰缓步跟了上来，他抬手按住额头，嘴角有些抽搐："肥？苏雨琪，你不是想把它们捞起来红烧了吧？"

"红烧？"苏雨琪转过头，很肯定地摇摇头，"我喜欢吃清蒸的！"

林焰的嘴角抽搐得更厉害——要是让爷爷知道有人打算把他的锦鲤做成清蒸鱼，老爷子一定会气死吧？

"好了，别在这里站着打鱼的主意了！"拉着显然还恋恋不舍的苏雨琪，林焰大步朝屋里走去。

这栋小楼的内部装修也是日式风格的，进了大门就是一道屏风，大朵的牡丹在白色的丝绸上争奇斗艳，绣工精美得仿佛那不是绣出来的牡丹而是真正在盛开的鲜花。

绕过屏风，是原木铺就的地板，微微架起，仿佛日式的榻榻米一样。

"这里是……你家的……客厅？"苏雨琪问道。

林焰点了点头："请进来吧。"

"喂……你家里的客厅是一栋楼吗？"苏雨琪惊讶地问道。

林焰点点头："招待不同的客人，会选择不同的房间，如果是举行宴会，就要去那边的宴会厅。"

他抬手指了指左边一栋只露出天蓝色穹顶的建筑。

苏雨琪吐了吐舌头——妈呀，果然是有钱人！

林焰走到一扇门前："我们用这一间偏厅可以吗？"

苏雨琪从他推开的门里看过去，这个房间布置得很简洁——淡绿色的墙纸和白色的石膏花装饰的天花板，一座雪白的大理石雕塑站在房间一角，中间是一套透明的钢化玻璃制成的桌椅，正对着大大的落地窗，可以看到外面一望无际的风景。

"好啊好啊！"苏雨琪立刻点头同意。

当两个人面对面地坐下，林焰吩咐女佣把准备好的各式小点心一一端上来。

"哇，一看就很好吃的样子！"面对摆满一桌子的精致的点心，苏雨琪开心地叫了起来。

她伸手抓起一块枣泥酥咬了一口，立刻被那种甜香陶醉得眯起眼睛，脸上的表情仿佛是已经得道成仙一样满足。

林焰坐在她对面，静静地看着苏雨琪吃得越来越开心。

他发现自己的目光竟然无法移开，就这样看着对面的女孩子像只贪吃的小猫一样，挥着小小的爪子进攻每一样她喜欢的食物，眼睛里是毫不掩饰的快乐的光彩，像婴儿一样天真纯净。

林焰的嘴角绽放出微笑，他像是突然想起什么似的，取出一份文件交给苏雨琪："对了！这个，我差点儿忘记要给你了。"

苏雨琪好奇地接过来仔细看了看，"呀"的一声惊叫出来："这是'World of Dance'的海选资格证？"

她惊喜地抬头看着林焰："怎么会在你这里？"

林焰轻轻一笑："你们代表星阳参加比赛，资格证当然是寄到学生会的。"

苏雨琪开心得合不拢嘴，拿着手掌大小的资格证翻来覆去地看，生怕错过一个字。等注意到海选比赛的时间，苏雨琪的兴奋一下子没了。

她皱着眉头："这一天不正好是我们模拟考试那天吗？"

她遗憾地叹了口气："这个比赛可是世界性的大赛啊，是所有街舞爱好者追逐的最高目标。不用说进入总决赛，只要能成为分赛区的冠军，都会受人瞩目。可是……为什么时间冲撞了呢？这要怎么选择啊？总不能因为去参加比赛就不考试了呀……怎么办呢……"

一边说着，苏雨琪一边把资格证放在桌子上，可视线像被胶水粘住一样，怎么都无法从资格证上移开。

林焰伸手拿起资格证，看着下方的比赛时间，朝苏雨琪笑了笑："这个你倒是不用担心，如果你们真的决定参加这个比赛，那么我可以跟学校沟通一下，考试可以延后一天进行。因为毕竟是模拟考试不是正式的期中考试，学校应该会同意。"

"真的？"苏雨琪兴奋地跳了起来，看样子恨不得扑过来给林焰一个拥抱，"哇，你真是太好了！会长大人，多谢啦！我们一定会赢得胜利的，让所有人都知道星阳街舞社的厉害！"

林焰似乎是赞许地点头笑笑，但那笑容意味深长："不管怎么说，星阳街舞社在全市也是赫赫有名的，不参加太可惜了。"

"那当然！"苏雨琪自信地点点头。

一想起平时练舞的场景，她又无精打采地低下头："可惜，大家都停滞很久了，现在恢复到原来的水平还需要一段时间。"

林焰想了想，若有所思地说："对了，小峰的房间里有一些与街舞相关的东西，也许对你们有用。"

"可以吗？"苏雨琪兴奋地抬起头，看到林焰确定地点点头。

苏雨琪跟着林焰走进一栋深褐色的城堡小别墅，吐了吐舌头："你一个人住这么大的一栋房子，不觉得很冷清吗？"

林焰摇摇头："不会啊，这里是我和小峰住的，他平时又吵又闹……"

他蓦然住口——林峰已经不在了。

虽然他还是习惯地这样介绍他和小峰住的地方，但事实上正像苏雨琪所说的那样，当小峰离开之后，他一个人在这栋屋子里，确实觉得有些冷清。

"对不起……"苏雨琪轻声地道歉。她的确只是无心地发问，却忘记了林焰曾经有过的伤痛。

"没关系。"淡淡地回答着，林焰帮苏雨琪推开那扇镶嵌着天使图案的雕花木门，"楼下是书房、客厅、健身房和餐厅，楼上是我和小峰的房间。"

苏雨琪四下打量着，和刚才那栋日式建筑风格的客厅不同。

这里的装饰显得更加刚毅——天青色的墙纸、地面上铺着光洁的云纹大理石地砖，家具清一色是原木本色，只有落地窗上浅黄色的维尼熊图案的窗帘让这栋房子看起来像是给小孩子住的，不过它也成了整个房子里最显眼最异类的东西。

"怎么了？"林焰顺着苏雨琪的目光看过去，轻轻地笑了，"觉得男孩子会挂这种窗帘很奇怪吗？"

苏雨琪像拨浪鼓一样摇着头："不会不会，我只是觉得好像跟整体风格不太合得来。"

林焰点了点头："你眼光不错，这里挂的本来是跟墙纸一样色调的窗帘，但是小峰硬要换掉。呵呵，爷爷和父亲都拗不过他，所以就挂上了。"

"林峰……在你们家很受宠吧？"苏雨琪小心翼翼地问道。

林焰笑着，目光中流露出怀念和宠爱。

他沉默了一会儿，随即转头对苏雨琪说："小峰的房间在上面，我们上去吧！"

说着，林焰便朝楼上走去。苏雨琪静静地跟在他身后，对于当年的那场意外，虽然她已经清楚地知道了整个过程，可她似乎刚刚开始了解到，在林焰心中，他意外去世的弟弟究竟有多重要。

当林焰推开那扇很久没有打开的房门时，他情不自禁地深深吸了一口气。

房间里的一切还是和以前一样，就像林峰出事的那天早上离开家的时候，什么都没有改变。

床上的被子被胡乱地卷成一团堆到一角，睡得七扭八歪的床单也没有来得及拉平。

书桌上堆着林峰喜欢的漫画、零食，还有他的宝贝掌上游戏机和平板电脑。一旁的布艺沙发上，一只毛茸茸、软绵绵的维尼熊布偶斜靠着，仿佛还在忠诚地等着主人回来。

墙上挂满了相框，苏雨琪好奇地一张张看过去。

相框里的男孩子有着跟林焰相同的容貌，黑色头发、浅褐色眼睛、飞扬的眉与挺拔的鼻子。唯一与林焰不同的，是几乎每张照片上的那个男孩都在纵情大笑。

薄薄的双唇大大地咧开，露出雪白整齐的牙齿，笑得仿佛全世界的阳光都集中在他的笑容里。

"他就是林峰？"苏雨琪指着照片里搂着几个男孩子的脖子开怀大笑的人，有些迟疑地问道。

林焰静静地站在那里，窗外射进来的阳光被窗上挂着的薄纱遮住，淡淡的光晕映着他有些恍惚的微笑，让他看起来竟然有几分不真实。

"是啊，是小峰。"林焰仿佛在呢喃自语，"他跟我不像吗？"

苏雨琪皱起眉："长得是很像没错啦……可是他总在笑，不像你一天到晚板着脸。"随口说完，苏雨琪才发现自己是当面在诋毁会长大人，吐了吐舌头，偷瞄了一眼林焰。

林焰似乎根本没有察觉到苏雨琪在嘲笑他，他似乎沉浸在对往日的回忆中去了。

"虽然我和小峰是双胞胎，但他一直比我活泼。可能因为全家都很宠他，所以他不会像我一样严肃吧。"看着相片里的男孩子，林焰不知不觉地微笑起来。

"他从小就好动，后来居然迷上了街舞，当时爷爷和爸爸气得要命，可又舍不得真的教训他，也就随他去了……你看，小峰得过很多奖的……"

苏雨琪的视线跟着林焰抬起的手指一一看去，果然，在书桌上、书架上摆了好几座各式各样的奖杯，看来林峰当年也很风光，难怪会不服江乐梵进而上门挑战。

咦？

苏雨琪忽然一愣，在一座奖杯后面的墙壁上，看到一张有些不太一样的彩色照片。照片上也是林峰，穿着宽宽大大的 Hip-Hop（嘻哈）街舞服，伸出右手做出经典动作。可不太一样的地方是，这张照片上的林峰是短发，露出了额头。

他的额头上……

有一道熟悉的伤疤！跟苏雨琪小时候遇到的那个小男孩额头上的伤疤很相似！

"这……也是你弟弟吗？"苏雨琪震惊地盯着相片，小时候的场景一直在脑海里徘徊，"他额头上的疤是……"

林焰似乎迟疑了一下："跳舞摔伤的。"

苏雨琪激动地望着林焰，翡翠色的眼眸流露出无比的急迫："那道疤是几岁时留下的？他是不是经常在纪念碑那里跳舞？对了，这个动作他会吗？"

说着，只见她的双臂猛地伸展到最大极限，头向后仰去，双脚分开，整个人仿佛一尊石像般凝固了一秒，随即双臂猛地合拢向前伸直，双手交握，拇指竖起，食指伸出，摆出一个帅气到极点的射击动作。

林焰被她一连串的疑问砸晕了，迟疑了下，缓缓地问道："你问这些，是……"

"啊，不好意思，我太激动了。"苏雨琪敲了敲脑袋，脸上露出回忆的表情。

"你知道我为什么那么喜欢街舞吗？以前我跳民族舞、跳芭蕾，只觉得跳舞好麻烦，我又没天分，老是被骂，可是……在我六岁时，我遇到了他。"她凝视着那张相片，仿佛想从中看出它与记忆中的那个人的相似点，"他一个人在纪念碑下跳着舞，眼中燃烧着梦想的火焰，那种快乐和自信感染了我——原来世界上有一种舞蹈能让跳的人那么开心，就像一团燃烧着的火焰……所以，你的答案对我来说，真的很重要！"

林焰直直地看了她一会儿，转过脸深深叹了口气："原来……不过，你恐怕要失望了。你的问题我无法回答。"

"为什么？"苏雨琪瞪圆眼睛，流露出毫无掩饰的焦急和不解。

林焰苦笑了一下："小峰喜欢在哪里跳舞，他会什么街舞动作，我都不清楚。所以……"

苏雨琪的肩膀一下子垮了下来，不自觉地轻咬红唇，纤细的秀眉微微皱起，楚楚可怜地一遍遍抚摸着照片的相框。没想到林峰和江乐梵都有一道和小男孩一样的疤，那么，到底谁才是那个她苦苦寻找的人呢？不知为什么，她好像有点儿不愿意相信小男孩是江乐梵以外的人……

对了，林峰并不是星阳中学的人，而小男孩明明说要进星阳街舞社的！苏雨琪的眼睛亮了一下。

对，只有江乐梵符合所有的条件，所以……林峰的伤疤只是一个巧合而已！

林焰在一旁好笑地看着苏雨琪的表情变来变去的，安慰她说："要不我帮你问问小峰的朋友，也许能得到什么线索。"

他又走到书籍边，从里面拿出几样东西，递给苏雨琪："还有，这是小峰用过的节拍器，还有他收集的街舞高手的视频合辑，希望对你们有用！"

苏雨琪的思绪被唤了回来，不好意思地笑了笑。

她见到林焰递过来的东西，一脸感激的样子："谢谢！说实话你已经帮我很多啦！我跟你讲哦……"

苏雨琪刚走出林家，便看到不远处有几个男生正在对峙着。她蓦地发现其中一个熟悉的身影。

"江乐梵！"苏雨琪几步跑过去，站在江乐梵面前询问，"你怎么会在这里？"

她看看几个男生，又看看江乐梵，愈加疑惑起来："他们是谁啊？"

江乐梵的表情说不出是难过还是什么，沉默了一会儿回答道："他们是林峰以前一起跳街舞的朋友。"

"啊，那你们一定知道——"苏雨琪一听是林峰的朋友，眼睛一亮，连忙询问道。

"江乐梵！你到底比不比？"对方却根本不听她说了什么，只是围在江乐梵周围，隐隐呈包围之势。

苏雨琪这才发现气氛有点儿不对，瞪大眼睛看着这一切。

为首的秦凯看着江乐梵冷笑起来，他走到江乐梵面前，抬了抬下巴，语气很是不屑地说道："当缩头乌龟这么久，还能不能跳啊？让我们看看，能把小峰害死的街舞到底是什么样的啊！"

江乐梵猛然抬起头，盯着秦凯。

秦凯嗤笑一声："瞪着我有什么用，比还是不比？"

江乐梵冷笑起来，摇了摇头说："我没兴趣陪你们玩。"

秦凯当然不可能就这么放他走，于是朝他叫道："没兴趣？你是不敢吧？你这样的人也配叫'舞皇子'吗？"

江乐梵只是冷冷地笑了一声，仿佛懒得回答，径直转身离去。

"我就说你们星阳都是垃圾！难怪街舞社会被解散！你们根本就不配跳街舞！"秦凯气愤地朝江乐梵大吼，不料却把一旁的苏雨琪给惹毛了。

她一步冲到秦凯面前，恶狠狠地仿佛一头小狮子一样盯着他说道："你凭什么这样说？星阳怎么了？星阳随便拉出一个舞者，都不知道比你们厉害多少倍！"

"你是谁？"

秦凯眼里掠过一丝阴霾，表情倏地变得冷峻起来。

"我就是你们口中的星阳垃圾！"苏雨琪傲然地昂着头，撇了撇嘴，"他说没兴趣跟你比大概是因为你水平不够等级吧？你未免太高看自己了！"

"哈哈哈——"包括秦凯在内的几个人听到这句话全都笑了起来。

"凯，我没听错吧？"阿言笑得最夸张，"她在跟你下战书啊！"

"反正你们也参加了'World of Dance'的比赛，咱们赛场上见！带好你的星阳队伍，看看到底是谁厉害！"秦凯说道。

苏雨琪点点头,一副胜券在握的自信模样:"好!比就比,我一定会让你们输得五体投地的!"

秦凯望着苏雨琪点了点头,对另外几个人说:"我们走!"

看着秦凯他们颇有些不甘心地离开,苏雨琪长长地出了一口气——不管怎么说,至少他们不会再去找江乐梵的麻烦了吧?

想到这里,她唇边隐隐出现了一抹安心的笑容,可同时一阵眩晕的感觉也猛地涌了上来。她赶紧掏出随身携带的糖果,拿出一颗放进口中。

林焰出门正好看到秦凯他们离去,走了过来问:"刚刚发生了什么事?"

"没什么,会长大人,你怎么出来了?"苏雨琪平息了下呼吸,微笑地问道。

林焰望着她微笑的脸,把手中的资格证递给她:"你竟然把这个都忘了!"

"哎呀!这么重要的东西啊!"苏雨琪调皮地敲敲脑袋,朝林焰笑笑。

"谢谢你!"

林焰无奈地笑笑,刚想说些什么,就看到老管家站在门口冲他喊:"少爷!老爷来电话了,有急事!"

苏雨琪推推林焰:"快去吧!"

林焰点点头:"那你自己小心。"

说完,他转身进了自己家。

等到林焰家的门确定合上,苏雨琪这才无力地蹲下,抱着膝盖大声喘气。

好不容易心跳慢慢恢复平静,苏雨琪难受的感觉减轻了许多。

就在这时,她的眼前出现了一个人影。苏雨琪抬起头,愕然地瞪大了眼睛。竟然是江乐梵!他不是走了吗?怎么还在这里啊?

苏雨琪由于太过震惊,只能呆呆地蹲在原地。

江乐梵慢慢蹲下来,望着她,难得关切地问道:"你还好吧?"

"我没事!"苏雨琪笑着摇摇头。

江乐梵看着苏雨琪,不知道该怎么办,笨拙地伸手摸摸苏雨琪的额头,又摸摸自己的额头。

苏雨琪扑哧笑了出来:"傻瓜!我又不是感冒发烧!"她站起身来,踢踢腿伸伸胳膊,"没事了!我已经好了!你看,我又可以生龙活虎地跳舞了!"

江乐梵脸上担心的神情放松了许多:"没事就好。"

苏雨琪得意地说:"我答应他们,在'World of Dance'的海选上,我们星阳与他们一争高下……"

江乐梵的脸色一下子变了，表情渐渐变得冰冷："你答应他们？"

"是啊！怎么了？"苏雨琪疑惑地问。

江乐梵不悦地眯起眼睛，高声强调："我不是说了不和他们尬舞吗？"

苏雨琪有些不开心了："江乐梵，你干吗冲我大吼啊？我只不过觉得他们太嚣张了，想替你教训他们一下而已！"

"我的事不用你管！"

"你的事我不管谁管？"

"你只要管好你自己就行了！别和林焰走得太近！"

苏雨琪张口结舌地看着江乐梵，整个人呆住了，她扬起手中的资格证："你干吗一直针对林焰啊？你看这些，包括这个资格证，都是他给我的。林焰一直在帮我们，江乐梵，你也要检讨一下自己！"

江乐梵冷冷地哼了一声："他不是在帮我们，他只是在帮你而已！"

"我听不懂你在胡说八道些什么！"从江乐梵的话里听出了弦外之音，苏雨琪瞪大眼睛。

"他帮我，跟帮街舞社，有区别吗？总之，我们是要把街舞社重建起来啊！"

"重建街舞社？苏雨琪，你真以为自己是救世主吗？"江乐梵冷笑起来，仿佛很不屑苏雨琪的话。

"江乐梵！"苏雨琪快要气炸了，脸蛋因为气愤而红扑扑的。

"你今天到底是怎么了？刚才我就想问你，你为什么不跟秦凯他们比？他们在侮辱你，侮辱'舞皇子'这个名号！你怎么可以任凭他们这样做？你知不知道这样根本就对不起'舞皇子'这个称号，还丢了我们星阳街舞社的脸！"

她越说越激动："而且你不记得了吗？小时候我们见过的！你难道真的忘记了那件事？那时候你还说一定要考进星阳中学街舞社的！"

江乐梵用力挥开了苏雨琪，因为用力过大，苏雨琪被推搡得差点儿跌坐在地上。

"别再跟着我……"江乐梵冷冷地看着苏雨琪，黑色的眸子迅速暗沉得如阴暗的天空，"我不记得有这样的事！"

"好好想一想嘛！怎么可能忘记？当时你的脸上也有这样的伤疤。"苏雨琪伸手想去触摸江乐梵脸上的伤疤，却被江乐梵用力挥开了。

他冷笑着，眼睛里有种说不出来的压抑和暴躁："我说了！我没有！是你自己一直在纠缠不清！苏雨琪，你需要的根本就不是我……而是你自己的幻想！"

为什么他一次次地否认小时候那件事呢？苏雨琪有些不解，难道她真的记错了？难道那个人真的不是江乐梵，而是林峰？

不知为什么，这个可能性让她极为排斥。

"江乐梵，我就当你今天是发疯了。我不想再听你胡搅蛮缠，也不想再看到你！"大声冲着江乐梵吼着，苏雨琪拼命眨着眼睛不让眼泪流下来，掉过头飞快地跑开了。

江乐梵仍旧冷笑着，眼底深切的悲伤却渐渐涌了上来。

苏雨琪和江乐梵之间的冷战已经持续了好几天，在街舞社内部掀起了一阵不小的风波。

大家看在眼里急在心里，私下聚在一起偷偷想了很多办法，终于想出了一个绝妙的好主意——集体补习。

这天放学后，江乐梵一声不吭地起身离开，刚走到教室门口，就碰上了展陌远和麦田。

"哈哈，老大，这么积极要去补习吗？总得等等其他人吧。"

江乐梵看了看他们俩，犹豫了一下，还是无奈地站到了一旁。他本想先离开，现在也只好跟着大部队一起来到了苏雨琪家。

苏雨琪的家不大，却布置得异常温馨。

考虑到大家一起聚在自己房间里会很挤，等大家在玄关换好了鞋子，苏雨琪笑着问道："我们就在客厅这里复习好不好？面对着阳台，空气清新。成天坐在空调房里，对身体不好的。"

苏家的客厅是开放式的，让人感觉宽阔而舒适。

客厅的一端是白色的阳台，夕阳温暖的光线完全笼罩了阳台，向外凸起的半弧形围墙被改造成花台，半人多高的围栏上爬满了藤蔓植物绿色的叶片。

两根竖起的长铁栏被巧妙地设计成一个花架，紫藤小小的花朵从上面一直垂下来，散发着浓郁的香气，也让整个阳台仿佛是一座绿色的花园。

麦田陶醉地深深吸了一口气："哇，太舒服了！这地方好棒啊！"

展陌远嫌恶地瞪了麦田一眼："拜托，你能不能别用这么肉麻兮兮的语气说话，还是不是男人啊！"

麦田吐了吐舌头，做了个鬼脸。

苏雨琪让大家在客厅的原木方桌旁坐下，笑嘻嘻地看着陶艾欣："小欣欣，下面的时间就交给你啦，你可是我们大家的老师哦。"

展陌远哼了一声："老大，我怎么觉得我们就是被奴役的人啊？"

"闭嘴！"江乐梵依旧心情不好，皱着眉，"你再多嘴我就先镇压了你！"

这句本来应该是玩笑话，但由于江乐梵周身的低气压太过明显，愣是让大家笑不出来，反而有点儿冷场。

清了清嗓子，陶艾欣鼓起勇气打破了沉默："各位，今天的内容是这本练习册的第一到第三单元……"她看了看墙上的挂钟，"现在是四点，六点之前能够完成吗？"

"哇！不是吧！"这下连麦田也惨叫起来，"两个小时要做这么多？你当我们是神仙啊！"

展陌远叫得最大声："拜托，我要是都会做还要你帮忙吗？"

陶艾欣抬起头来看了看他："昨天是你自己说的，这本练习册简单一点儿，从这本开始。"

展陌远理直气壮地顶回去："可是我没说一天要做这么多啊！"他无辜地看着陶艾欣，神情竟然有点儿像是在撒娇，"你不会这么狠心吧？会累死我的啊！"

苏雨琪开始为好朋友打抱不平了："展陌远，你怎么胡搅蛮缠啊？小欣欣对你已经够好了啊，都满足你的要求了，你怎么还这么多事啊？"

展陌远恶狠狠地瞪着苏雨琪："你别以为有老大给你撑腰就了不起哦……啊！"话一出口，他才发现说错话了。

苏雨琪脸上的笑容有点儿僵。

"'烈——焰'！"展陌远本来还试图挽回话题，但江乐梵厉声大喝。展陌远一副"完蛋了"的委屈样子看了看江乐梵，"老大，我可以解释……"

江乐梵冷冷一瞥："如果期中考试到不了 75 分，你知道后果是什么。"

"真凶……"展陌远垂头丧气地嘟囔着。

气氛又冷了下来。

苏雨琪身为主人有点儿看不下去了，只好出来打圆场，她拉了拉陶艾欣的衣服："小欣欣，他们几个水平有限，一点点来嘛。"

陶艾欣斜睨了苏雨琪一眼："阿琪，是你自己也做不完吧？"她的口气有些硬，仿佛是故意嘲笑苏雨琪一样。

"呃……"苏雨琪愣了一下，陶艾欣从来没这么刺过她，她有些奇怪，不过还是笑了笑，故意扁了扁嘴很委屈地说，"小欣欣，你不要糗我嘛！"

陶艾欣叹了口气："好吧，那么不限时间，你们慢慢做吧。"

呼……原来从地狱到人间就是这种感觉……沉默的五个人心里不约而同地出现了同一个想法。

当苏妈妈高岚回到家的时候,看到的就是自己的宝贝女儿跟一群她不认识的男孩子一起咬笔杆抓头发的样子。

还是陶艾欣先看到了高岚,她笑着打了个招呼:"阿姨好!"

"哟!小欣欣啊!"高岚也笑着走过去,"好长时间没看到你来家里玩了呀,阿姨很想你哦。"

"妈——"被打扰了思路的苏雨琪不满地抬头瞪老妈,"你妨碍我做功课啦!"

"啧啧……"高岚眨眨眼睛,"琪琪,今天太阳没有从西边出来啊,你怎么这么乖了?"

"我一直都很乖!"苏雨琪冲自己老妈龇龇牙,她很不满意老妈当众揭短的行为。

江乐梵他们几个都站起来向高岚问好。高岚笑眯眯地一个个地打量过去:"不错不错,都是帅哥。"

"老妈……"苏雨琪很无奈。

高岚笑了起来:"好啦,你们第一次来,今天要留下来吃晚饭!"

"阿姨,那太麻烦您了……"

一时间,气氛高涨。可江乐梵还是很安静,似乎全部精力都用来做练习了,根本就没有要融入大家的意思。

苏雨琪一个人呆呆地坐在楼下公园的紫藤花架下。紫藤小小的花朵灿烂地绽放,空气中弥漫的香气馥郁而甜美,柔软的藤蔓低垂,绿叶在风中沙沙作响。

傍晚的天空,美丽的晚霞好像少女裙裾上华丽的流光。优美动听的音乐声随晚风飘散,也许是邻居家的孩子在弹钢琴。眼前不时有结束了学习的学生嬉笑打闹着走过,每个人的脸上都写满了幸福与欢乐,好像只有她一个人是失落的。

苏雨琪怔怔地看着,也不知道在想些什么,胸口仿佛压了一块沉重的大石头,让她每一次呼吸都格外困难。那种沉甸甸的感觉经常会让她很郁闷,却无从发泄,都是被那个江乐梵害的!

用力捏起手边的一颗小石子,狠狠地丢向前面,仿佛这样就可以打中那个讨厌的家伙一样!

小石子在路面上跳跃,越滚越远,直到有一双脚阻挡了它的去路。

然后,那个人慢慢走了过来,一直走到了她的眼前。

苏雨琪惊讶地抬起头。

逆着光,江乐梵就在她面前,微微垂下的视线在与苏雨琪的目光相触时,仿佛被刺痛了一样猛地一颤。

苏雨琪扁了扁嘴，想要站起来。但江乐梵却在她面前蹲了下来。同时伸出手，按在苏雨琪的肩上。他的手指轻轻颤动着，似乎带着一丝不确定和惶恐，但终于还是渐渐用力，仿佛要借此把自己的心意传达过去。

"干吗？"苏雨琪有些不情愿地问道。

江乐梵却没有回答她，只是静静地看着她。

苏雨琪也只好歪着头，看着江乐梵。

他深褐色的头发遮住了额头，两道浓密的眉毛挑了挑，又微微拧起来，仿佛在迟疑着什么。他的目光热切却又胆怯，抿紧的嘴唇让他看起来似乎有点儿紧张。

"对不起。"江乐梵终于开口，有些艰涩，却无比认真，"我不该那样责怪你的……抱歉。"他看着苏雨琪，语气郑重而严肃，"你……肯原谅我吗？"

苏雨琪愣了一下，她没想到原来这个倔得像石头一样的家伙会当面认错。好稀奇……可是心里那块大石头却好像被什么托了起来，整个人一下子变得轻松了。

"你……还在生我的气吗？"他很少用这么温柔的语气讲话，自己都觉得有些生硬，烦躁地抓抓头发。江乐梵满脑子想的都是怎么样才能让苏雨琪不生气，却没发现坐在他对面的女孩子眼里已经渐渐浮起笑意。

"就只有一句对不起啊？"苏雨琪想想那天他凶巴巴地吼自己，有些愤愤地用力给了江乐梵一拳。

"对不起对不起对不起……"江乐梵像复读机一样连说了几遍，苏雨琪目瞪口呆地看着他。

"这样够不够？"江乐梵眨眨眼睛。

"不够！"苏雨琪一下子跳了起来，双手叉腰，居高临下地看着江乐梵，"太没诚意了！"

"那……你要怎么样？"江乐梵也站了起来，摊摊手，一副任你处置的表情。

苏雨琪转着眼睛，忽然板起了脸，无比认真地看着江乐梵。

"你答应我，跟我一起参加'World of Dance'大赛，好好振兴街舞社。"

江乐梵愣了几秒钟。

苏雨琪一字一顿地补充："你答应我，是你自己真——心——愿——意。"

一刹那，江乐梵觉得苏雨琪的眼睛比阳光还要明媚，仿佛一直可以照到他心里最深处的角落，让他不再犹豫和沮丧。

"好，我答应你。"只迟疑了片刻，江乐梵认真地回答。

他想他不会再犹豫，也不会再有所顾虑了。

苏雨琪一下子就笑了，她开心的笑容让江乐梵有种难以形容的快乐，仿佛只要看到她的笑，一切都会变得美好起来，他突然感觉到原来有个懂你的朋友是这么开心的事。

夜风如此温柔，轻轻拂过微凉的肌肤。路灯下，两个人的影子被拉得长长的。

第六章 Chapter 06

海选赛晋级，再陷解散危机

在星阳街舞社众人的期待中,"World of Dance"的中国区海选赛终于来临了。

他们早早就来到了比赛场地,到达之后他们才发现,参加这次海选的队伍比想象中要多得多,也让他们更加跃跃欲试了。

舞台被布置得非常漂亮,地上铺着大红色的地毯,背景板上用大块大块的颜色勾画出跳跃着的人形。金色的幕布挂在两旁,写着"World of Dance"的横幅挂在背景幕布上。

在舞台的四角还别出心裁地放置了四个巨大的充气人偶,和着激烈欢快的音乐,在微风里轻轻摆动,似乎和舞台上正在表演的选手们一起跳着舞。

除了参加单人比赛的展陌远和袁妙外,苏雨琪他们全部挤到舞台前来观看。赛场的观众把舞台围得里三层外三层的。

苏雨琪他们使出吃奶的力气,挨了无数白眼,好不容易才挤到了舞台边上。

舞台上,精彩的表演接连不断,每个参赛选手都使尽浑身解数想要顺利通过海选。

苏雨琪看得兴奋无比,跟周围的观众一起不断为出场选手加油助威。节奏强烈的动感音乐、一浪高过一浪的呐喊声和口哨声,加上主持人的不断鼓动,将比赛推向了一个又一个高潮。

终于,展陌远出场了。

他刚刚一出场,苏雨琪他们就立刻爆发出热烈的掌声。随即,很多人也跟着他们一起举起了手臂拼命挥舞着为他加油;场边的啦啦队也格外兴奋,除了刚才的吹气棒,他们还举起了花环和小手鼓,场地的气氛沸腾得如同煮开的水一样。

展陌远跳的是 Breaking Dance(个人技巧舞)。只见他先是背部着地,仿佛陀螺一样不停旋转身体,随后双手一撑玩了一个倒立,然后身体猛地弯成了弓形,双脚着地的一刹那凭着腰力一跃而起,在空中做了一个漂亮的侧空翻。

这时场内立刻爆发出一阵喝彩声,掀起了一个小小的高潮。

他身子一落下来,双臂一曲,肘部支在地上,身体腾空而起,双腿仿佛鞍马运动员一样交错翻滚,这是街舞里的一个经典动作——"手转风车",动作流畅,极具观赏性,顿时引得周围响起了热烈的掌声!

紧接在展陌远后面登场的是袁妙。她选择的开场舞居然是最经典的 Pop Dance(机械舞),当年迈克尔·杰克逊就是凭此称霸天下的。Pop Dance 模仿机械人的动作,关键在于"顿点",即力量的施放。

不过在表演中,观众们看到的则是袁妙一边的手臂保持不动,而另一边手臂则前后左右折向各个方向,一边肩膀耸动一边肩膀仍旧保持静止,这可是很难做到的。

大家刚要喝彩，音乐就变得更加快节奏，而她也随之将 Pop Dance 换成了 Wave Dance（电流舞）。她全身仿佛通电一般不住颤抖，有节奏的抖动从右手指尖一直传到左手指尖，全身的肌肉和关节仿佛都在不停地颤动，双脚也仿佛涂了油一样在地面上滑来滑去。

观众们兴奋地鼓起掌来，在掌声之中，音乐再次转换，街舞中最抢眼也最华丽的 Breaking Dance 再度上演！

平时深藏不露的袁妙一口气换了三种舞蹈，每种都表演得极其精彩。在 Breaking Dance 的阶段，她时而双手支地旋转身体，时而背部着地双腿在空中划出一个个圆周，时而连续几个后空翻，引得观众尖叫连连。一套动作的收尾部分，她选择了做"风旋转"这个经典动作。然而，不知道是因为紧张还是因为疲惫，在换手的时候她竟然出现失误跌倒在地！

苏雨琪悬着的心一下子掉了下来，遗憾地看着落寞下场的袁妙："太可惜了！前面表演得那么精彩！"

"她的压力太大了，才导致动作走形。"谢诚也是一脸遗憾地摇摇头。

苏雨琪忍不住拉了一把江乐梵："你觉得其他学校的选手跳得怎么样？"

江乐梵还没有说话，展陌远已经抢先说道："虽然大家都是有备而来，不过跟我们可是还有距离哦！"

谢诚笑着摇摇头："'烈焰'，吹牛也要有个底限，平心而论，大部分选手都很出色。"

麦田也跟着点点头："是啊，每个人都有自己的特色，别人有些动作，我就做不出来。"

"你们干吗长他人的志气灭自己的威风啊？"得不到支持的展陌远一把拉过江乐梵，"我们有老大啊！要是老大在台上，肯定震得所有人没话说！"

双人舞和单人舞最大的不同，就在于比起技巧，更需要同伴之间的默契和配合，否则很可能因为一个人的疏漏而导致整个舞蹈失去平衡。因此一般的群舞，事先都要经过长期的磨合，寻找相互配合的感觉。

然而，在苏雨琪和江乐梵之间，仿佛这种磨合完全没有必要。

跟第一次合舞时的状态完全不同，此时的他们看起来似乎生下来就是为了配合彼此似的。同样的动作，江乐梵做起来充满了力度，而苏雨琪做起来就多了一份柔美；四条手臂忽起忽落，仅仅凭借对方的一个眼神就不会乱了频率；每一次跳跃都充满了默契。

随着音乐节奏的加快，江乐梵猛地倒立着以肘为圆心旋转起来。而苏雨琪则在他身边玩起了电流舞蹈，全身仿佛通电一般颤抖起来，那种特殊的韵律从她的指尖传递到肢体的每一个部分，一动一静的配合完全是天衣无缝。

舞台上方的光线随着音乐迷离地扫射着,激荡的音乐声里那两个舞动着的身影仿佛是一对刚飞上天空翱翔的雏鹰,又好像是在水面上双双起舞的美丽天鹅,张开的羽翼犹如梦一样迷人。

他们两个人,一个是Breaking Dance,一个是Freestyle Dance(自由式舞),在同样的音乐声中,彼此呼应得极其完美!

"老大简直是神啊!苏雨琪和他配合得实在太棒了!"展陌远丝毫不掩饰自己的崇敬之情,兴奋得满脸通红。

"太精彩了!太精彩了!"谢诚也难得地放下了一贯的冷漠,目不转睛地盯着江乐梵,急剧起伏的胸口显示着他也看得激动万分。

"就在几天前,他们还配合得乱七八糟呢!"袁妙也忍不住欣喜地说着。

麦田也是十分兴奋:"我就说他们俩一定有前途!"

音乐的调子猛地拔高,江乐梵随之一跃而起,仿佛跳水运动员那样一个前空翻加一个转体;双脚落地的刹那仿佛踩上了蹦床,再一次跃起,后空翻加逆向转体,干净利落的动作,让周围的众人忍不住大声喝彩。

江乐梵屏住气息,抓住节拍凌空跃起,身体猛地向一方侧去,用头顶着地板,借用双臂的力量不停地旋转着。

"老大的头顶风车成功了!"展陌远激动地大叫。

"这下我们赢定了!"谢诚满怀自信地说着。

一曲终了,江乐梵昂首向天,双手张开。苏雨琪跪坐在他对面,同样仰望天空。

这个结束动作仿佛是一篇热情洋溢的诗歌结尾处浓重的惊叹号。

台下爆发出热烈的欢呼声,全场雷动,喝彩声、口哨声以及吹气棒碰撞的乒乓声,简直快要把屋顶给掀翻了。

江乐梵傲然地站在那里,看着秦凯等人灰溜溜地收拾东西离开。

他脸上的神情仿佛是一个刚刚战胜了敌人的将军,骄傲而自豪,张扬而出的霸气无可抵挡。他精致的眉宇、炯炯有神的目光、坚定的嘴唇、倨傲的下巴……所有的一切都如此的完美!

"老大!我们赢啦!哈哈!"江乐梵和苏雨琪一下台,展陌远就大呼小叫着扑了上去,脸上兴奋的神情难以克制。

"星阳最棒!"

就在这时,苏雨琪的手机响了起来。

她从人群中跳脱开，兴奋地掏出手机，迫不及待地想把胜利的消息和好朋友共享："喂，小欣欣啊，我跟你说……"

电话那头，陶艾欣飞快地说了一些什么。

渐渐地，苏雨琪脸上的表情凝住了。

她机械地握着手机，脸上兴高采烈的神情一点点地消失，取而代之的是一脸震惊。

像是听到了世界上最可笑的谎言，她睁大了眼睛，不敢置信地盯着前方某处，眼底充满了讶异的神色，嘴巴也吃惊得微微张开。

陶艾欣的话却还在继续，每一句话，每一个字，都在敲打着苏雨琪的理智。

"怎么会这样……"

苏雨琪低声呢喃，下意识地望向四周。

刚刚赢得胜利的街舞社成员们还在热情地相互拥抱，每个人脸上都洋溢着巨大的喜悦，仿佛这一刻是他们最幸福的时光。

她不敢去想象如果告诉大家这个消息会有什么后果。

电话里，陶艾欣惊慌失措的语调让苏雨琪的脸上渐渐失去了血色。她咬咬牙，甚至来不及换下表演服，转身朝门外飞奔而去。

江乐梵正微笑地和周围人的说话。

当苏雨琪转身时，他下意识地回头，却只看到她匆匆离去的身影。

发生了什么事？

江乐梵皱了皱眉想要追上去，却被同伴拉住了。

"老大，老大，你看，是那个'Bob Li'（鲍勃·李）吗？主办方说今天有神秘嘉宾颁奖，应该就是他吧！"

"真的！就是他！"

看到仰慕的偶像时，大家激动万分。

江乐梵挣脱不开，只好心不在焉地应和着，视线却追随着苏雨琪匆忙的背影，露出一抹深思。

冲到星阳学生会会长办公室的门前，苏雨琪愤怒地一脚踹开大门。

"林焰，你骗我！"

站在窗户前的林焰一脸淡然地回头，在看到苏雨琪的一刹那，他脸上竟浮现出了某种陌生的笑意。

"我骗你什么？"林焰幽幽地问。

仿佛是一片乌云挡住了晴空，苏雨琪的神色变得越来越愤怒。

陶艾欣在电话里告诉她，街舞社的成员被全校通报批评，理由是集体缺席模拟考试，要被取消社团申请资格。

当苏雨琪听到这个消息时，一瞬间竟然觉得天旋地转。

她冲到林焰面前，抬手指着他的鼻子，怒不可遏。

"林焰！你答应过我，会帮我们跟学校沟通，让模拟考试延考一天的！不是吗？"苏雨琪的声音大到能掀了屋顶，"为什么现在学生会说我们全体罢考！"

"可是……"抿了抿薄薄的双唇，林焰微微向后退了一步，脸上的笑意却更深了，"我后悔了！"

苏雨琪看着林焰，眼前的人仿佛突然变了一个样子，变得完全不认识了。

她咬紧唇角，愤怒地问："你知不知道模拟考试，对我们建社来说很重要？"

林焰点点头，不动声色地回答："我当然知道！"

"那你为什么还……"苏雨琪怎么都想不通，林焰这是怎么了。

林焰冷笑一声，淡定地反问："你说呢？"

"你……"突然有什么迅速闪过脑海，苏雨琪猛地睁大了眼睛，不可置信地盯着林焰，"你是在报复江乐梵？你在帮你弟弟报仇？"

林焰坐回自己的办公桌前，微微抬起头："虽然鲁莽了一点儿，不过你的脑袋还不糊涂！"

他眯起眼睛笑了起来："说起来，就是如此。不过，你们也太好骗了一点儿！"

苏雨琪气得浑身颤抖，一想到自己当时那么相信他，她就恨不得狠狠地一巴掌打在林焰那张俊脸上。

"很好！"苏雨琪气过头反而笑了起来，"林焰，是我太天真了，我以为你真的愿意帮我了，我以为我做这么多事你应该明白我的决心！好，你恨江乐梵，用这样的方式欺骗我们玩阴谋！我再也不会相信你了，卑鄙的家伙！"

"随便！我从没有要求你信任过我！"林焰无所谓地摇摇头。

他望着苏雨琪，故意露出她熟悉的温柔的笑容："都是你自愿的。"

苏雨琪笑了一下，她觉得自己如果再不笑一下的话，胸口的憋闷就会让她爆炸了。

"哈哈，是啊，没想到学生会会长竟然还有这么棒的演技！"苏雨琪嘶声道，"你把我们耍得团团转就高兴了？街舞社不能重建你就开心了？林焰，我同情你！原来你那么懦弱、偏执，不肯相信那只是一个意外，因此你一定要把责任推到江乐梵身上，故意为难他来发泄你对弟弟的怀念！为了达到这个目的，甚至还不惜做出这么卑鄙的举动，不过，你以为这样就能彻底打垮街舞社了吗？不！我不会放弃的！你尽管阻挠，你成功一次，我就再努力一次！我一定会让星阳街舞社重建的！"

苏雨琪噼里啪啦地说了一大串，白皙的脸颊上因为激动而染上了一片绯红，她已经准备好迎接林焰接下来的冷嘲热讽。

可奇怪的是，林焰并没有生气，反而一直低着头，一副若有所思的样子。

突然，林焰低低哼了几句旋律。苏雨琪愣愣地看着他。

蓦地，仿佛有一股电流通过她的身体，她不可置信地颤抖了起来，瞪圆了眼睛指着林焰："你……你怎么会知道……"

"*In the Rain*（《在雨中》）。"林焰低着头，长长的刘海儿遮住了他的眼睛，只听到低沉而和缓的声音一字一顿地吐出，"小峰最喜欢跳的曲子。"

是的，苏雨琪还记得，那个雨夜，纪念碑，像一团火焰一样跳着街舞的男孩！那首怎么也不知道名字的曲子！那个改变她人生的瞬间！

一种极其可怕的预感如闪电一般划过，苏雨琪忍不住退后了两步。

"是，我是偏执，可你难道不是吗？如果你最重要的人离你而去，你还能说得那么轻易吗？"林焰的语气十分冷静。

可他越是这样，苏雨琪越是有种"山雨欲来风满楼"的感觉，仿佛在这平静中隐藏着一个恐怖的炸弹。

"苏雨琪，如果你重新建街舞社，只是为了那个小男孩，那我可以告诉你，放弃吧。因为——"

林焰蓦地抬起头来，他的眼睛里仿佛骤然喷发出绚烂的火焰，但仅仅是一瞬间，又变成了无法看透的琥珀色深潭。

"因为，他已经死了！"

"World of Dance"的海选终于顺利闭幕。

在依旧人声鼎沸的比赛场内，巨大的电子屏幕公布了各个队伍的总分与排名。

星阳街舞社毫无悬念地顺利晋级，而秦凯他们所代表的柏诚中学街舞社虽然稍逊一筹，但也拿到了晋级赛的通行证。

虽然有部分落选队伍没等到颁奖仪式结束就愤怒地摔门而去，但是更多没能进入下一轮比赛的参赛团队在短暂的失望后纷纷豁达地向晋级的对手表示祝贺，礼貌性地邀约明年再比。

舞台上，神秘嘉宾——街舞高手 Bob Li 正在给晋级的队伍颁奖。街舞社一行人站上颁奖台，个个笑容满面，完全沉浸在胜利的喜悦中。

只有江乐梵一个人心事重重，坐立难安。苏雨琪匆忙离去的身影始终在他的脑海里盘旋。

到底发生了什么事，让她等不到比赛完全结束就匆匆离场？电话里的那个人究竟对她说了什么？

好不容易熬到一切烦琐的程序都结束了，他赶紧朝门口的方向走去。

"喂！老大，你急什么？我们拍几张照片再走吧！"谁知道展陌远像棉花糖似的粘了上来，一副完全搞不清楚状况的样子。

"是啊是啊，老大，我们找 Bob Li 合个影吧，机会难得啊！"麦田也跟着大呼小叫。

"……你们这些家伙，这么半天都没发现少了一个人吗？"江乐梵真是被这群粗心大意的家伙气死了。

被这么一提醒，谢诚也发现了："对了，说起来从我们的比赛结束就一直没见到苏雨琪……"

听他这么一说，才回过神来的展陌远等人你看看我，我看看你，全都傻了眼。

"老大，怎么回事？苏雨琪人呢？上哪里去了？"

江乐梵皱了皱眉头，努力回想当时的情景："我也不知道，比赛后她接了一个电话，就急急忙忙地离开了。看她的表情好像很焦急……"

大家都愣住了。

究竟出了什么事？为什么苏雨琪会在大家沉浸于喜悦快乐的氛围时悄悄离开，却不告诉任何人？

莫非是……学校那边出了问题？

一想到这里，江乐梵的脸色猛然一沉，严肃地对其他人说："快，我们立刻回去，看看到底怎么回事！"

当街舞社全员赶到学校的时候，正值午休时间。

刚进校门，他们就看到公告栏前围了许多看热闹的学生。

远远地望过去，只见公告栏上贴了一张巨大的告示，"街舞社"三个大字醒目到刺眼，恨不得昭示天下。

不祥的预感终于被证实了，江乐梵赶紧往公告栏那边跑去，其他人也立刻跟过去。

一见街舞社的人过来，围观的学生们赶紧向后退了几步，留出一条通道让街舞社的人经过。

那些不怀好意的窃窃私语声传入了江乐梵他们的耳朵。

"他们还真敢做啊！这次可是模拟考试啊！"

"我真佩服这些家伙的勇气。这下可有好戏看了！"

"对啊，还不知道接下来会发生什么大事情呢……"

……

一直走到公告栏跟前，才发现那原来是一张出自教导处的处分通告。冰冷而无情的口气，触目惊心的内容，街舞社一行人紧紧盯着公告栏，眼睛里简直可以喷射出火焰来。

街舞社全员旷考处分通告

在未经学校允许的情况下，街舞社全体成员私自离校，并集体缺席模拟考试，情节严重，性质恶劣。经校方慎重考虑，决定予以处分。

具体处分如下：

1. 立即解散街舞社，并停止一切关于街舞社申请开办的事项。
2. 关于街舞社成员的处罚将酌情考虑个人情况再做处置，相关的内容不日公布。

教导处

2016 年 11 月 5 日

江乐梵修长的手指慢慢收紧成拳，一小簇火苗正在他的胸口处燃烧。

一定又是那个人搞的鬼！

参加比赛前，苏雨琪曾经告诉大家林焰会帮街舞社的人请假，因此他们才暂时放下模拟考，专心地投入海选比赛中去。但是现在，大家面对的，却是残忍的旷考处分通告！

街舞社其他社员这时也炸了锅，一个个全都火冒三丈地大叫起来。

"老大！怎么会这样？"

"我们明明是经过允许才去参加活动的，现在却搞成旷考！太没天理了吧？"

"就是说啊！这是怎么回事？街舞社要被停止了吗？"

江乐梵没有回答他们的疑问，而是皱着眉，焦急地四处张望。

苏雨琪肯定是知道这个消息才匆匆赶回来的，但是现在却到处看不到她的身影……

这个时候的她究竟会去哪里呢？

就在这时，陶艾欣一见街舞社的人出现，赶紧跑了过来。

"呀！你们怎么才回来？我都快急死了！"

江乐梵没等其他人开口，抢着询问道："陶艾欣，具体发生了什么？怎么会变成这样？"

陶艾欣伸手擦擦额头的汗水，气喘吁吁地说："今……今天，我在教导处听到了老师们在商讨街舞社全员旷考处分的事，于是急匆匆地打电话给阿琪。我以为事情还会有转机，可没想到，处分通告出来得这么快……"她说着说着低下头去，声音里有着懊恼。

处分赶在和海选同一天公布，无非是想打击街舞社的人，让他们没机会翻盘而已。

江乐梵明白学校的用意，但他顾不上这些。

此时，他更关心的是……

"那苏雨琪呢？她现在人在哪里？"

"她一到学校就去找林焰了……"

还没等陶艾欣把话说完，江乐梵脸色一沉，立刻转身一阵风似的冲向学生会，完全没听到后面的话。

"等一下！她现在可能……"

林焰双臂环胸，静静地站在窗前。

此刻，他的内心还没有完全平复下来。原本那么确定的想法，却因为看到苏雨琪悲伤的神情而动摇了起来。这样做究竟是对还是错呢？明明是为了……

急促的脚步声在走廊上响起，随后门被人猛地推开了。

林焰不动声色地回过头。

"苏雨琪人呢？"江乐梵站在门口气势汹汹地质问道。他一眼就发现房间里没有那个要找的人。

"她走了。"林焰看着他，冷淡地回答，"如果你一定要追问她去了哪里，我只能回答无可奉告。"

江乐梵被对方冰冷而不屑的态度再次激怒。就是他！整件事情的幕后黑手就是这个看起来温和无害的家伙！

他攥紧了拳头强压怒火："这一切都是你蓄谋已久的，是不是？没想到你是这么卑鄙的人，竟然利用苏雨琪的信任！"

林焰深邃的眸子里划过一丝自嘲的笑。在不久之前，他刚刚经历了这些责难。而现在，这个人又说出了相似的话。

但是，只要目的达到了，他不在乎被误解多少次。

反正，已经习惯了。

"利用？"林焰冷冷地反问，突然笑了起来，"如果你觉得是，那就是吧。反正事实就是街舞社全体成员旷考，你们没有机会再复社了。"

"我知道你恨我，千方百计地针对我！那好，你就直接冲着我来好了，为什么要把不相干的人都牵扯进来？你为什么要那么对待苏雨琪？"江乐梵大步走上前。

此刻他再也无法压抑住内心的愤怒，猛地抓住了林焰的衣领，攥紧的拳头上浮起一条条青筋。

林焰没有挣脱没有反抗，只是冷冷地盯着江乐梵，眼神如北极孤独的冰山般隐约闪过一丝复杂的情绪，突然，他笑了起来。

江乐梵怔住了："你笑什么？"

"笑你现在愤怒的样子。"林焰的声音孤寂而冷冽，"我告诉你，小峰死后，我比你现在愤怒百倍千倍。你只不过付了一些利息而已。"

江乐梵似乎一下子明白了，他愣愣地松开了手，不可思议地望着林焰："你……伤害他们来惩罚我？这样不计后果的报复，你不觉得卑鄙无耻吗？"

"随便你怎么说。"林焰的嘴角扬起一抹轻蔑的笑容，伸手理了理被揪皱的衣领。

"不过你不必太高估自己，你并不值得我在你身上花费那么多的时间和精力。只要街舞社在星阳不再存在，这样就足够了。"

"你把这么多人的梦想仅仅看成是你和我之间的胜负吗？你知道他们为了实现梦想是怎样拼命努力吗？"江乐梵紧握的拳头上几乎可以看到暴起的青筋，眼中闪出冷厉的光。

近在咫尺的林焰没有回答。他微微动了动唇角，转过头去，而眼底分明闪过一丝痛苦的神情。

小小的空间内，气氛一度变得沉默，没有了之前迸发出的电闪雷鸣，反而冷漠得令人窒息。

"说啊！不敢承认自己是这样自私的人吗？"江乐梵大声质问着。

林焰沉声回答："我是什么样的人轮不到你来评论！"

"浑蛋！"

还没等林焰反应过来，江乐梵已经一拳挥了过去，重重地打在他的脸上。而与此同时，学生会的门再次被踢开，一群不速之客"轰"地拥了进来。

"江乐梵，冷静！"谢诚第一个喊道，飞快地冲了过来拦住江乐梵又要挥出的拳头。

袁妙也冲了过来，冷静地劝阻江乐梵："老大，他在激你，不要中了他的圈套！现在个人处分还没公布，如果加上这笔账，一定会很严重！"

江乐梵蓦然一惊，环视着围在自己身边的同伴们，勉强让自己冷静下来。

袁妙说得没错，不能再被林焰牵着走了。

"好，我们先回去。"他沉声说道。

这时，林焰已经站稳身体，擦了擦流血的唇角，轻蔑地说："回去？你们还想回哪里？街舞社已经不存在了！"

"你胡说！"展陌远一肚子闷气无处发泄，伸手指向林焰，"只要有我们存在的地方，就是星阳街舞社存在的地方！不要以为你看我们不爽，街舞社就会解散！我们绝对不会让你得逞的！"

"对，我们会一直跳下去！街舞社绝对不会倒下！"一向开朗的麦田也被彻底激怒了。

"我们走，去找苏雨琪！"在僵持不下的气氛中，江乐梵坚定地转过身走向门外，丢下了最后的誓言，"不管发生什么，我们绝对不会放弃街舞。林焰，你就好好看着吧！"

街舞社的门上，已经挂上了一把重重的大锁。

"林焰果然阴险！"展陌远一拳打在紧锁的大门上。"哐啷"一声巨响之后，他又痛苦地抱着拳头跳起来："哇！痛痛……痛死我了！"

麦田白了他一眼："喂！你笨啊？"他蹲下身用力拉了拉门上的环形锁，皱了皱眉头，"这个没钥匙开不了啊。"

"怎么办？"袁妙下意识地看向谢诚。

他们面前的练舞房大门紧闭，崭新的环形锁仿佛代替林焰在嘲笑他们已经无家可归。透过玻璃，还能看到练舞房里又被杂物堆得乱七八糟到处都是。

江乐梵在离开林焰办公室后，就急匆匆地走了，剩下的人不知道去哪里好，最后还是回到了练舞房。没想到，林焰竟然说到做到，连这个最后的基地都没有留给他们！

谢诚沉吟了一下："现在去管林焰要钥匙肯定没有结果，我看还是……"

还没等他说完，后面就传来展陌远的大嗓门："让开让开！"

麦田瞪大了眼睛望着他，呆呆地问："'烈焰'，你不是来真的吧？"

展陌远嘴边露出一丝坏笑，直接举起找来的扳手对准门上的大锁就是一阵雨点般的摧残。最后在他的大力挥动下，锁头终于"哗啦"一声掉了下来。

麦田的嘴角抽动了两下："野蛮人……"

谢诚弯腰把坏掉的锁捡起来丢到一旁，无奈地笑了笑："看来不需要钥匙了。"

展陌远大大咧咧地推开门，走进练舞房。麦田也跟了上去。

袁妙走在最后，忽然轻轻地说了句："不知道乐梵找到苏雨琪没有……"

听他这么说，所有人都不约而同地记挂起来。是啊，此时此刻，大家都关心着的人到底在做什么呢？

电话铃响了好几遍,高岚终于无可奈何地去敲女儿的房门。

可房间里仍然一点儿声音都没有。

高岚叹了口气,拎起话筒。果然,话筒里传来那个男孩焦急的声音:"阿姨,苏雨琪同学还没回来吗?"

这个叫江乐梵的男孩真是锲而不舍,这是他第几个电话了?第五个?第六个?

"啊,你说琪琪啊……"高岚本想敷衍过去的。

没想到江乐梵先一步说:"阿姨,要是她回来的话,能不能请您转告她一句话?"

"嗯?"

"就说……"话筒里传来的声音停顿了一下,"今天发生的事,不是她的错。"

高岚心一紧。她望了望苏雨琪紧闭的房门,终于下了决心:"其实,琪琪已经回来了,但她一直把自己关在房间里不出来。江同学,你能不能告诉我,今天到底发生了什么事?"

房间内的苏雨琪趴在床上,将脸埋进双臂中,不知是不是睡着了。

忽然,门"吱呀"一声打开了。苏雨琪动了下,怯怯地抬起头来,露出一双略有些红肿的眼睛,显然刚刚哭过。

"妈,你怎么进来了?我……我不是说过,我没事的。"见高岚进来,苏雨琪胡乱抹了一下眼泪,从床上坐起来,还故作坚强地笑了笑。

见女儿这副模样,高岚有着说不出的心疼。她坐到床边,伸手将苏雨琪揽过来:"孩子,在妈妈面前你还隐藏什么?事情我都听说了。"

"听说了?"苏雨琪惊讶地眨了眨眼,慌忙地闪烁其词,"其实……其实……"

"刚刚江乐梵同学又打电话来,看来他真是很关心你。而且,街舞社其他社员们也都担心着你的情况哦。"高岚不想让气氛太过沉闷,故意先用轻松的语气调侃一下。

"原来是这样啊。"听到熟悉的名字,苏雨琪忍不住低下了头。

就在几个小时前,他们还是并肩作战的伙伴,在舞台上跳着舞,可林焰的计划却在一瞬间打破了这个如水晶般透明绚丽的梦境,暴露出最残酷的现实——是她要大家去参加那个活动的,是她传达了林焰的假消息,仿佛他们两个人是同伙一般,欺骗了所有人……

特别是见到林焰之后发生的事,对于苏雨琪来说,那才是最致命的打击!

"怎么?琪琪,你一点儿都不想见见伙伴们吗?江乐梵让我转告你,大家没有怪你,还说不管怎么样他们都不会放弃,会想方设法重新建立街舞社的。"高岚边说边抚摸着苏雨琪的头,像小时候那样安慰着她,"你看,大家都这么努力,你怎么能拖大家的后腿呢?这可一点儿也不像我女儿的风格!"

"妈,都是我害的……"

"傻孩子！不要每次都把责任怪在自己的身上。你也不想发生这种事情，对不对？"

"我当然不想，可事实就是如此，是我间接把街舞社逼到绝境的！"

高岚看着女儿的脸，认真地说道："不管是直接的，还是间接的，妈妈只希望你可以勇敢一些，勇敢地面对和承担已经发生的事。如果你觉得自己真的有责任，那么就站出来，和大家站在一起想办法去解决困难，而不是一个人躲在这边自怨自艾。琪琪，你不是这样软弱的孩子。"

苏雨琪垂下眼帘，她明白妈妈的话，然而她现在心里真的很乱，完全整理不清头绪。

"妈，让我冷静一下可以吗？等我自己想清楚之后，我会勇敢面对一切的。"

高岚点了点头，站起身向门外走。突然像想起什么似的，她转过头来对苏雨琪说："对了，江乐梵同学说一会儿到家里来看你。"

"我暂时不想见他！"苏雨琪紧张地叮嘱道，"如果他来了，就说我想冷静一下，让他先回去吧。"

"可是……"

"妈，你答应我嘛！"

高岚没有再坚持，只好无奈地走出房间。

练舞房内。

谢诚放下手机对着其他人摇了摇头："苏雨琪还是没有接电话。"

展陌远也抬起头来说道："我收到老大发来的消息了，他说苏雨琪在家，正想办法跟她当面谈。"

袁妙叹了口气："没想到刚刚通过海选就发生这种事。如果我是苏雨琪，估计也会想藏起来不见任何人。"

"还不都是林焰！"麦田大声嚷嚷，一抬眼，发现门外有两名学生鬼鬼祟祟地朝里看，他一瞪眼，"看什么看！"

其中一个男生大着胆子回答："我们是来拿东西的啊，这里不是改成仓库了吗？"

展陌远一个箭步跨到门口，仗着身高优势质问道："谁说这里是仓库了？你们哪只耳朵听到的？有我们街舞社一天，这里就永远是练舞房！"

"可是学生会已经颁布了……"

男生的话还没说完，就被许亚斯恶狠狠地打断了："学生会颁布的，你就去学生会！"说着，他随手抓起几个落满灰尘的文件夹丢给那两个男生，"还有，把这些垃圾带走！"

"你们——"

两个学生尽管不服气,可这里全都是街舞社的人,好汉不吃眼前亏。他们眼珠一转,悻悻地把东西捡起来,丢下一句狠话:"你们这么做一定会后悔的!"

"快走吧!"展陌远懒得再听他们唠叨。麦田还在一旁做出赶小鸡的动作,配上他堪比母鸡的体态,颇有"笑果"。

只有袁妙望着两个人狼狈的背影,有些担心地说:"我总有种不好的预感……"

"叮咚!"

门铃响起,苏雨琪的心略微一颤,果然,江乐梵的声音隐约传来。

她紧张地抱着玩偶坐在床上,竖起耳朵听着门外的动静。幸好,没几句话门口便安静了下来。他应该是回去了吧?

苏雨琪松了一口气。见到他也不知该说什么,不论是安慰、责骂、鼓励,都不是她现在想听到的话。

她倒在床上,呆呆地望着空无一物的天花板。

进入星阳中学之后所发生的一切就像幻灯片一样展现在眼前,每一幅画面都是那么清晰——

她不停地寻找,不停地努力重建街舞社,就是为了有一天可以找到当初的那个小男孩。终于有一天,她知道了小男孩的下落,可是他已经……

苏雨琪猛地坐起身来,转过头望向放在桌子上的节拍器。那是林峰的遗物。冰冷的物件沉默不语,仿佛在冷冷地提醒着她,她所做的一切其实都没有任何意义,她要找的那个人已经死了。

一想到林焰的话,她就觉得心脏像被无形的手紧紧握住一样,那种病发时的窒息感她很熟悉,可她不熟悉那份窒息感后面隐藏的迷茫和空虚……

原本一直支撑着自己的目标忽然消失了。

此时此刻,一切都仿佛变得不再重要。那个暖洋洋的午后,那座高大的纪念碑,那张自信又快乐的脸……这一切都离她越来越遥远,好像一闭上眼睛就消失不见了。

不知道过了多久,苏雨琪猛地醒过神来,周围已经是一片夜色,她擦掉脸上的泪水望向窗外。

黑幕一样的夜空显得格外深沉,像是知道她此时的心情一般,连星星都躲藏了起来。她走到窗边,目光不经意地落下,只见昏黄的路灯下,竟然徘徊着一个熟悉的身影。

江乐梵!

他……居然没有走?

苏雨琪揉了揉眼睛，确定自己并没有看错。路灯下，他高大的身影被拉得很长，显得格外孤独。没有月亮，也没有星光，只有路灯陪伴着他。看不清楚他此时此刻的表情，但是仅仅从那背影中，苏雨琪就能感觉出他内心的焦虑。

他一定是在担心自己吧？

可是……

苏雨琪别过脸，不忍又不敢再朝楼下多看一眼，目光无意识地落在那个节拍器上，银色的指针反射出冷冷的月光，晃了一下她的眼。

她一直以为江乐梵才是自己要找的人，把他当成是那个带给自己力量、支持着自己一路走到现在的男孩。然而这一切，在林焰冷漠的话语中全都结束了。

那么，这么久以来，自己所做的一切究竟是为了什么呢？这么努力地想要重建街舞社，这么努力地想要让江乐梵重新做回"舞皇子"，当这一切看起来已经成功的时候，自己想要实现的那个目标却突然间消失了。

苏雨琪将头深深地埋进双臂中，泪水打湿了身上的睡衣。

对不起，江乐梵。

对不起，大家。

现在……我还有什么理由走下去呢？

袁妙的预感应验了。

第二天一大早，广播里就传出召集街舞社所有成员去教导处的消息。

"你看看你们！好好的书不念，现在搞成这个样子！街舞社已经被废掉了，你们就不能接受这个事实吗？非要搞出点儿乱子来！"他们才刚进门，教导主任就黑着脸发难。

展陌远挺起胸膛不满地看向教导主任："不就开了个锁吗？那里本来就是我们的地盘！"

"啪"的一声，教导主任的手拍在了桌子上。

"什么你们的地盘？学校里的设施什么时候变成你们个人的地盘啦？"

袁妙赶紧站出来打圆场："主任，我们承认把锁撬开的确有些不妥，可是您也得体谅一下我们的心情。那里就和我们的家是一样的，家突然被封了，大家的情绪难免不受控制……"

"这是小事，我指的不是撬锁！"

"不是撬锁？那是什么？我们没做过其他事啊。"袁妙也被搞得一头雾水了。

"我指的是偷窃的事！其他社团放在练舞房里的东西怎么会凭空没有了？难道不是

你们为了泄恨故意偷走了吗?"

"不可能!昨晚我们走的时候还好好的……"

谢诚站出来,上前一步解释道:"我们只是把练舞房的门撬开,绝对没有拿里面的任何东西!"

"但是现在东西不见了,你们怎么解释?不要以为几句话就可以把人糊弄过去!"教导主任根本不信,指着谢诚痛心疾首地说,"谢诚,我本来对你很看好,但是没想到你竟然也和这帮家伙混在一起!你知不知道这次旷考害得你大学保送资格都被取消了?"

谢诚呼吸一窒,浑身仿佛跌进了冰窖,手脚变得冰凉!这三年来一直为之努力的目标,好不容易争取到的荣誉,现在一下子化为乌有……并不是完全没想到有这个可能,但是当事情真的发生的时候,这样沉重的打击让他一时难以接受!

"怎么可以这样?"

"就是!根本是借机报复!"

街舞社的成员们义愤填膺地嚷嚷着,为谢诚打抱不平。

袁妙也担心地望向谢诚:"谢诚,你……还好吧?"

谢诚苦笑着摇了摇头。他当然希望能得到这个难得的保送资格,但现在有比这更重要的……他环顾着周围那些露出愧疚、担心,为他皱起眉头的同伴,努力地翘起嘴角,做出一副轻松的样子:"不用担心,我靠实力也能考上自己想考的大学。"

他镇定下来,转头诚恳地向教导主任解释道:"主任,我们街舞社确实做了不少触犯学校规定的事,但我保证——在场的人,没有一个伸手拿过不属于我们的东西。"

温润但坚定的话语显示出了街舞社的骨气,可教导主任根本听不进任何解释,从文件夹里拿出一场事故处理单,拍在桌上,大声宣布道:"总而言之,街舞社闹出这么大的事情,是一定要处分的!而且要从严处分。"

其他人听到这句话,看着教导主任俯下身去奋笔疾书,脸上不约而同地露出惊慌的神色。直到此刻,他们才终于明白,他们一直照着自己的意愿莽撞行事,却忘记了将会产生多大的后果……

"啪"的一声,一只手突兀地压在那张事故处理单上,打断了教导主任的动作。

是江乐梵。

刚才一直沉默的江乐梵把其他人拦在身后,一个人向前一步,双手撑在书桌上,平静地和教导主任对视。

"我是街舞社的社长,不管发生什么事情我都会一人承担的。撬锁是我们不对,做过的事情我会负责,"江乐梵坚定地直视教导主任的眼睛,毫不犹豫地说,"但是我绝对不允许有人随便污蔑我们街舞社！我们绝对没有偷任何东西，一定是有人故意栽赃！"

"喂！老大！"一旁的展陌远听了，立刻不满地抗议，"我可不是那么没义气的人！反正这个黑锅本来就是别人扣过来的，怎么说也不能让你一个人背着吧？谁怕谁啊！"

"是啊！老大，我们有难同当！"一旁的麦田和许亚斯也跟着起哄。

"都闭嘴！"江乐梵朝愤愤不平的街舞社成员们怒吼了一声，转过头，继续坚定地和教导主任谈判，"罢考也好，撬锁也好，所有的事情都是我指使的，不关他们的事。至于说拿了人家的东西……如果你一定要把这个罪名算在街舞社头上，我也可以承担，但是你必须放过其他人！"

教导主任几乎被他们气昏过去，他没想到这些家伙到现在不但不趁机认错，甚至还变本加厉，当着他的面就这么嚣张。

他抖着手指着江乐梵，气得声音都走了调："上次的事情我还没和你算呢，现在你居然还敢跟我谈条件！好，既然你这么说，我就成全你！"教导主任看了看街舞社一群人，又看了江乐梵一眼，冷笑两声，"旷考还有昨天的撬锁，以及偷窃学校的公共财物……这所有的一切都算在一起，江乐梵，我告诉你，你一定会被开除的！"

天哪——

教导主任的话犹如晴天霹雳，让在场的所有人一下子惊呆了。

"关于你们个人的处理意见，学校已经决定了。"

几天后，学校办公室内，教导主任故意拉长了声音，严肃地看着站在他面前的以江乐梵为首的一行人："今天把你们找来，就是通知你们一下。"

江乐梵看着身旁的伙伴们，往前走了一步，再次强调："事情都是我一个人干的，希望不要把其他人拖下水！"

"老大！我们有难同当！"大家心里一惊，纷纷担忧地望向江乐梵。

"江乐梵，你放心，我会把一切都算在你头上的！"教导主任看他们依然毫无悔改的意思，气得直瞪街舞社成员们。

"关于街舞社备案期发生的一切事故，经学校研究决定，对苏雨琪、展陌远、许亚斯、麦田、袁妙等人，给予记大过处分一次，并进行严重警告！"

念到这里，教导主任故意停了下来，他抬起目光看着江乐梵。后者正漫不经心地看着地面。他气得捏紧了手里的通知单，抬高声音读道："鉴于江乐梵在本次事件中处于首要地位，盗窃学校公共财物，且该学生一贯藐视、违反校规，情节严重，性质恶劣。因此，当即停课三天以示惩罚，并且对其采取留校察看的处理方法。如该生不思悔改，再有触

犯校规的行为，将强制退学！"

强制退学！

"我们根本没有偷东西，为什么要算在老大头上？"袁妙一副不敢相信的样子，反反复复确认了好几遍。

"老大被退学，我也不来上课了！"展陌远激动地喊道，根本不在意教导主任就站在他面前。

江乐梵的表情始终没有变化，听了教导主任的话之后，他只是抬起头看了一眼，一副早就料到了的表情。

"这些处罚条款，等下会张贴在公告栏，也会记入你们每个人的学籍手册。"教导主任生气地指着门口冷冰冰地说，"好了，你们可以走了，回去好好反省反省！"

江乐梵始终没有说话，接过处罚通知单，安安静静地走了出去。街舞社的人也急忙追了出去……

当苏雨琪知道这个消息时，已经是当天下午了。

陶艾欣在电话里吞吞吐吐地把结果告诉她时，还担心地关照道："阿琪，你千万别冲动……说不定还有转机……"

苏雨琪顿了顿，语气平和地回答道："是啊……说不定还有转机！"

陶艾欣挂上电话后还狐疑地想——奇怪，阿琪怎么一点儿也不着急生气？以她对苏雨琪的了解，苏雨琪在情绪低落的时候听到这种消息早就应该跳起来去砸学生会的大门了！难道，她有什么对策吗？

苏雨琪其实一点儿对策也没有。

昨天，她的脑子里好像空荡荡的，又好像塞满了各种的画面——开心的、悲伤的、懊恼的……种种情景——在她眼前闪过。她觉得自己仿佛是在伸手不见五指的深渊里行走，看不到未来的方向，连目标都没有了。可就在这种完全茫然的时刻，她打开了手机，看到连续好几条消息都是江乐梵发来的——

你到家了吗？

这不是你的错。

无论如何，你还会继续跳舞的对吗？

跳舞吧，我不开心的时候就跳舞。

……

也许一开始，她是为了那个小男孩才来到星阳的，但这段时间里，和她在一起跳舞的，不是那个回忆中的小男孩；和她一起重建街舞社的，是这个名叫江乐梵的男生！

一想到因为她一时信错人而要连累他退学，苏雨琪就觉得自己没办法再沉浸在这种伤感中自怨自艾了！

她一遍又一遍地看着手机里的短信……是的，一定会有转机的。

如果没有，她也要亲手创造出来！

苏雨琪推门进来的时候，林焰正在学生会办公室批阅文件。

终于来了。

林焰知道，一旦听说学校对于街舞社成员的处罚，以她的个性，一定会回到这里找自己理论的。所以，他也早已做好了面对苏雨琪的准备——投向自己的肯定只有指责和咒骂吧？

但当他看到苏雨琪柔弱的身躯出现在门口时，心里还是微微一颤。

"如果你到这里来还是为了街舞社，建议你不要浪费时间了。"林焰避开苏雨琪的视线，冷冷地说着，"别以为学校的规章制度都是儿戏，可以让你们随心所欲！这次的事情，是你们自己惹出来的，受到处罚也是应该的！你到这里和我吵有什么用？"

林焰目光冰冷，黑色的制服让他有一种让人无法亲近的疏离感。他尽力让自己装作镇定的模样，等待着苏雨琪的火山爆发。

只是，他的嘴角浮起一丝不易察觉的苦笑。自己在苏雨琪心里的形象已经恶劣到极点吧，她一定很恨自己。但是，如果这样就可以让一切灾难在尚未发生前停止的话，他不介意继续扮演恶人的角色。

苏雨琪没有说话，只是慢慢走到桌子边，嘴角抿得紧紧的，似乎有很多话想说，却又说不出口。她沉静地隔着桌子看林焰，明亮的眼睛蒙了一层雾气。

"对不起，这次我不是来和你吵架的。"苏雨琪的声音有些哽咽，脸颊因为激动而红扑扑的，"我只想求求你，能不能帮忙让学校撤销对江乐梵的处分？上次和你大吵大闹，真是对不起……"

林焰怔住了，他没有想到从苏雨琪的嘴里会说出这些话来。

明明前几天她还为街舞社义愤填膺地和他争执，毫不妥协，今天却会为了江乐梵，勉强自己向他说对不起。江乐梵对她来说，真的有那么重要吗？

他挑了挑眉："我为什么要帮忙？"

"江乐梵不能被退学，他已经改过自新了，好不容易重新恢复了信心。现在遭受这样的惩罚，对他太残酷了……"

"他的事情与我无关，我为什么要插手？"

"但是街舞社真的不能没有江乐梵！我知道你一定会有办法的，求求你了！"看到林焰始终不为所动，苏雨琪越说越心急，指着自己拼命辩解："一切都是我惹出来的，如果要算总账，我宁愿一起受罚！我求求你不要惩罚他……"

林焰皱紧眉头，看着苏雨琪。她的脸上有着不太自然的潮红，不知道是因为生病的关系，还是因为激动。

他大声地质问："苏雨琪同学，你以为现在是在办家家酒吗？哭几下，闹几下，所有的事情就可以一笔勾销？这里是学校，是由规章制度、学生准则构建的学校，不是让你肆意任性和胡闹的地方！"

苏雨琪愣了愣，胡乱地擦擦眼泪，慌张地道歉："对不起，我错了！可是，江乐梵他真的不能被退学……"

看着在自己面前如此低声下气的苏雨琪，林焰几乎有些动摇了。

但是，不行。

"这是学校领导决定的处分，你和我没有资格参与。"林焰不去看苏雨琪的眼睛，"学生就要做学生该做的事，街舞社的事情就此结束吧。你可以出去了！"

苏雨琪急了，拽住林焰，不顾一切地喊："林焰，我求求你，帮帮他吧……"

林焰皱紧眉头，转身想要甩开苏雨琪。

忽然，苏雨琪的脸变得惨白起来。她用手捂住自己心脏的位置，试图抓住桌子来稳住自己的身体。但是她失败了，像被人抽光了力气一样软绵绵地往地上倒去。

苏雨琪的晕倒，吓到了林焰。他急忙一把扶住苏雨琪，小心翼翼地把她抱到旁边的沙发上躺好。

苏雨琪的脸色惨白，本来粉红的嘴唇，现在基本就没有了血色，单薄的胸膛只有轻微的起伏。这一切都让林焰懊悔了，他知道自己不应该对苏雨琪如此冷嘲热讽。

"糖……糖……"苏雨琪的嘴唇轻轻嚅动了几下，发出了轻微的呻吟。林焰连忙压低身子，听了半天才知道苏雨琪要的是她随身带的"糖"，连忙从苏雨琪的身上翻出糖盒，拿起两颗放到苏雨琪的嘴里。

过了一会儿，苏雨琪的脸色明显好了许多。她缓缓睁开眼睛，勉强对林焰笑了笑，示意他不用担心。

但林焰却根本没办法放下心来。

究竟生命重要，还是理想重要？这个残酷的问题困扰了他许久。在弟弟失去生命的时候，他就想知道问题的答案，但是没有人可以回答。

后来，他渐渐明白了，如果没有生命，那理想又有什么用呢？

"这里面是什么？"林焰一想到刚才的险象，就觉得胸口一阵烦闷。他再也忍不下去，黑着脸拿起糖盒质问苏雨琪。

苏雨琪不经意地皱了皱眉，假装很灿烂地朝林焰一笑："就是糖啊！"

"是吗？那我可不可以吃呢？"林焰作势要吃。

"不要！"苏雨琪神色微变，一把把糖盒抢了回来，看上去很紧张的样子。

"你到现在都还想瞒我！"林焰剑眉紧锁，目不转睛地盯着苏雨琪，不放过她脸上任何一丝细微的动摇。

苏雨琪有些心虚地偏过头去，故作天真地强辩道："我瞒你什么了？"

真的非要拆穿了，她才会承认吗？林焰深吸一口气站了起来，居高临下地说："我看过你的病历，你有很严重的心脏病不是吗？"

苏雨琪看着林焰，忽然有一种如释重负的感觉。她吐了口气笑着说："是啊，这又不是秘密。既然你看过病历也应该知道，我在美国已经治好了呀！"

"不。"林焰面色阴沉，一字一顿地说道，"你复发了。虽然复发率只有10%，但以你这种身体去跳街舞，心脏当然受不了！这个糖盒里的药就是证明！"说着，他轻轻晃了下糖盒，只听到零零落落几下声音，"你一直在吃这个吧？这种抑制病情的药！你说，要是都吃完了你要怎么办？或者，你根本来不及吃怎么办？"

林焰一连串的质问之后，是死一般的沉寂，只能听到他明显的呼吸声回荡在学生会办公室里。

苏雨琪脸色苍白，眉头微蹙，看起来无比脆弱，这让林焰产生一种错觉——仿佛那照在她身上的阳光再灼热一点儿，她就会像一个雪人一样融化了。

半晌，苏雨琪似乎想通了什么，一点点浮起一个释然的微笑。

"你怎么还笑得出来？"林焰懊恼地看着躺在沙发上的苏雨琪，她根本不了解周围的人是怎样担心她的身体！

到底是什么样的力量能让她如此义无反顾？

"林焰，谢谢你这么关心我。你说的那些，我也会担心，会害怕，可是这并不能改变我的决定。"

苏雨琪莹白的面庞上露出一抹深思的笑容。

"生命的长短不由我们控制，但怎么过却由我们每个人自己决定。如果我可以活很久，但我永远做不到我最想做的事情，这样的人生，不会快乐！如果，我能全力完成自己的梦想，就算生命会像流星一样短暂，可我却可以自豪地说，我留下了我存在于这个世界上的证据！听从自己的心，为梦想而活着！就像花朵，就像烟火，不到盛放的那一刻，就不算真正活过！"

她的声音一开始有点儿低沉，但慢慢变得轻快、高昂，仿佛这些话已经在她心里盘旋了很久，终于今天能堂堂正正地说给别人听，所以有种如释重负的感觉。

林焰沉默了一会儿，还是不赞同地摇摇头。

"我懂你的意思，可你为什么一定要选择这么一条不适合自己的路？追求梦想值得赞赏，但不顾自己的身体健康甚至生命，一味地追求梦想，那就有点儿愚蠢了。这个世界上还有无数美好的事情等着你去做，为什么一定要跳街舞呢？"

"我知道在你看来有点儿愚蠢，但我没办法停止。只有跳街舞的时候，我才是我自己！"苏雨琪用手按着自己脆弱的心脏，看着林焰，"如果可以选择，我也想走一条更轻松的路，可是不行。也许所谓梦想，就是一种你没法摆脱也没法选择的东西……"

"难道你要我眼睁睁地看着你因为街舞而死吗？"林焰再也控制不住自己的情绪，声音里有着深深的痛苦，"为什么你们都是这个样子！你们为什么都这么自私？只想实现自己的梦想，你们究竟有没有为其他人想过？为关心你们的亲人想过没有？"

相似的疼痛再一次灼伤了原以为坚硬的内心，最柔软的地方被剥裂开来，雨水在其中肆无忌惮地积聚。他想起某个记忆中难以磨灭的雨夜，他至爱的弟弟临终前的话语……

那一天，窗外是沉重的夜幕，雨帘模糊了天际，仿佛整个世界都在哭泣。

"哥，你不要哭啊……"躺在加护病床上的小峰，声音轻轻的，仿佛被风一吹就消散了。

"哥……我一直都很崇拜你，从小你就很帅气，是我们全家的骄傲……看着你的背影，我告诉自己，也要成为你那样……"他仰起头望着自己，咧开嘴勉强地笑着。明明已经进入了弥留状态，可他的眼底却射出幸福而温暖的光。

"能够喜欢街舞并一直跳舞，我真的很感激你……这个美妙的世界，是你给我创造的，我很幸福……"

林焰说不出话，只能轻轻抱住弟弟颤抖柔弱的身子，握住他失去血色的手。他低下头，却无法抑制住汹涌的泪水。

小峰始终微笑着，轻轻地说："哥……如果……如果有下辈子……我还要当你弟弟……一直……一直跳……舞……"

林焰抱着小峰，一点儿一点儿地感受着至爱的人的体温渐渐消散，最后只剩下阴阳相隔的冰冷。泪水湿了干，干了又湿。他多想把自己这个愚蠢的弟弟摇醒，告诉他，如果你现在不醒来，下辈子我不会和你做兄弟。但是，他没有这么做。

因为一直到生命的终点，小峰的脸上还挂着幸福满足的笑容……

弟弟是死在自己的怀抱里的。小峰走的时候,他觉得全世界都崩塌了。

正因为已经尝过了一次失去的痛苦,他不希望苏雨琪成为他的另一份痛苦,因为他觉得苏雨琪是小峰生命的延续。他把苏雨琪当成朋友,所以,在知道苏雨琪的病情之后,他一直在打压她,宁愿她把自己当成坏人,也不要她为了那无谓的街舞付出自己的生命。

苏雨琪被林焰的话镇住了,她能感受到林焰的痛苦,那个痛苦是那么深,那么痛,痛得让人跟着悲伤起来。她第一次真正触摸到林焰深藏心底的痛苦——

原来他会排斥街舞,是因为那道雨夜里划在他心上的伤口一直没有痊愈,始终隐隐作痛。

所有的一切都可以解释了,林焰的针对,林焰对街舞深恶痛绝的排斥和恨意。

一切都可以解释了。

她看着痛苦不堪的林焰,不自觉地把手放到林焰的手上,仿佛在安慰林焰的痛苦和悲伤,

"对不起,一直以来都误会你了,还对你说了那么多无礼的话。谢谢你,为我做了这么多,也谢谢你帮我保守这个秘密。但我要说的是,我依旧会跳下去,直到我跳不动的那一刻为止。"

苏雨琪笑了,那笑容里有满满的自信和向往。她理解林焰的痛苦,看着年轻的生命在自己面前凋零是最令人伤悲的,更何况那个人是你的至亲。但是,对于真正热爱街舞的人来说,如果没有街舞,那生命又有什么意义呢?

"小鸟的梦想是飞上蓝天,即使会遇上暴风雨和凶恶的鹰隼,如果就这样放弃了,跟一只失去翅膀的鸟有什么区别呢?我不希望等到有一天,回头看我走过的路,它只是一段空白!"苏雨琪认真地说下去,坚定的眼神中透露出执着的信念,"我不会因为危险就不去努力,不会为了别人而放弃追求。这是我的生命,只有我才能赋予它存在的意义!"

说到这里,她故意调皮地一笑:"所以拜托了,你可不要抓住我的翅膀哦。"

望着苏雨琪充满希冀的目光,就如同看到弟弟离开时的笑容一样,林焰忽然产生了一丝触动。

真的是因为年轻,才会有这样的年少轻狂吗?不,是因为他们有理想,所以才无所畏惧吧,他们是为了理想而存活的一群人。

而自己也曾经……

苏雨琪望向陷入沉思的林焰,真诚地请求:"我能理解你的感受,我并不奢望你能支持我们,只是能再给我们一次机会吗?那些痛苦的过去不会重演,我保证!"

林焰沉默了一会儿，最后只是转过头不去看苏雨琪，模棱两可地沉声说："……这件事我知道分寸。"

　　你说你不开心的时候就会跳舞，其实我也是。但我更喜欢开心地跳舞，和大家一起跳。所以，加油，别放弃啊！
　　发送至：江乐梵。
　　苏雨琪合上手机盖，才发现酝酿这条短信的时间里，她已经不知不觉地走到了鲜花广场。凝视着那个藏了很多故事的纪念碑，她不由得想到了江乐梵，还有，林峰……
　　"哟，你来这里干吗？"忽然，有人在苏雨琪的背后惊讶地叫了一声。
　　苏雨琪条件反射地转过身去，原来是"飞鱼"秦凯和他的那些朋友。他们胡乱地披着外套，脸上、身上满是汗水，似乎刚结束练舞。
　　他们曾经是林峰的队友，一定见证了林峰很多很多事情吧？想到这一点儿，苏雨琪不免有些恍惚。
　　那个叫阿言的家伙轻蔑地看了一眼苏雨琪，从鼻子里哼了一声："来纪念碑怀念吗？还是要在这里刻下'星阳街舞社不成立'？真是恭喜啊，好不容易过了海选，却没办法参加下一轮比赛！"
　　另一个穿黑T恤的男生也摇摇头："本来还期待和你们好好地再比一次，看来后面的比赛都很无聊了！"
　　苏雨琪越听越气，可为了打听消息，她还是忍下怒气，友好地朝他们笑了笑，不卑不亢地说道："现在下结论还太早了，星阳的街舞社一定会重建的。"
　　"是啊，你们不是还有万能的'舞皇子'江乐梵吗？不过我听说他也快要退学了。算了，我们还是离你们远一点儿，不要被霉运传染了！凯，我们走吧。"阿言不屑地笑了笑，拉着秦凯他们打算走开。
　　苏雨琪急忙叫住了他们："请等一下！"
　　秦凯转过身来打量着苏雨琪："你有事？"
　　苏雨琪咬了咬嘴唇，走到秦凯面前，诚恳地说道："我知道你们都是林峰的好朋友，我想知道一些关于他的事，你们愿意告诉我吗？"
　　阿言一听就撇了撇嘴，一副爱理不理的表情。苏雨琪把求助的目光投向其他几个人，可没一个人理会她。
　　"我知道回忆那些事，或许对你们很痛苦，可是……这真的对我很重要！"苏雨琪深深地向秦凯鞠躬，语气里带上了恳求，"拜托了！"

秦凯愣了一下，他专注地看了苏雨琪一阵，忽然轻轻一笑，朝阿言他们挥了挥手说道："你们先走吧。"

"凯，你真的要跟她说吗？"阿言诧异地看着秦凯。

秦凯点了点头，其实从舞者的角度来说，他是很欣赏苏雨琪的。虽然站在不同的立场上，可是秦凯能够从苏雨琪急切的目光里看出她的真诚。他始终觉得，在苏雨琪的身上，似乎存在着和小峰相似的地方。更重要的是，他不愿意让有关小峰的回忆渐渐在岁月里淡去。如果可以，他希望让更多人知道小峰的故事，理解小峰曾经的努力。

"小峰是个很单纯热情的人，虽然出身于富裕家庭，可身上一点儿架子也没有。我们之所以成为朋友，除了佩服彼此的舞技之外，更重要的还有他开朗的性格。他常常爽朗地大笑，说我们有一个共同的理想，那个理想的名字就叫'街舞'。"

坐在高大的纪念碑下，仿佛又回到了和小峰一起跳舞的日子，秦凯眼底慢慢浮现出开心的笑意。

"不过，让我感到自愧不如的是，虽然舞技高超，但小峰永远不会满足于现有的水平。他一直在追求更高的高度，突破自身的极限不断地向上攀爬。我曾问他，为什么会这么热爱街舞？是不是想成为人人羡慕的第一高手？可小峰却笑着跟我说：'能够自由地跳舞，是一件很幸福的事。有一个人喜欢跳舞，却不能自由选择，所以我会代替他，将两个人的梦想和追求转化为两倍的努力。'大概是因为承接着同伴的梦想，所以小峰才比常人花费更多的时间去练习吧。"

"他真的这样说？那个人是谁？"苏雨琪诧异地追问道。

秦凯点了点头，继续说下去："小峰从来没说过那个人是谁，但他确实是用行动证实着自己的话。小峰并不是一个很有天赋的舞者，但他是我们一群人中最努力、最用功、最不怕吃苦的人。为了练好一个动作，他可以一个人在练舞房待上一整天，连饭都忘了吃。所以，他的鞋子经常磨坏。我们笑着说，幸亏他家里条件优越，否则那么贵的鞋子我们怎么能经常买！"

想起那段日子，秦凯的唇边也挂上一抹微笑。

苏雨琪静静地听着，她的眼前仿佛真的出现了那个爱笑爱跳的林峰，一个人练舞的场景。

"那个时候啊，我们也经常想着去参加大赛，可总是不成功……"向后靠在纪念碑上，秦凯抬起头看着明媚的碧空，"有一次，我们甚至都打算放弃了。后来，小峰为了给大家打气，就问大家：'如果我们真的得了冠军，你想对那个时候的自己说什么？'大家觉得很有趣，于是小峰提议，不如现在把想说的话录下来，等到真的拿到冠军的那一天

再放出来听听。要是拿不到冠军,拿来自我鞭策也好。"

苏雨琪眨了眨眼睛,有些激动。没错,林峰真的就是当初的那个小男孩,他似乎永远都是这么乐观开朗,从来不被困难打倒!

"那……他说了什么?能不能让我也听听看?"

秦凯点点头,从背包里掏出自己的手机,打开一个录音文件。

"这就是我们当时的录音,我一直把它带在身边……"

他按下播放键,充满欢乐的男孩子们的声音顿时清晰地回响起来——

"林峰,你鞋带开了!"

"已经开始录音了,不要吵!"

"我先说我先说——我们是最棒的!"

"搞错了!是对得到冠军以后的自己说!"

"对自己说啊?"

"小峰,你提议的,还是带头先说吧!"

"嗯,好……登上冠军领奖台的林峰,你好,我是还未得过冠军的林峰。我想对你说:喂,你真的很帅哦,大冠军!未来的路,也要一直帅下去哦!"

"这样说啊?换我啦!换我啦!"

……

手机里传来吵吵嚷嚷的欢笑声,林峰的声音和苏雨琪想象中的一样,始终充满了活力。从林峰这句简简单单的话里,她好像看到了那个自信满满、始终露出灿烂笑容的街舞少年。

苏雨琪忽然产生了一个强烈的念头。

一定要让那个人也听听这段录音,听听小峰说的那些话!

"这个录音……能传给我一份吗?"苏雨琪下定了决心,认真地问道。

秦凯愣了一下。他抬起头,长久地注视着苏雨琪,她专注而坚毅的目光终于让他轻轻地点了点头。

"你想给我看什么?"

窗明几净的学生会办公室内,林焰从社团报表中抬起头,看了看苏雨琪,又看看她递给自己的手机,冷淡地询问。

苏雨琪的目光与林焰的相对,她的表情认真而平静,开口时声音里有着从未有过的严肃。

"我在寻找那个小男孩存活过的证据，这里有他不灭的热情与梦想。"

林焰一怔，正要伸出的手僵在了半空。

苏雨琪轻轻按下了手机的播放键，顿时笑闹的声音充满了整间屋子。

听到林峰熟悉的声音，林焰忽然觉得有些晕眩，那些回忆仿佛大海里一个接一个的巨浪拍打着他的心脏。

他始终记得的，他记得林峰虚弱地，但是一个字一个字坚定地对他说：

"哥哥，对不起，可是……如果有下辈子，我还是想继续跳舞。"

而这里，林峰元气满满地大声对未来的自己说着祝福的话——

"登上冠军领奖台的林峰，你好，我是还未得过冠军的林峰。我想对你说：喂，你真的很帅哦，大冠军！未来的路，也要一直帅下去哦！"

林焰慢慢地向后仰，他无力地靠在椅背上，疲惫地闭上眼睛，仿佛他身上的力气一下子被抽光了一样。

苏雨琪看着一言不发的林焰，她仿佛能够从他的沉默里触摸到他的悲伤和他涌动的心事。

"我知道你对林峰的死一直很自责。但是，林峰真的真的很喜欢街舞，我相信一直到最后，他都没有后悔过。我听他的朋友说，他说过一句话……"苏雨琪停了一下，把那天秦凯说的一句话复述出来。

"他说，'能够自由地跳舞，是一件很幸福的事。有一个人喜欢跳舞，却不能自由选择，所以我会代替他，将两个人的梦想和追求转化为两倍的努力……'"

林焰全身一震，他猛然间垂下眼睛，不再和苏雨琪对视。

他知道这句话的意思。

沉浸在忧伤中的苏雨琪没有注意到林焰的异常，继续说下去："我不知道他说的那个人是谁，但是我能明白他那时的心情。我想，林峰一定是带着遗憾走的，遗憾没有来得及登上最高的领奖台，没有实现两个人共同的梦想，也没有机会再听到自己对自己说的话。背负着两个人的梦想与追求的他，却倒在了半路上，这一定是他最遗憾的事情。"

"够了！"林焰抬起手，想要阻止苏雨琪往下说。

他仰起脸，拼命地睁大眼睛，生怕泪水流下来。

他也想起了躺在他怀里气息慢慢微弱下去的林峰。他抱着他，拼命地叫他的名字，希望能够唤回他的生命。

然而，在最后一刻，林峰看着他，居然还是在微笑。而那抹笑容里，有着不悔，也有着心愿未尽的遗憾。其实他都知道。

苏雨琪握紧拳头，她的声音淡淡的，却十分有力："我想要跳下去，我想承接起林峰的梦想，连同他背负的同伴的心愿，带着三人的心愿一起走下去！"

"够了，我不想再听了。"林焰的声音在颤抖，他深深地吐了一口气，勉强使自己平静下来，"你走吧。"

苏雨琪静静地看着林焰，张了张嘴，却终于还是什么都没有说，而是默默地转身离开。

Chapter 07 第七章

校內危機解除，全國賽意外被淘汰

午休时间，街舞社的成员们自然地聚到了一起，可一点儿也没有平日活力四射的样子。大家都像被堵住了嘴一样，没人开口打破沉默。

谢诚看了看神游天外的苏雨琪，又看了看其他人蔫头耷脑的样子，暗自摇了摇头。

"咳，"他装模作样地清了清嗓子，从口袋里掏出一张通知来，"刚刚我收到了组委会寄来的赛程安排，你们要不要听一下？"

苏雨琪连忙回过头来："当然要听！接下来应该还有第二轮海选吧？"

"以我们的实力，第二轮海选当然没问题，问题还在晋级赛上。"谢诚在一块小黑板上画出五个分格。

"通过第二轮海选的会有五十支队伍，以十队为一组分为五组比赛。"他用粉笔依次点了点方块，"这次晋级赛很凶险，因为每组只有一支队伍能出线，而我们会和哪支队伍分到一起还是个未知数，万一正好和某个强队撞上就很危险。另外，这次晋级赛只比一场，而且是有规定命题的。"

"规定命题？别开玩笑了！"麦田瞪大眼睛，"没听说过街舞还有命题作文的！"

谢诚扶了扶眼镜正要继续说明，听到最沉不住气的展陌远不耐烦地吼了一句："还谈什么命题作文，搞不好我们连第二轮海选都没办法参加！老大也不知道现在怎么样了！"

一瞬间，房间似乎被冻结了，拼命想要回避的问题被他一语戳破，大家自然就沉默了下来。

"对不起！"苏雨琪突然向其他人鞠躬，把大家吓了一跳。

"没人怪你。"谢诚明白她在为模拟考的事向大家道歉，连忙摇头否认，"这不是你的错。"

麦田和许亚斯也连连点头。展陌远也哼了一声别过头去小声嘀咕着："刚才又不是在怪你。"

苏雨琪深吸一口气，脸上露出一丝歉然："我……"

恰好在这个时候，袁妙回来了。

她一眼就看出气氛有点儿不对劲儿，疑惑地问道："你们一脸严肃干吗？亏我还特意带了一个好消息回来呢。"

"什么好消息？"展陌远第一个反应过来，"噌"地蹦到袁妙身边。

袁妙笑着推开他，对苏雨琪说道："苏雨琪，你还真有本事啊。你到底是怎么说服学校的？刚才我接到通知，我们可以参加补考了！"

这个突如其来的好消息简直太让人震惊了。所有人都没反应过来，直到袁妙笑着又重复了一遍，苏雨琪才"啊"的一声叫了出来。

"真的吗？"

参加补考？那就意味着街舞社目前的危机已经被解除了？苏雨琪几乎不相信自己的耳朵。

她看袁妙点了点头，忽然掉头就跑了出去。

街舞社全员可以参加补考。

她一边跑一边迫不及待地把这个消息发送给江乐梵。

苏雨琪一口气跑到学生会会长办公室的门口，毫不客气地冲了进去。

坐在办公桌后的林焰无奈地抬起头来，看着苏雨琪："苏雨琪同学，这是你第十七次没敲门闯进我的办公室吧？我记得我说过很多次，我很不欢迎这种过于野性的招呼方式。"

虽然林焰的语气一本正经，可是他那双带笑的眼睛却出卖了他。苏雨琪开心地冲到林焰面前，想也不想地一把抓住了他的手使劲儿摇。

"林焰，你真的变了！你肯帮我了是吗？"

林焰有瞬间的窘迫，他轻轻推开了兴奋过头的苏雨琪，朝她笑了笑。

"我不是帮你。"林焰的声音仍旧充满了磁性，优雅而动听。他坐回办公桌后面，手里轻轻摆弄着刚刚放下的钢笔。

"我只是觉得，有些时候，可以多给一些人才一次机会。"

苏雨琪笑着，也不去捅破林焰的借口。

"那江乐梵呢，他是不是也能回来了？"

林焰抬头看了看一脸期待的苏雨琪，皱了皱眉："江乐梵的处分是校方决定的，我插不上手，但是我也会尽量帮你们想想办法。"

"……是这样啊。"苏雨琪脸上流露出小小的失望，但很快就重新振作了起来，"谢谢你了，林焰！"

"但是，有件事，我必须事先声明。你曾经向我保证过，街舞社以后再也不会发生任何人员伤亡。这一点希望你能遵守。而且我要提醒你，苏雨琪，如果你不顾自己的病情继续鲁莽行事的话，到时我一定会再次全力反对……"

"知道了！"苏雨琪俏皮地朝林焰扮了个鬼脸，"会长大人的吩咐，我一定办到！"

说着，她还夸张地敬了个礼，急急忙忙地跑出去。

林焰望着苏雨琪离去的背影，无奈地摇摇头，一丝轻笑悄然爬上了唇角。他转头望向了窗外。外面天高风轻，湛蓝辽阔的天空中，自由的青鸟在其间一掠而过。

他不由得闭上了眼睛，呢喃道。

"……小峰，我这样做，对吗？"

街舞社的事情总算是解决了，可是危机却没有全部消除。现在最大的困难便是江乐梵，因为处分的事情，他面临退出街舞社。一个没有社长的社团又怎么算完整的呢？而且他还是街舞社的灵魂人物，绝对不可以少了他！

放学之后大家再次聚集在练舞房里，一方面对补考的事情兴奋不已，一方面也在为江乐梵的事苦恼。

展陌远愤愤不平地提议道："我看啊，还是直接'杀'去教导处找他们理论。"

袁妙无奈地瞥他一眼："拜托！你出的那是什么鬼主意？如果真有那么简单就好了！你以为学校是什么地方？是我们这些学生随便讨价还价的地方吗？"

"那还能怎样？"展陌远不满地嘟囔着，讪讪地坐了下来。

麦田撑着下巴一时无语。

苏雨琪考虑了一下，终于还是把昨天去找林焰的事讲出来。

"昨天，我去找了林焰，他告诉我，'三天后去一个地方表演，说不定会有所帮助'。我想……"

"又是林焰？"还没等她讲完，展陌远便鬼叫了起来。

这两个字简直成了街舞社的"死穴"，每次提起来都会令在场所有人的精神高度紧张。

一旁的陶艾欣轻轻地打了展陌远一下，抗议道："你让阿琪讲完嘛！这样随便打断人家很不礼貌啊！"

"呵呵，好……好的。我不是故意的。"

袁妙没有理会陶艾欣，试探着问："如果不是林焰，我们也不会搞成现在这样。苏雨琪，你到现在还和他有瓜葛吗？"

苏雨琪望着袁妙直射过来的眼神，迟疑了一下，像是下定决心似的说道："其实，他也是有原因的……"

麦田挥挥肥肥的手掌，一副不相信的质疑模样："什么原因啊？你自己也说了，林焰摆明了对老大有意见，他再强调理由也没办法掩盖这个事实！"

"对啊！他要是真有什么苦衷，干吗又花那么多心思整我们？"许亚斯也附和地说着，轻蔑地扬了扬嘴角。

展陌远还想说些什么，被谢诚拦住了。

他沉着冷静地劝阻大家："你们先别激动，听苏雨琪把话说完！"

校内危机解除，全国赛意外被淘汰

苏雨琪感激地望了一眼谢诚，理了理思绪，说下去："大家也知道，其实那次意外中，损失最严重的不是陈杰，而是林焰的弟弟林峰。他因为那场意外，失去了生命。也是因为这样，林焰才一直对街舞的事有芥蒂。他并不是一味地想要阻碍我们，他只是希望不再有人因为街舞出事。"

听完苏雨琪的一番话，刚才还吵吵嚷嚷的人这下都沉默了，眼神里隐隐有了些松动的迹象。

"可是……"展陌远抬起头，不服气地说，"老大就是因为他才被退学的！"

苏雨琪一下子语塞了，急急想要辩解什么。

谢诚先一步上前，提议说："相不相信林焰，两边都有太多的理由。我看，还是让江乐梵自己决定比较好，毕竟是和他切身相关的事情。"

展陌远一听，连声叫好："老大肯定最清楚林焰的阴险了！"

苏雨琪想不出反对的理由，默默地叹了口气，咬着嘴唇拨通了江乐梵的手机。

在等待他回复的时候，所有人都屏住了呼吸，一时间，话筒两边都只能听到浅浅的呼吸声。

"我……"

"江乐梵，你可要想清楚，这也许是唯一的机会啊。"苏雨琪终于还是忍不住打断他的声音。

"呵，看来你很相信他？"

"其实——"

"如果你那么相信他——"话筒里传来一声像是叹息的杂音，"那么，我相信你。"

"老大！不行啊！"

"哇，这太冒险了吧！"

"……"

在街舞社全体成员忐忑不安的期盼中，约定的日子终于到了。

早上一来到学校，苏雨琪和展陌远他们就按照林焰的吩咐，悄悄"埋伏"起来，等待着机会。

星阳中学这天的装扮焕然一新，到处彩旗飞扬。从校长到校工，星阳的每个人都做足了准备，因为主管文化教育的领导要来星阳参观。

领导听完星阳中学校长以及一众学校领导的汇报后，兴致勃勃地参观了整个学校。

当走到社团活动大楼前时，他望着楼前市长的题字，笑眯眯地对校长说道："星阳中学的学生社团文化是全市中学最丰富多彩最有特色的，在全省乃至全国的各种文娱科技比赛里，你们星阳的学生社团都获得过不少荣誉，为我市争光添彩！"

校长连连摆摆手："承蒙夸奖，只是一些小小的成绩罢了。"

"校长您太谦虚了！我这次的中学学校考察，就是为了找出一些有潜力有特色的学校，进行资金和人力资源上的大力扶持。我看你们就很有希望啊！"领导笑呵呵地拍拍校长的肩膀。

校长点点头，忙不迭地为领导引路："接下来，我就带您进去参观，我们星阳的学生社团完全是按照学生的自主意愿……"

领导听着校长的介绍，频频点头，一副很有兴趣的样子，跟着校长快步走进了星阳的社团活动大楼。

"领导，这是我们星阳中学的学生会会长林焰。"走进社团活动大楼时，校长看到林焰已经等在电梯前，便笑着为他介绍，"接下来参观社团活动的部分，他会一起陪同，并为您做相关的介绍。"

那位领导打量了一下一身笔挺的林焰。林焰微微一笑，朝那位领导点头问候："您好。"

那位领导觉得林焰有些面熟，想了想，恍然大悟地说："啊，你是林氏的会长林老的孙子吧？"

林焰笑着点点头，礼貌地回答："是的。"

那位领导笑了起来，朝林焰竖起大拇指："不愧是名门之后啊，年少有为。呵呵，有一个这样聪明能干的学生会会长，难怪星阳的学生社团会如此丰富多彩！"

校长等忙附和地应声点头。

林焰按下电梯的按钮，彬彬有礼地把领导和校长一行人让进了电梯。

没有人注意到，他在进电梯之前，飞快地按了一下自己的手机，把一条早就编辑好的短信发送出去。

苏雨琪的手机"叮"的一声，提示有新短信进来。她抓过手机看了一眼，立刻兴奋地跳了起来。

"来了来了，大家赶快准备！"

街舞社的成员们被她这声突然的大喊吓了一跳，纷纷站了起来，睁大迷惑的双眼互相张望。

展陌远笑笑："好！开张啦！"

进了电梯，孙秘书饶有兴致地看着林焰问："我们从哪里开始参观呢？"

校长在一旁笑眯眯地介绍："我们星阳中学的天文社、篮球社都不错，尤其是篮球社，最近正在准备全国比赛，不如就从那里开始吧。"

"嗯，就按校长说的那样！"林焰一边应答着，一边不着痕迹地朝电梯的开关控制处靠过去，用身体挡住按钮。他抬起修长晶莹的手指，按下了"8"，又趁大家不注意时偷偷按下了"7"。同时，林焰不着痕迹地将身体微侧，挡住楼层指示按钮。

很快，电梯在7层停了下来。校长和其他陪同人员吃惊地看着楼层显示出的数字，有点儿慌张。不过电梯门已经自然打开，立刻，一阵劲爆喧嚣的音乐就像海浪一样扑了进来。

"咦？"孙秘书好奇地看着校长，"这是哪个社团在进行活动吗？"

一听到这样欢快的音乐，校长的脑门上浮起一层薄薄的汗水："啊……是……那个……"

林焰的手轻轻背到身后，按住了电梯的开门键，于是本该马上合上的电梯门一直敞开着，随着音乐声一起传过来的，还有清亮高亢地喊着节拍的声音。

领导似乎对此很有兴趣，转头看着林焰问道："这是什么社团啊？"

林焰装作没有看到校长拼命丢过来的眼色，恭敬地回答道："是街舞社。他们最近参加了重要比赛，现在应该是在练习。"

领导眼睛一亮，饶有兴致地起身往外走去："啊，星阳的街舞社！你不说我差点儿忘记了，这不是星阳一直鼎鼎大名的社团吗？走，我们去看看！"

校长想拦却已经来不及了，只好皱着眉头跟着领导一起走了出去。

领导一路走到了练舞房外面，透过玻璃墙，他看到了一群正在尽情舞蹈的少男少女，他们穿着各式各样的练舞服，随着音乐在肆意地舞动着。

看到有人走过来，苏雨琪他们停了下来。

"没关系，你们继续啊！"领导笑眯眯地朝大家摆摆手，兴致勃勃地看着他们，"刚才你们跳得很好啊，再表演一段，好不好？"

"没问题！"苏雨琪爽朗地大声答应着，她挥了挥手，大家又随着音乐开始了舞蹈。

由于事先做好准备工作了，所以他们这一次跳的是充满韵律感的Pop（流行舞），节拍轻快明朗。他们几个人仿佛是掠过水面的燕子般，灵动飘逸。领舞的苏雨琪更是在Pop中加入了古典式的舒缓，动作既张扬又充满了美感。而展陌远和麦田则完全走了街头风的路子，旋转、倒立，那些动作让孙秘书看得连连称赞。

"你们星阳的街舞社果然名不虚传。"领导一边观看一边连连点头，扭头看着校长。

"我记得最近在电视上看过他们的表演，好像是叫什么'World of Dance'的选拔比赛，表现得很出色嘛！像这样的社团，你们一定要好好培养啊！"

在领导面前，校长满肚子的怒气不能发泄，只能讪讪地迎合道："当然！当然！对于优秀杰出的学生社团，我们一向是重点培养的！"

"很好！重视学生的全面发展，才是我们教育的本质啊！我一定会把星阳中学作为典型示范性学校写进报告的！"领导赞不绝口，更是直截了当地对校长说，"如果你们学校能拿到什么出色的成绩，这也是对我工作的支持啊！"

校长脸上挂着微妙的尴尬的笑，想说些什么又说不出口，只得点点头："一定！一定！"

恰好此时音乐告一段落，领导和蔼地朝苏雨琪招了招手，把她叫了过来。

他打量着苏雨琪，脸上满是欣赏的表情，问道："你就是街舞社的社长吗？我知道你们参加了街舞大赛，成绩还很不错，你们要继续加油啊！"

"谢谢夸奖！"苏雨琪很有礼貌地朝领导笑笑，然后又否定地摇了摇头，"我不是这里的社长，我们社长叫江乐梵，是一个比我更厉害的人物。我们能在大赛中取得胜利，都是因为他的关系，他才是星阳街舞社的社长。"

"哦？是吗？"苏雨琪的一番话让领导更加好奇了，他朝苏雨琪望着，"他们哪个是江乐梵？"

一旁的校长听到这句话，心一下子悬了起来，脸上一阵红一阵白。

"他不在。"苏雨琪低下头，有些难过地说，"他被……"

"哦，是这样的！"校长急忙瞪了苏雨琪一眼抢过话头，"江乐梵家里有点儿事情，今天请假没有来学校。"

领导有些遗憾地叹了口气："真可惜啊！"

林焰走到旁边，平静的面容上根本看不出任何波澜，仿佛只是公式化地应承道："他很快就会回学校的！如果您以后有时间来我们学校参观，一定可以看到他的！"

校长差点儿晕倒，他现在真是有苦说不出。望着领导期盼的神情，他也只能连连点头保证："对对，他很快就会回来上课了。"

听到这句话，苏雨琪这才放下心来。她开心地挑了挑眉毛，看了看站在一旁默不作声的林焰，朝他眨了眨眼睛。

迫于压力，当天下午校方就召开紧急会议研究了星阳街舞社的处置问题。经过激烈的讨论，终于达成了最后的协议，同意取消对江乐梵的处罚，给星阳街舞社一个机会。

江乐梵重新回到学校那天，整个街舞社像过节一样热闹。

"老大，欢迎你回来！"

"来开个庆祝会吧！"

许亚斯和麦田一左一右抱着江乐梵的胳膊不撒手。

展陌远在一旁不屑地甩甩头。

"老大，你回来得刚刚好，马上就是第二轮海选了！别理他们，我们赶快来排练吧！"

江乐梵好不容易才从八爪鱼似的许亚斯和麦田那里挣扎出来，听到展陌远这样说，他点了点头，摆出认真的架势。

"'烈焰'说得没错，我们要抓紧时间了。"

苏雨琪心头不由得一紧，想到了几分钟前跟教导主任的对话——

"喀喀！"教导主任清了清喉咙，"这次你们表现出了不凡的潜力，所以学校特批撤销对你们的处分。不过，我丑话可要说到前面，尽管撤销了处分，但这可是暂时的。街舞社只有真正证明了自己的实力，才能在星阳生存下去。"

江乐梵皱了皱眉头，冷静地问道："要怎么证明自己的实力？"

"在接下来的那个比赛上取得前三名的好成绩。不然你们自己也没有什么脸面再留下吧？"主任开出了条件。

"前三名？主任，你在开玩笑吧？那可是世界级比赛啊！能打入亚洲区就算得上高手了！"展陌远立刻鬼叫起来。

教导主任脸上一阵红一阵白，唉，这种年轻人的玩意儿他真的很不熟啊！

"喀喀，那，要不就亚洲区前三名好了。"说着，斜眼看了看面前的一帮毛头小子，明显不怎么看好他们。

展陌远还想再讨价还价一番，而江乐梵和身旁的苏雨琪对视了一下，从彼此充满信心的目光中找到了答案。

"主任，这算是校方提出的条件吗？"

"你可以这么认为。"教导主任露出意味深长的笑容。

江乐梵炯炯有神的目光中闪过一丝自信，随后他伸出手指做了一个胜利的姿势，满是信心地回答道："好！我们一言为定！街舞社的目标绝对不止前三名！"

"太好啦！"苏雨琪也欢喜地拍起手来。

"我还没说完呢！"教导主任头疼地揉揉太阳穴，"还有，模拟考试暂且就这么算了，如果你们不能在期末考试中过关，就算取得前三，学校也不会同意你们重建街舞社！"

正在兴头上的展陌远他们拍拍胸脯保证："没问题！瞧我们的！"

大家信心满满，都表现出一副绝对不会轻易认输的架势，因为，他们的梦想才刚刚启程！

裹挟着这股必胜的气势，星阳街舞社果然毫无争议地在"World of Dance"街舞大赛海选赛第二轮中顺利过关，并且取得了总分第二名的好成绩！

沉浸在胜利的喜悦中，他们一点儿也没有意识到，接下来的"命题街舞"将会给他们带来多大的挑战……

小黑板上大大地写着一个"焰"字。

谢诚抬了抬眼镜："这个就是我们晋级赛题目。"

麦田和许亚斯根本没听谢诚的话，凑在一起嘻嘻哈哈打闹着。

"我们抽到了最后一组，是你赌输了。"

"可恶，没想到老大签运那么好！我还以为会……"

江乐梵听得头上青筋直冒，这两个家伙竟然拿抽签的事情打赌！他们到底知不知道这次比赛对街舞社意味着什么呀！

"麦田！你说！"他叫住麦田，唇边露出阴森森的笑容，被点到名的麦田就像被蛇盯住的青蛙一样，一脸茫然地抬起头来。

他望着黑板上的字，傻傻地问："这是猜谜游戏吗？那我猜谜底是展陌远！"

"哈哈哈哈！"其他人都大笑起来，展陌远是叫烈焰没错，看来这次比赛只要叫展陌远上场跳一跳就算戳中谜底了！

江乐梵忍不住给了他们一人一脚，说："严肃点儿！你们别忘了答应过老师什么的！"

许亚斯做了个鬼脸："我看这次根本没什么危险性啊，同组的又没有强队。"

谢诚不赞同地摇了摇头："这次命题街舞要求很严格，而且是一场定胜负的淘汰赛，很容易出冷门。上周的比赛里，利德中学作为第一种子不也被淘汰了？"

听谢诚这么说，大家才收起了玩闹的态度，一个个皱起眉头苦思冥想起来。

"焰，火，燃烧，红，热……"袁妙呢喃着理出一连串关键词。

展陌远哼着莫名的歌前后摇摆着身体，似乎想要抓住某样表达"焰"的旋律……

过了一会儿，苏雨琪和江乐梵同时叫出："有了！"

许亚斯眼珠一转，忽然跳起来说："等等，你们先不要说出来，各自写在手上，看看你们是不是想的一样。"

苏雨琪回头一看，江乐梵已经在手上写起来了。

谢诚忙说："写吧写吧。"

她叹了口气，也拿起一支笔。

"一、二、三,开!"许亚斯大喊。看他兴奋的样子,要不是大家都在,估计他又要和麦田打赌了。

大家都好奇地凑上来看——

熊熊烈火——江乐梵的。

星星之火——苏雨琪的。

大家面面相觑了一阵子,还是江乐梵先起身站了起来。

他微微蹙着眉头走到告示板前指着字说:"焰,就是代表火焰的意思,是绚烂与华丽的代表。也就是说,要表达这个主题,我们的舞步就要像熊熊烈火一样炫目华丽。"

"老大,你的意思是这一次我们要玩就玩最酷的?"展陌远一听江乐梵的话眼睛就亮了,立刻跟上。

谢诚似乎有些犹豫:"老大,可是毕竟是群舞啊,我们大家的水平不一,如果统一要求最高水准的话会不会有难度?"

麦田连忙点点头,低头看看自己减不下来的肥肉:"是啊,老大,咱们大家各自擅长的东西也不一样,如果步调不一致会不会影响整体效果啊?"

江乐梵摆摆手,充满自信地说道:"不会的,麦田,我的意思是,我们各自都拿出自己最激烈、最耀眼的舞技来,能玩到什么程度就玩到什么程度。我相信以我们的实力,肯定会非常抢眼的。"

"等一下等一下……"苏雨琪在一旁听得越来越不安,她赶紧打断了江乐梵,"大赛规定了要按照主题来表演,如果乱跳一气,评委肯定不会给我们高分的。"

江乐梵无奈地看了看苏雨琪,似乎为她不能理解自己的意思而苦恼:"你误会啦,我不是说我们不按照主题表演,而是我觉得这个主题就是要让大家展现自己最好的一面,动作难度越高,节奏越激烈,才越能体现出'火焰燃烧'的这种感觉啊!"

苏雨琪愣了一下,眼睛瞥到自己手上的字。

她鼓起勇气说道:"我觉得……这个主题要求的只是一种激情。要体现的是对街舞的热情,就像是星星之火,让所有人能够从你的表演中感受到一种净化心灵般的感动。而不单纯地炫耀技巧和动作难度吧?"

"热情?净化心灵?"江乐梵不同意苏雨琪的观点,"跳得越激烈越炫,才能证明我们越有热情,有什么不对啊?"

"可是太过激烈的动作,很容易造成伤害啊。后面还有其他的比赛,万一在第一场就有人受伤该怎么办?"看到江乐梵满脸不赞同的表情,苏雨琪不得不说出自己最大的担心。

"林焰说过，如果我们中间再出现意外的受伤事件，街舞社会被再次废社的。"

江乐梵没有想到苏雨琪会把林焰抬出来，他一听到林焰的名字，就不可避免地想起前不久和林焰在学生会办公室的激烈争执，而"受伤"两个字更是让他心里像堵了块大石头，心烦意乱。

不知不觉间，他的表情也阴沉下来。他看着苏雨琪，坚持说道："你想太多了，比赛那天不可能像当初那种环境，而且我相信我们也不会那么倒霉。"

"你怎么这么固执啊？"苏雨琪也有点儿急了，说话的语速有些快，"我真的不觉得这个主题需要这种表现方式，江乐梵你的理解太偏激了。"

"偏激？"江乐梵瞪大了眼睛，不敢相信苏雨琪会这么评价自己，舞者的尊严让他对苏雨琪的反对意见越来越不满，他抬高声音争辩道，"街舞本来就是自由的，非要有什么主题表现本来就很多余了好不好？火焰也是自由的，燃烧是奔放的，我的理解有什么错？"

"街舞是一种对梦想的渴望，是向往，不同的主题只是不同的情感而已。火焰是灵动的，燃烧也不一定非要多么高难度的技巧！"苏雨琪一步都不退让。

"再说我们有复社的机会已经很不容易了，林焰强调过不能有人受伤，这也是学校给我们机会的前提啊！"

开口闭口都是林焰！

江乐梵有些恼怒地看着苏雨琪，他不明白她为什么一定要跟自己唱反调。

她不是也喜欢街舞吗？为什么自己说的她无法理解，反倒一直对林焰的话念念不忘？到底林焰给她灌了什么迷汤？毕竟自己和她才是一伙的，不对吗？

苏雨琪也有点儿生气地看着江乐梵，她不懂为什么江乐梵总是把街舞当成一种用来发泄的东西，街舞里面包含的情感并不一定非要是激烈的呀！

为什么他这么固执？

两个人像斗鸡一样你盯着我我盯着你，街舞社的众人一看不好，赶紧过来打圆场。

袁妙把苏雨琪往一旁拉，劝道："老大的话有他的道理，你别急啊，即便动作难度高，也不一定会受伤的。"

展陌远也随声附和，顺便推着江乐梵走到一边。

苏雨琪有些失望，她没想到居然没有一个人支持她的观点。

她真的不是故意要跟江乐梵唱反调，只是认真地建议而已，为什么大家都不能理解呢？

江乐梵也很失望，他没想到苏雨琪竟然因为林焰的话而跟自己唱反调，什么时候林

焰对她来说有那么大的影响力了？究竟他是苏雨琪的朋友，还是那个一直唱反调的林焰是她的朋友。

虽然苏雨琪提出了不同的看法，但为了确保能赢得晋级赛，从而成功晋升华东赛区的比赛，街舞社众人决定像江乐梵说的那样，挑战高难度的舞技。因此，大家都全身心地投入高强度的训练里去。

苏雨琪虽然不赞同江乐梵的意见，但看着大家这样努力拼搏，她又真的很希望能就这样任性一把，轰轰烈烈地做自己喜欢的事，就算磕破头流血都没关系。

因此，她也和大家一样默默地遵从江乐梵的安排。但是，她心里总是有个不和谐的声音在问：如果真的这样放任了，星阳街舞社怎么办？真的还有可能实现夺取"World of Dance"大赛前三名的承诺吗？

这个声音越来越大，好几次她都忍不住要冲口而出，可看到大家认真无比的神情，她又默默地把这些话咽了下去。

"怎么了？你好像有心事？"谢诚发现苏雨琪心不在焉，关切地问道。

苏雨琪摇了摇头，过了一会儿，吞吞吐吐地说："学长……你觉得我们对'焰'的理解对吗？"

谢诚了悟地点点头。他一边看着另一边正在严厉地纠正麦田舞姿的江乐梵，一边缓缓说道："我不知道对不对，我只知道我相信江乐梵。比起对街舞的热爱，没人能超过他……也许除了你。"

"万一我们选择的方式偏题……那我们跳得再好也没用啊！"苏雨琪急急地把自己的担心一股脑儿地抛出来，"学长，你也知道，我们是输不起的。街舞社好不容易走到今天，这次比赛失败的话，那一切都会变得很糟糕。"

"苏雨琪，"谢诚对她露出一个安抚的微笑，"你和江乐梵是街舞社最重要的两个人，如果你对他心存怀疑的话，那么我们一开始就没有胜算。"

"可是……"

"你还记得市长秘书来校那次吗？"谢诚扶了扶眼镜，"他当时说出相信你的时候，我们大家都不敢置信。结果证明，他的信任是正确的。"

可是，现在不是信任不信任的问题啊！苏雨琪皱起眉头来，她还想再说些什么，但谢诚已经起身继续练习了。

她看着其他人疲倦但又投入的表情，脑海中突然闪过评委宣布星阳街舞社淘汰的画面！心猛地抽筋，她眉头皱得更紧了，冷汗密密地从她白玉般的额头沁出。

"没事的，没事的，我要相信他。"她安慰自己。

可是，一丝恐慌始终挥之不去。

比赛的那一天终于到了。热闹的赛场外多了一些不平静的因素，许多意外落马的强队的粉丝们聚集在场外，抗议比赛赛制的不公正，要为他们支持的队伍正名。部分关注这场赛事的媒体也渐渐被抗议人群惊动，开始转而报道相关的民间舆论。

不过这些没能影响到星阳街舞社的成员们，相反他们还非常兴奋。因此，这次除了在第一轮比赛时对他们看好的三位评委悉数到场之外，大赛组委会还特别邀请了一位嘉宾评委，那就是曾经在多次世界级街舞赛事中获得奖杯的 Dick（迪克）。

听到这个消息的时候，大家都十分惊喜。

Dick 的街舞风格狂放不羁，创意不断，具有强烈的个人魅力，是很多街舞狂热者的偶像。

能在偶像面前表演，说不定还能得到他的赞赏，光是想一想都觉得热血沸腾！

"老大，你不是一直很佩服 Dick 吗？"在比赛开始前整理准备的那段时间里，展陌远忍不住跟江乐梵小声嘀咕着，"等一下我们赢了之后，可以让他给我们签个名哦！"

江乐梵哈哈大笑，拍了拍展陌远的肩膀："一定没问题的！"

苏雨琪看着信心满满的江乐梵，心里那种沉甸甸的感觉更强烈了。之前进场的时候，她遇到了几个没能晋级的强队，和他们聊了一会儿，才知道在结果宣布的那一刻有多难受。

江乐梵见她闷闷不乐的样子，担心地问道："怎么啦？"

"没……"苏雨琪飞快地摇了摇头。这个时候，她怎么能说出自己的担心来影响大家的斗志呢？她勉强牵起一个笑容，轻轻捶了江乐梵一下："我想说……加油！"

"嗯！"

震耳欲聋的音乐声响起，比赛正式开始了——

会场内已经坐满了观众，兴奋的欢呼声和尖叫声几乎能掀开房顶，运动馆天棚上悬挂的数十盏巨大的吊扇旋转着，发出呼呼的风声，却还是无法降低场内几乎沸腾的热度。

运动馆中间高高耸立的舞台被装饰得极其华丽，铺着大红色的地毯。白色的围栏围绕在四周，用鲜花和射灯点缀的舞台看起来更像一个擂台。等一下比赛就将在这里开始，每支队伍都摩拳擦掌，准备一展身手。

星阳街舞社出场的代表一共有七名：江乐梵、苏雨琪、谢诚、展陌远、袁妙、许亚斯、麦田。他们在激昂的音乐声中高昂着头走上了舞台，按照已经排练过多次的方位一一站好。

舞台下方，坐在评委席上的四位评委抬头看着他们。

由于本次的比赛主题是"焰",所以星阳街舞社也选择了统一的红色服装。紧身的大红色舞蹈服上垂下一些不规则的金色流苏,在射灯的映照下闪闪发光,看上去仿佛真的是火焰在燃烧一样。

他们选择的音乐是重金属摇滚风的乐曲,那激烈的鼓点和节奏就仿佛是一瓶被震荡过的香槟,在打开盖子的那一瞬间喷涌而出,无法遏制。

鲜明的鼓点犹如直接敲在人们的心上一样,砰砰砰砰,每一下都让人觉得心仿佛要被震成碎片。

而在这样的音乐下,星阳街舞社的每个人都仿佛穿上了永远不会停歇的红舞鞋一样,疯狂地舞动着。

江乐梵随着音乐大幅度地扭动着身体,他还是跳了他最喜欢的Freestyle,肩部和手臂如同过电一样震颤着、甩动着,头部不停地摇摆着,乌黑的发丝在空中飞扬着,晶莹的汗水由于他激烈的动作而被甩出来,仿佛一颗颗落下来的珍珠。

展陌远也和江乐梵一样,他此刻正倒立着,双腿分开交叉踢动,整个人变成了以双臂为轴心的大陀螺,跟随着音乐一个圈子一个圈子不停地旋转着。

麦田圆溜溜的身子就好像一个会跳动的皮球一样,跃起落下,每一次跳跃都在空中做出各种滑稽搞笑的动作。

谢诚和袁妙做的是双人舞,加入了拉丁舞的元素,但是随着音乐越来越快的节拍,他们两个人的动作也越来越快,让人看得眼花缭乱。

苏雨琪和江乐梵一起跳了Freestyle,她柔韧的肢体仿佛是一只在暴风雨中翱翔的雨燕,随着倾泻出的狂热音乐时而抖动着纤细的腰部,时而伸展开她修长的手臂和双腿。在一个拔高的音节里,苏雨琪单脚点地,像是芭蕾舞演员那样姿态优美地旋转着;而在接下来低沉深邃的节拍里,她又深深俯下身去,再猛地高高仰起头。她舞蹈服上的金色流苏随着她的动作而飞扬起来,好像一抹跳跃的火焰。

一切看起来都很顺利,苏雨琪没想到平时排练了无数次的舞蹈在真正的舞台上,在五彩的聚光灯下,在无数观众的叫好声中,竟然会产生这样神奇的化学变化!他们的一举一动都牵引着台下的观众,让他们时而摇摆身体,时而高声叫好。

热汗顺着脸颊流下,渗进眼眶有点儿酸痛,但苏雨琪根本没注意到这点儿酸痛,她的心就像鼓风飞行的小鸟一样……

这样下去,说不定可行!

就在这时,展陌远手滑了一下,正在做托马斯旋转的他撑不住自己的重量,猛地倾斜撞到了谢诚和袁妙,三个人摔成一团!

全场的叫好声一顿！

苏雨琪脑袋里一片空白，果然，这套动作的难度还是太高了，再加上连续不断地训练，大家的体能都到极限了，她心中一直担心的事情终于发生了！

呆立中的她突然感觉到左手被人猛地一拉，她根本没有防备，一下子就被拉倒。摔在一个温暖的怀抱中。

她讶异地抬起头，发现江乐梵不知什么时候跳到她的身边，而且把她拉了下来。

麦田和许亚斯也都停止了动作卧倒在地上。

"你在干什么？"苏雨琪吓出了一身冷汗，难道是江乐梵受打击太大，突然自暴自弃了？

江乐梵盯着她的眼睛，一字一顿地说："相信我，跟着我做！"

说着，他抬起左手向上弯折了几下又收了回来。在他的眼神示意下，苏雨琪他们也伸出左手跟着节拍舞动了几下收回。

接着江乐梵又重复了一次，这次是右手。

观众席上传来接连不断的议论声。苏雨琪从死机的状态中回过神来，眼神闪烁，轻轻问："难道是……"

回答她的是江乐梵一声："起！"

所有人像接到命令一样一跃而起，观众只看到一片红突然在舞台上升起，瞬间灯光大亮，打在他们拼命舞动的身体上，就像突然暴涨的烈焰！炫目得不可思议！华丽得不可思议！

"原来他们刚才伏在地上是表示火焰快要熄灭了！"

"对，那个手臂就代表着火焰的挣扎，然后，又烧起来了！"

"是焰！确实是'焰'！"

音乐停止，如海啸般的掌声席卷而来。

苏雨琪静静保持着最后一个动作，望着站在她身前的江乐梵，他的舞蹈服完全被汗水浸湿了，可见刚才的舞蹈消耗了他多少精力！不过，这一切都是值得的，这次，应该会得到一个很好的分数吧？

从第一轮比赛开始就一直关注星阳街舞社的三位评委，显然都对他们今天的表现非常满意。评委们有的夸奖他们对于服装和音乐的选择与主题十分切合，有的重点称赞了江乐梵、展陌远、袁妙个人动作的完美和经典，有的则夸奖他们最后的应变很有创意。场上一片赞美之词，江乐梵听得十分高兴，他瞥了一眼苏雨琪，笑得十分满足。

苏雨琪的目光却一直盯着从刚开始就一言不发的Dick，她总觉得Dick的表情有些怪，却说不出来是哪里怪。

其他三位评委发表意见之后，轮到 Dick 打分了。

Dick 接过话筒却没有马上说话，他依旧深深皱着眉头，严肃地打量着站在舞台上的七个人，一言不发。

星阳街舞社一行人终于察觉到 Dick 的异样，不安地面面相觑，不知道发生了什么。

"星阳街舞社……你们刚刚的表演，如果从每个个体来说，是非常出色的。"Dick 终于开口了，他审视着星阳街舞社的每一个人，目光最后落在最前面的江乐梵身上，"尤其是你，江乐梵，你的表现让我觉得非常惊讶，你相当独特，也相当出众。"

听到 Dick 的话，星阳街舞社的人差点儿欢呼起来，但随即，Dick 话锋一转。

"你们跳得很不错，如果以街头即兴表演的水准来评，无疑是出类拔萃。但是……"Dick 的声音变得有些严肃，"但是这里并不是街头表演，我期待看到的也不是一场热热闹闹的个人秀。街舞有它的法则，它不是随心所欲地乱舞，你们明白吗？"

星阳街舞社的人都呆住了，他们几乎反应不过来 Dick 在说些什么，只是傻傻地看着 Dick。

Dick 一字一顿地说道："大赛第二轮的每一场表演都是有主题的，我知道也许很多人都会觉得奇怪，街舞本来是自由的，为什么要加上主题？这样想的人，其实还没有领悟到街舞的真义。仅仅是胡乱地炫耀技巧和能力，不配称为街舞，因为那里面根本看不到舞者的灵魂！不理解主题的人，无法用自己的舞蹈去表现自己是有追求的人，根本算不上真正的舞者！"

说着，Dick 举起手里的评分牌——0。

仿佛晴空霹雳，星阳街舞社的所有人都呆住了。

因为他们都可以清楚地看到 Dick 给出的分数，那个低到不可思议的分数深深地刺伤了所有人的心。

怎么会这样？他们一切的努力，竟然只换到了这样的分数！

"我要去跟他理论！"麦田第一个跳起来。

"对对！他明显是看不过我们比他炫！存心打压！"展陌远握着拳头狠狠地挥了一下。

谢诚抬抬眼镜："我看，还是等全部比赛结束后再向组委会提交申诉比较好。"

"好了！"江乐梵出声制止了他们。

从宣布分数开始，到进入后台休息室，他一句话也没说过，而且一直用后背对着所有人。那被舞蹈服紧紧包裹着的后背就像一道墙，隔绝了所有的议论和嘲笑，但也同样挡住了队友们关切的眼神。

"不用再争取了，没用的。"

"可是，他打这个分数明显没有道理！我们尽力了！怎么可以全盘否决？"麦田愤愤不平地嚷道。

江乐梵终于缓缓转过身来，露出一个自嘲的苦笑："是，大家都尽力了，是我这个队长没用。"

"你不可以这样说！"苏雨琪担心地上前一步。

"那你倒说说看，Dick为什么会给这样一个分数？"

"这是因为……"苏雨琪咬着嘴唇迟迟说不出理由。

"哈哈……你是不是也觉得我像个失败的小丑一样？自以为跳得很好，到头来却得了最低的分数！"苏雨琪的欲言又止刺痛了江乐梵，他捂着脸自嘲地大笑起来。这副样子仿佛又回到了一开始那种颓废又满身是刺的样子。

苏雨琪心疼地大声喊道："不是！你跳得很棒很厉害，只是……只是没有传达出你的感情！"苏雨琪被自己说出的话吓到，但她很快就意识到这才是她觉得不对头的地方。

"对啊，你的舞很炫，让人觉得很厉害，但观众没能从舞蹈中感受到你的情绪。像今天，你对那个失误的反应就很好，大家能感受到你表达了一种情感……"

没想到事与愿违，江乐梵脸上浮起受伤的神情。他狠狠地打断苏雨琪的话："是啊，你之前也提醒过我很多次，我根本没听进去！苏雨琪，在你的印象中，我是不是一个只会炫舞而不会用心去跳舞的傻瓜？"

"不是这样……"

但她的话江乐梵已经完全听不进去。他推开了苏雨琪。

"你不要说了，让我一个人冷静冷静！"

江乐梵头也不回地离去，完全不管苏雨琪在他的身后叫喊着他的名字。

"Dick，你的分数是不是打得太狠了？"

"Dick只对有才能的人才这么严厉，不过，这次确实有点儿过了。这可是淘汰赛啊！你这弄得我们评委会很下不来台啊，最受欢迎的队伍却被刷了下来。"

"我只知道'真金不怕火炼'，年轻的时候尝过失败的滋味，今后才能真正有所成就！"

"哈哈，Dick，你要当心，好苗子有时是很脆弱的。"

"脆弱的人，今后就算有所作为也是有限的。"而他对这个叫江乐梵的男孩的期许，却远不止一场比赛的胜利。

　　Dick脸上露出爽朗的笑容："今后是他们的天下了，如果没有一两个可以超过我的人，那不是太无聊了吗？"

　　是的，他看中的人从来都不会错，经过这一次的洗礼，等江乐梵再次登上舞台，他一定会是一个真正的王者，被光芒和荣耀环绕！

　　只是，他不知道，对江乐梵而言这次失败意味着什么……

　　晋级赛出师不利，对街舞社的所有成员打击都很大。因为这不仅仅意味着他们将失去后面所有比赛的资格，更关系到街舞社的复社和江乐梵的退学两大问题。如果说今年比赛输了还可以努力备战明年，那岌岌可危、困难重重的街舞社，现在已经站在了绝望的悬崖边上。

　　苏雨琪一夜翻来覆去没睡好，第二天顶着大大的黑眼圈去上学。

　　好不容易熬过了一天，放学后，苏雨琪正一边收拾着书包准备去练舞房，一边绞尽脑汁地想着如何给大家打气。就在这时，学校的广播响了起来，是要她去学生会办公室的通知。

　　虽然不知道林焰找她有什么事，但在众人小声的议论和质疑的眼神中，苏雨琪还是疑惑地走向了学生会办公室。

　　星阳学生会会长林焰的办公室还是一如既往地整洁舒适。清风从敞开的窗子吹进，让人心旷神怡。室内光线明亮，书墙与茂盛的绿色植物相映成趣。

　　林焰从堆积如山的文件中抬起头来，放下签字笔，向敲门而入的苏雨琪勾唇浅浅一笑："竟然乖乖敲门了？亏我还特地做好了受惊吓的准备呢。"

　　苏雨琪尴尬地红了脸。虽然林焰的玩笑稍稍缓和了她的烦闷，但脑海中的担心却挥之不去。

　　她的头埋得低低的，像蔫儿了一样无精打采地说："请问，找我有什么事吗？"

　　林焰不着痕迹地打量着苏雨琪，她刚刚换下了校服，浅粉色的宽大T恤让她看起来更加娇小。她半垂着头，眉毛和睫毛一起低垂下去，遮住了她平时善良灵动的双眸，让她整个人都显得少了很多活力。小巧的鼻子在她的侧脸上投下淡淡的阴影，淡红色的双唇微微张开，却失去了光泽，就像有些干枯的花瓣。几缕发丝贴在她纤细的脖颈上，她的背也微微佝偻着，仿佛有什么沉重的东西压在她身上，让她不再像往日那样神采飞扬。修长的双腿裹在白色的牛仔裤里，似乎消瘦了许多，脚下那双休闲款鞋子正有意无意地蹭着地面，显示着它的主人的心不在焉和某种烦躁的情绪。

　　林焰不动声色地说："我看了昨天的表演，你们的表现非常惊人……"

苏雨琪以为就连林焰也在打击她，脸上的笑瞬间收敛了。她微微抬高声音，抬起的眸子也格外暗淡："找我来，就是为了这件事吗？"

"不，是想问问你们今后有什么打算。"林焰浅浅地笑笑，敏锐地感觉到了一种类似于焦躁的情绪从那双仿佛透明的瞳孔中流露出来，"你们的比赛已经提前结束了，还有什么安排吗？"

苏雨琪握了握拳头，不服气地咬着下嘴唇，沉默了半天，却只是僵持着，没有回答。

林焰坐在办公桌前，十指交叉撑着下巴，清了清嗓子正色问："你还记得之前和学校定下的约定吧？暂缓处罚继续参加比赛的条件，是必须拿到'World of Dance'街舞大赛亚洲区前三名，现在你们已经在昨天的比赛中提前退出了。我很好奇你们接下来打算怎么办？已经做好了解散街舞社的准备了吗？"

苏雨琪一怔，望着林焰的双眸中闪动着某种焦急的神色："我们……我们绝对不放弃！"

"但是你们没有完成约定。"林焰耸耸肩，"按照规定，街舞社不能成立，我建议你还是早点儿放弃吧。"

苏雨琪握紧了拳头，声音闷闷的，藏着一股倔强："这次只是意外失误，裁判的判罚也有问题，明年……明年我们一定会再接再厉，争取取得更好的成绩，让学校心服口服！"

林焰用手指轻轻敲击着桌面，淡淡地说："你还是先考虑当下的事情怎么处理吧。我希望你能约束好街舞社的成员，平静地接受这个结果。"

苏雨琪急了，一下子扑到林焰桌前，紧张地问："你们真的要解散街舞社吗？江乐梵会被退学吗？"

林焰若有所思地抬眼看她，缓缓地说："如果我说是，你会放弃街舞社，放弃跳舞吗？"

"当然不会！"苏雨琪立刻毫不犹豫地回答。

她本来以为林焰会很不高兴，但没想到对方却忽然笑了。

"我想也是。"

林焰笑着站起来，在苏雨琪疑惑的目光注视下，走过来把原本放在文件堆后面的一叠报纸递给苏雨琪："关于这次大赛，你先看看这些。"

苏雨琪一脸茫然地接过报纸，只见那叠报纸上，那些需要苏雨琪关注的重要新闻已经用醒目的荧光笔一一标注出来。

评委喜好决定晋级名单？

第七章 校内危机解除，全国赛意外被淘汰

街舞大赛，究竟是比街舞，还是比运气？

禁不起考问的比赛制度，街舞粉丝齐声抗议！

为那些淘汰的街舞强队鸣不平，你们比他们更精彩！

……

苏雨琪怔怔地看着这些标题，来不及细细阅读每一篇报道，但大致内容都跟比赛的不公有关。上面还刊登了许多粉丝抗议的照片。

"因为几支传统强队在这一轮被意外淘汰，媒体对大赛赛制提出了疑问，认为这样选出来的队伍缺乏个性，只是一些不会犯错的中庸之人，难以代表赛区的真实水平。网络上也出现了很多抗议的帖子，质疑比赛规则不当，评委评判失误。这些舆论终于引起了主办方的注意。"林焰详细地解释着，眼底漾起温柔的波光。他抽出最下面一张报纸，指着娱乐版的头条新闻说道："所以，有了这个……"

苏雨琪俯下身凑近报纸，有些疑惑地一字一字念道："'World of Dance'全球街舞大赛中国赛区组委会公开通知……"

看着她一脸迷茫的神情，林焰笑着递过报纸："继续往下看！"

苏雨琪接过报纸，仔细地看了起来。

"World of Dance"全球街舞大赛中国赛区组委会公开通知

鉴于此次中国区比赛的赛制存在漏洞，导致部分优秀选手意外落马，大赛组委会经商讨决定，六大赛区分别设置一场复活赛。所有在晋级赛中未能成功晋级的队伍，皆可凭参赛证到当地赛点报名参加复活赛。复活赛分为主题舞与自由尬舞两个环节，由特别评审和大众评审同时打分，共同选出一支可以复活的参赛队伍，与五支确认晋级的队伍共同参加全国大赛。

苏雨琪有些不太相信，来来回回地看了好几遍。

"虽然这个消息是今天早晨才出来的，不过听说现在已经有很多学校报名了。去不去由你们自己决定，但据我所知，之前被淘汰的一些强队也会参加这次复活赛，例如人气很高的利德中学，如果你们没有必胜的决心的话……"林焰平静地陈述着街舞社即将面临的挑战，语气冷淡，可眼底却隐隐藏着些许的期盼。

苏雨琪沉默了一会儿，抬起头，如山间清泉般澄澈的眼睛闪动着荧荧的光亮。她坚定地说道："我们会参加的！而且，我们一定会赢得复活赛！"

林焰看着她顿时元气满满的样子，忍不住又笑了："这样才像苏雨琪嘛，比刚刚进来时一副死气沉沉的样子好多了！"

苏雨琪的心情舒畅了很多，才不跟他计较："谢谢你啦，林焰。如果不是你，我们都不知道还有复活赛呢。"

"如果不是你那么坚持，我也不会告诉你。"说着，林焰似乎想起了一件事，笑着从口袋里取出一张票，"对了，看在你这么努力的分儿上，这是给你的奖励！"

"演出票？"苏雨琪看到这几个字，眼前一亮。

林焰点点头，将门票上的字露出来给她看："嗯，爱尔兰舞蹈团表演的《大河之舞》。因为是内部的票，可以近距离观看表演哦。我想你肯定会喜欢，所以特地留了票。"

苏雨琪的眼睛一下子焕发光彩，激动地拿起门票："我知道！听说《大河之舞》是以传统的爱尔兰民族特色的踢踏舞为主，不仅融合了热情奔放的西班牙弗拉明戈舞，还汲取了古典芭蕾和现代芭蕾的舞蹈精髓，是一部气势磅礴的作品！能近距离地看到他们的现场表演，真的很难得！"

但说着说着，她又犹豫了："可是这么重要的票，一定很多人想去看吧？要是给我了……"

"没关系，别人送了好几张，我也没那么多人可以请。这一张是特地留给你的。"

"是吗？谢谢！"

林焰看着苏雨琪兴奋的样子，心里似乎也安定了一些，笑着问："怎样？是不是更有士气了？"

"还用说！我几乎都能看到我们赢得比赛的样子了！"苏雨琪开心地猛点头，像捧着稀有宝贝一样捧着门票。

"别太得意了，小心重蹈覆辙！"林焰冷静地提醒着。

"知道了！谢谢会长大人的指点！"苏雨琪顽皮地眨眨眼，她得意地扬起门票，声音充满开心的因子，"谢谢你的门票！谢谢你带给我的无限动力！我要开动小马达去了！"

说着，她拿着门票和那张印有比赛公告的报纸一溜烟地跑了出去。

苏雨琪兴冲冲地从学生会办公室出来，飞快地奔向练舞房，迫不及待地想要和大家一起分享复活赛的好消息。尤其是江乐梵，这次比赛对他的打击太大了，如果有了复活赛，相信他一定可以更快地找回自己吧。

然而，没想到刚走近练舞房，苏雨琪就发现展陌远、袁妙他们全都愁眉苦脸地站在门外，还不时地朝里面张望。编外成员兼啦啦队队长的陶艾欣此时也出现在练舞房门口，

正用力地敲门,眼底流露出担忧的神色。展陌远站在她旁边,神色有些焦急。

苏雨琪睁大眼睛,走过去不解地问:"发生什么事了?你们怎么都在外面?不进去吗?"

"怎么进去啊?"袁妙超无奈地叹了口气,指着练舞房的窗口,"老大一直把自己关在练舞房里拼命地跳舞,不管谁劝都不肯听。"

苏雨琪环顾四周,这才发现江乐梵不在这里。

她心里有点儿担忧江乐梵的情况,于是赶紧去看练舞房内的情况。

透过干净明亮的玻璃窗,能很容易地看到空荡荡的练舞房内,江乐梵独自在其中跟随音乐尽情摆动。

苏雨琪眉头深锁,轻轻推开挡住大门的陶艾欣,自己握住门把试图推门,才发现门被江乐梵从里面反锁了。

"他这样多久了?你们就没人劝过他吗?"苏雨琪转头有些紧张地问。

展陌远认真地想了想回答:"有两三个小时了,我下午课间无聊跑来看的时候,他就已经在跳了!我们根本进不去,没办法劝他!"

站在一旁的许亚斯也皱着眉头,有些担忧地说道:"他这样练下去,也不是办法。我担心他这样练下去会伤到他自己!"

"江乐梵!江乐梵!快出来,别再跳了!"

陶艾欣挤过来,继续使尽全力朝里面大声吼叫,着急地拍打着门板,试图阻止江乐梵。可高分贝的音乐声隔着门传了出来,丝毫没有要停下来的迹象。

专心致志的江乐梵似乎一直沉浸在音乐和舞蹈的世界里,丝毫没有注意到门外的他们。

这样疯狂一次,对江乐梵来说也是一种解脱吧。苏雨琪蓦然想起在比赛场上愤怒离开的江乐梵,那时他的眼神是有多么不甘。她明白江乐梵背负的压力和重担,他不会轻易把心底的话说出来,所有的情绪都压在心底,没有途径发泄。

或许,这样可以让他有一些新的感悟也说不定。

苏雨琪强迫自己镇定下来,仔细观察着练舞房内江乐梵的一举一动,打算只要江乐梵出现过激行为就强行撬门制止。

但渐渐地,她发现了江乐梵的不同。在快节奏的舞曲中,江乐梵不仅仅是在尽情地摆动,他还会不时地停下来,认真地聆听音乐感受音乐所要传达的情感,然后将自己领悟到的东西融进舞蹈动作里,就连脸部的表情也随着音乐的不同而相应变化着。把握不准的时候,江乐梵就不断地倒带,反复地听着音乐,直到有灵感为止。

苏雨琪觉得,他似乎真的和之前那个疯狂练习的江乐梵不太一样了。

门口，陶艾欣还在锲而不舍地敲着门。苏雨琪松了一口气，走过去拉开了陶艾欣，平静地说："小欣欣，你就让江乐梵发泄一下吧。"

陶艾欣转过头，有些不满地瞪圆了眼睛，看着苏雨琪："阿琪，你没有听到他们说什么吗？万一他跳过头受伤怎么办？"

苏雨琪摇摇头，望着里面不时停下来感觉音乐的江乐梵："不会的……我想江乐梵应该自己有分寸的，小欣欣，你不用太担心啦。"

陶艾欣哼了一声，声音不自然地抬高："万一出事呢？"

"我相信他会重新面对自己的，只是需要一点儿时间。这个时候，我们还是留一点儿空间给他吧。"苏雨琪摇了摇头，看着关心则乱的大家，努力扬起了微笑，"OK（好），我觉得现在最重要的是比赛的问题吧？难道没有人关心吗？"

麦田有气无力地抬头看了看苏雨琪，眼睛里有些疑问："你有什么办法啊？输都已经输了，难道还能重新来一场比赛吗？"

倒是谢诚和许亚斯他们听到苏雨琪的话，仿佛发现了新大陆一样围了过来。

"难道你找到能够让我们继续参加比赛的方法了吗？"

"这里有'World of Dance'的比赛通告！"苏雨琪兴奋地扬了扬手里的报纸，"鉴于这次赛制的漏洞导致许多强队意外淘汰，大赛组委会在各个赛区特别添加一场复活赛。只要申请，就可以参加了！已经有许多队伍报名，我们也要抓紧了。"

复活赛？

麦田、袁妙他们几个人你看我我看你，都是一头雾水。

苏雨琪摊开手里的报纸，指着上面刊登的公开通知给他们看，并详细地解释起来："因为媒体的报道加上粉丝的抗议，主办方决定特别设立一场复活赛，凡是在晋级赛中被淘汰的队伍都可以报名参加！经过双重评委评分，排在第一的队伍就可以实时'复活'，继续参加下面的比赛。也就是说，复活赛的第一名就可以和晋级的五支优胜队伍，一起晋级全国赛区的比赛！"

"这么说的话，只要赢得复活赛，我们还是有希望的！"袁妙高兴地说道，兴奋得开始舞动起来。

"虽然机会不错，可是老大他……"麦田看着公告，有些为难地摸摸下巴，一边回头看了看练舞房。

不看不要紧，麦田刚一回头就发现练舞房的门不知道什么时候已经打开了，江乐梵正站在那里静静地注视着他们。麦田吓得大叫起来："哇——老大！你想吓死我们啊？"

江乐梵迎着大家或疑惑或惊喜的目光走过来，他的脸上挂满了汗水，呼吸有些急促，但是之前一直笼罩在他眉宇之间的那种阴郁已经不见了。

"我没事了。"江乐梵擦擦额头上的汗水,看了看众人欣喜的目光,眼神有些躲闪,脸上微微泛红,"抱歉……昨天的比赛我太固执了,所以才会失败……"

展陌远一颗悬着的心不禁放松了下来。他拍了拍江乐梵的肩膀,大声嚷嚷道:"喂喂,老大,别这么说啊!反正苏雨琪说还有复活赛,我们再接再厉就好了!"

苏雨琪有些欣喜地看着江乐梵,发自内心地向他露出鼓励的微笑。

他迟疑了一下,随即避开了苏雨琪的目光,望向街舞社成员们,大声说:"既然还有一次机会,那我们就全力以赴,夺取胜利进入全国大赛!"

"好!"

Chapter 08 第八章

整装再来，
雨后总能见彩虹

大家热烈地呼应着，年轻阳光的脸上纷纷闪动着如钻石般闪耀的光泽。

看到大家的士气恢复，苏雨琪虽然对江乐梵疏离的态度有点儿疑惑，但总算如释重负，心情明媚了许多。

因为决定要参加复活赛，大家的反应自然而然地热烈起来。吸取了上次比赛的惨痛教训，他们开始思考"如何体现星阳街舞社的与众不同以及对舞蹈的独特见解"。

"我觉得，我们不妨从其他舞蹈里吸收一些元素，加到街舞中去，你们觉得怎么样？"苏雨琪兴奋地想象着，不由得手舞足蹈起来，"其实街舞本来就包含很多其他舞蹈的元素，如果我们做得更有特色一些，那说不定会让评委对我们刮目相看哦！"

"说的也是……"袁妙点了点头，其他人也纷纷赞同。

江乐梵沉思着，苏雨琪说的点子确实很妙，不过，从什么舞蹈里吸收新元素呢？这可是一个很重要的问题……

大家集体陷入了沉思，显然对这个课题有些束手无策。

江乐梵低垂着脑袋，捏着笔在本子上认真地画着舞步。虽然对自己的观点进行了深刻反省，但一时半刻，他也想不出什么好的意见。

苏雨琪皱着小鼻子苦苦思索了半天，忽然想起了林焰赠送的《大河之舞》的门票，脑海中顿时灵光一现。她兴致勃勃地站起来，挥着手说："干脆，我们进行一次街舞外出教学吧！"

"什么意思？外出教学？"麦田眨着眼睛，愣愣地问。

许亚斯似乎还在烦恼排练的事情，有些埋怨地说："苏雨琪，现在都什么时候了，不要开玩笑啦！"

"就是因为大家现在都没灵感，所以我们要挣脱固有的思维定式，多看看多学学！"苏雨琪很认真地解释着，她从书包里掏出林焰给的门票，"这是林焰给我的踢踏舞门票，是很有名的爱尔兰舞蹈团的现场表演。反正他还有很多，干脆我去请他帮下忙，多准备一些票。大家一起去吧。说不定我们去看了，能学到一些东西呢。"

一听到"林焰"两个字，街舞社平静的水面一下子起了水波。

江乐梵握笔的手猛然僵住了，原本平静的眼中倏然浮起一片不易察觉的阴霾。

为什么？在自己和苏雨琪吵架的时候，她还有心情去找林焰，甚至还接受林焰的邀请？难道对她来说，自己生不生气一点儿都无所谓吗？

许亚斯皱着眉直摇头，第一个反对："让林焰弄票？这小子不会又设什么陷阱吧？不去！不去！"

"跟他一起去看踢踏舞？他会欣赏吗？不是只会整天坐在办公室里训人吗？"展陌

远不屑地说。

　　苏雨琪无奈地看看众人，耐心地解释道："他也是好心帮忙嘛，反正我们是去看演出的，又不是找林焰吵架的！而且这次我知道有复活赛这回事，也是林焰第一时间告诉我的呀。我听说爱尔兰舞蹈团这次演出的是超有名的《大河之舞》，它也不只是单纯的踢踏舞，同样融合了许多其他舞种，并且借用声光电把舞台效果做到了极致！我们只有去现场亲自看看，才能了解他们究竟是怎么把所有的元素都有机地融合起来的！"

　　听她这么一说，其他人也不好意思强烈反对了。

　　谢诚扶了扶眼镜，若有所思地点点头："听上去蛮有意思的！"

　　袁妙也猛点头说："我也听说过这部作品，在网上看过，不过很模糊，看不清楚。去现场看看，应该很不错吧！"

　　苏雨琪抬头望了一眼安静地坐在角落里的江乐梵，征求他的意见："你说呢？"

　　江乐梵听到苏雨琪的问话，他抬起头想说些什么，正对上苏雨琪期盼着的眼神，犹豫了一下，转回了头，闷闷地说："随你决定吧，反正你都那么坚决地表态了！"

　　苏雨琪开心地跟大家做了个约定的手势："那就说定了，大家一起去看！"

　　上演踢踏舞名剧《大河之舞》的大剧院坐落在市中心地带，内部装修足以称得上金碧辉煌。

　　进入大厅，天花板上用彩色的水晶玻璃拼出凡·高的名作《向日葵》，无数盏明亮的射灯射出五颜六色的光芒，让人有种置身于仙境的错觉。整个过道比一般的剧院要宽阔许多，每隔几米就摆放着一尊姿态各异的大理石雕像，手中还托着一颗白色的水晶球，散发出柔和的光线。

　　街舞社一群人以及陶艾欣、林焰等相约在大厅见面。

　　林焰比约定的时间早到，所以苏雨琪到达的时候，他早已站在大厅里等候了。仿佛天生有着吸引别人注意力的特殊能力，拥有清秀高贵气质的他无论站在哪里，都会惹得进场的观众频频关注。

　　和平时在学校不太一样，他的头发似乎精心打理过，为他量身打造的浅咖啡色正装彰显出不凡的品位，领口、袖口处的小设计又透出一种休闲和活力。他整套装束庄重中带着潇洒，让苏雨琪差点儿没认出来。看着似乎成熟了几岁的林焰，她不知为什么有点儿不好意思站在他身边。

　　不久，街舞社的众人陆陆续续到达了，除了苏雨琪和陶艾欣注意到服装礼节之外，其他人还是按惯例着街舞式的夸张打扮，站在大厅里都略微有点儿尴尬，互相看了看后忍不住"扑哧"笑了出来。

一身正式服装打扮的林焰，看到街舞社成员们不成体统的打扮，微微皱了一下眉头。

江乐梵一直到表演即将开始才到。

肥大的卡其色裤配短靴，一条缀着粗大的锁链的金色宽腰带，再加上黑色的紧身T恤，勾勒出他流畅的肌肉线条，一路走来绝对回头率100%，只是不知道是因为他格格不入的装扮还是酷帅逼人的造型。

"你好。"

江乐梵看到林焰，似乎也注意到他眼里淡淡的不悦，随意地打了声招呼。

看到江乐梵夸张的装扮，林焰忍不住沉声嘲讽："我还以为你是来看马戏团表演！"

"看表演用的是眼睛，又不是衣服。"江乐梵哼了一句，看都不看林焰一眼，便躲在人群后面。他似乎是想和苏雨琪以及林焰故意保持距离一样，始终隔得很远。

他这么明显的疏离让苏雨琪有些隐隐的不安。她正想过去和江乐梵说话，便被林焰拉住了。

"人到齐了，我们该去包厢了。"

林焰将他们带到了贵宾专属的豪华包厢。

苏雨琪有些好奇地东张西望着，她还是第一次在包厢看舞蹈表演呢。她本来想问一下林焰这场表演的细节，可是话还没有出口，一抬头已经看到了江乐梵和陶艾欣走了过来，苏雨琪猛地低下了头，迅速地在包厢里的角落坐下了。

林焰坐在苏雨琪身边，耐着性子朝江乐梵他们指了指："坐吧。"

江乐梵冷冷地看了林焰一眼，"哼"了一声，在另一边的位子上坐下。林焰脸色稍稍一沉，刚想说些什么，表演已经开始了。

灯光一下子就暗了下来，紫色的幕帘打开。踢踏舞演员已经整齐地排成了一排。在完全没有背景音乐的情况下，表演者们穿着踢踏舞舞鞋，用各种姿势在地板上摩擦拍击，发出清脆的"踏踏"声。

苏雨琪惊讶地感叹道："节奏这么快，不知道他们是怎么做到的！"一边说着一边踩动着双脚，模仿演员的动作，想要跟上台上的节奏，没一会儿就支持不住了，小腿酸得不行。

看她拼命伸长脖子想要看清演员们脚步动作的样子，林焰不由得轻笑了声，把手里的望远镜递给她："用这个吧，看得更清楚。"

"谢谢，"苏雨琪不好意思地看着他，"我自己忘记带望远镜，怎么好意思用你的？"

"没关系，我以前看过这个表演。"

受不了望远镜的巨大诱惑，苏雨琪吐了吐舌头，接了过来。

过了一会儿，林焰轻轻地提醒她："这出舞剧最成功的地方，在于它的舞台调度和舞蹈编排，还有灯光。虽然表演者都是顶尖的，不过光看他们的技术，就有点儿得不偿失了。"

"《大河之舞》是一出完整的舞剧，它分成十三幕加尾声，每一幕都有单独的主题。第一幕的主题是'与太阳共舞'……"林焰轻缓的声音在身边响起，他见苏雨琪看不清简介的字，便自动为她讲解起来。

苏雨琪也被林焰深入浅出的讲解吸引住了，她放下手里的小册子，一边拿着望远镜看台上的表演，一边在林焰的讲解中频频点头，还时不时和他交换一下看法。他们不想打扰其他人，声音都压得很低，不知不觉越凑越近，在旁人眼里看来，显得十分亲密。

江乐梵"哼"了一声。

苏雨琪被陶艾欣戳了两下才反应过来，连忙歉意地往后退一点儿。她回过头来，一双眼睛闪着激动的光芒，轻声说："江乐梵，你要注意看哦，这一幕叫'火舞'呢，如果我们早点儿看到，一定会对'焰'有帮助的。"

江乐梵不耐烦地皱起眉头，明明这件事都已经过去了，还提它干吗？是想说当时他们太固执也太幼稚，输了是活该吗？

苏雨琪没注意到江乐梵脸色不好，继续兴致勃勃地说着："你看，她一开始跳得并不激烈，好像一团火刚刚开始点燃，然后随着音乐一点点加温。而且她的节奏踏得很好，跟音乐很合，好像一步步都踩在我的心头上呢。啊，她停顿了一下，原来停顿也能那么激动人心啊……"

"是的，其实舞蹈被称为活动的雕塑，就是因为它需要动静结合才能彰显出它最大的魅力，停顿用得好就会让舞蹈更加吸引人。"林焰缓缓地说出自己对舞蹈的感悟。听到他这番话，苏雨琪眼睛一亮，有种隐隐捉到什么的感觉。可同样听到这番话，江乐梵却觉得林焰一字一顿都是针对他对"焰"的跳法来的，不就是讽刺他是个没脑子，只知道拼命乱跳的没能力舞者吗？

他"噌"地站起身来："我没想到看表演还需要听学生会会长的点评，这算是赠票的附加条件吗？"

苏雨琪没想到他竟然会说出这种话，连忙站起来打圆场："江乐梵，你在说什么啊？林焰的话真的很有道理，你仔细想想就明白了，快坐下来继续看吧。"说着，她拉了拉江乐梵的手。

可江乐梵并没有坐下："不跳舞的人，说的话能有什么道理？我才不要外行人对我

的街舞指指点点！"

"江乐梵！"苏雨琪有点儿生气了，好不容易能在这里找到一点儿突破口，江乐梵却没在意这场表演对他们来说有多重要。虽然有了复活赛的机会，可是对手也各有绝活，要是他们不能在短时间内抓到"命题街舞"的窍门，改掉自己的毛病，恐怕等着他们的只能是另一场失败！"林焰好心招待我们来看表演，我不希望你这么说他。"苏雨琪认真地看着他，一字一顿地说道。

"哼，好心。"江乐梵冷冷地看着她，"人家可说是你请求他的！我们不是你的拖油瓶，这样附赠的招待，我可受不起！"

苏雨琪简直快被江乐梵气疯了："江乐梵，你这根本就是不可理喻！如果这场表演对我们有帮助，你为什么要固执地不看？"

江乐梵重重地"哼"了一声，大声说："我不可理喻？根本是你多此一举！"

苏雨琪不可置信地看着他，脸上的血色一点点褪去。林焰看到她难过的样子，忍不住低声斥道："如果你不想看，请让开，别妨碍想看的人！"

江乐梵见林焰一副护着苏雨琪的样子，胸口像烧了一把火。他甩了甩头，说道："好，我不妨碍你们！我走！"说完，他头也不回地离开了包厢。

"老大！老大！"

"你们谁也别跟过来！"

等到苏雨琪回过神来，跑出包厢时，只看到谢诚他们站在门口。

最挺江乐梵的展陌远看到她，冷"哼"了一声："你怎么没接着看啊？"

谢诚连忙拉了他一下，轻声安慰苏雨琪："会变成这样谁都没想到……"

苏雨琪一开始是很生气，可江乐梵一走，她心里就变得乱糟糟的。现在看到大家这么焦急，她又不由得内疚起来。"我会把他找回来的。"

苏雨琪一口气跑出大剧院。外面的天色已经黑了下来，路灯亮了起来。抬头看了看变成深蓝色的天空，苏雨琪觉得这个世界仿佛都成了一个巨大的密封罐子，天空沉重地压下来，让她连呼吸都很困难。

这种感觉好痛苦，苏雨琪觉得自己要发疯了！

找不到江乐梵，苏雨琪在大剧院门口发了一会儿呆，便又朝剧院旁的一条小路跑了过去，那边有个小公园，隐隐约约有个酷似江乐梵的人影。

公园中间有一小片空地，几个男生正站在那里似乎在讨论什么。江乐梵正在里面来回地踢跳着，动作很是流畅。

"江乐梵！"苏雨琪满脸惊喜地赞叹道,"你的踢踏舞是哪里学的?而且刚刚接上街舞时的动作非常流畅,看起来好炫!"

江乐梵澄澈的眼底闪过一抹温柔,却并没有马上回答她的问题,而是转过身躯,粗声粗气地问道:"你快回去继续看吧,一个人在外面逛什么逛,太危险了。"

"我是来找你的。"苏雨琪一脸期待地望着他,"你一起回来看表演吧,后面的应该会更精彩。"

"不用了,我不想看到林焰。"

"你在发什么脾气啊?林焰又没得罪你,说起来他最近帮了我们好多忙,你身为街舞社社长也要谢谢他啊。"

"哼,一个人把你打残了又把你医好,你还要去感谢他吗?我只觉得他反复无常!"

"你——"苏雨琪被他的话噎住,气得俏脸发红,"江乐梵,你就像只刺猬!稍微受到一点儿挫折就团成一团用满身的刺把自己保护起来,把想要帮助你的人都刺跑你才满意!好啦,如你所愿,我回去继续看表演!你一个人慢慢想吧!"说完就气呼呼地跑开了。

这几天的苏雨琪对他视而不见,似乎是有意地在躲避他,看来那天的事情真的让她很生气。干吗要说那些话呢?江乐梵开始在心里狠命地责怪自己。如果可以的话,让时间倒转回去吧!

因为,看到现在的苏雨琪,江乐梵突然有种不安的感觉。

放学后,苏雨琪在操场后面的小树林里呆呆地坐着。她特别关注江乐梵,是因为她以为他是那个小男孩。蓦地,林焰的话又在她脑海中响起——既然你已经知道你要找的人不是他了,你有没有想过换个环境?她是怎么回答的?因为喜欢和大家一起跳舞的感觉。

胡思乱想了一通,周围不知不觉一点点变暗了。苏雨琪一边心不在焉地拨着周围的野草,一边下了决心——马上就是重要的复活赛了,她和江乐梵的问题无论如何一定要解决!

"你们要干什么?"

说曹操曹操就到,苏雨琪惊讶地望向声音传来的地方,发现江乐梵正一脸严肃地和几个穿着黑西装的男人站在操场上对峙。

"你们跟着我,却保持距离;被我发现也不走也不动手,你们到底想干什么?"江乐梵上前一步,咄咄逼人地问道。

可他们一个个如泥雕木塑一样，完全没有任何反应。

江乐梵烦躁地抓了抓头发："好，你们不说出背后的人也可以，但我不喜欢你们鬼鬼祟祟地跟在后面！现在，要么说出你们的目的，要么马上走！"

还是没有任何反应。

江乐梵正因为苏雨琪莫名其妙的态度而憋了一肚子火，见到这帮完全不把人放在眼里的家伙，不由得火冒三丈，竟然不顾危险地冲上前去推搡这些黑衣人！

"你们走啊！别跟着我！"

"江乐梵，小心！"苏雨琪忍不住担心地从树林中跳了出来，双手捧着手机发出警告，"你们再不走，我可要报警了！"

江乐梵诧异地看了看身后的苏雨琪，眉头皱得更紧了，声音也大了起来："我不管你们或者派你们来的人有什么目的，但是，如果你们再不走，我就真的报警了！"

这时领头的那个黑衣人手机忽然响了，他掏出手机简单说了几句。挂断之后，他朝同伴挥了挥手，紧接着所有黑衣人竟然都一起转过身，动作极其灵巧地翻上了围墙。

他们的动作十分专业利落，江乐梵不由得皱起了眉头。万一他们对自己怀有恶意，刚才一拥而上的话，自己根本不是对手。他侧头看了一眼身边的苏雨琪，如果是这样，那她该怎么办？

想到这里，他冷下脸来："刚才那么危险，你冲出来干吗？"

"我没想那么多，就是想出来帮忙而已。"苏雨琪委屈地噘起了嘴巴。

江乐梵别过脸："反正你讨厌我讨厌到根本不想看到我的地步，刚才就该让黑衣人把我带走才好。"

"我才没有！"

"那你为什么不肯跟我说话？"

苏雨琪沉默了。

几分钟之后，江乐梵开始不耐烦地在原地踱来踱去，他见苏雨琪还是没有开口解释的意思，长长地叹了口气："马上就是复活赛了，你这个样子我们根本没办法配合，你到底在想什么？"

"没什么。"蚊子叫一样微弱的声音。

"如果是为了上次的事，"江乐梵顿了顿，"我道歉。而且这些天我发现学校里有几个可疑的黑衣人。"

苏雨琪惊讶地抬起头来，脱口而出："你怎么不跟我说？"

"我说了你也不会相信。这种事太不寻常，不是亲眼看到不会有人相信的。"江乐

梵苦笑地摇了摇头。

苏雨琪若有所思地点点头。

江乐梵伸出右手，脸上露出一丝调皮的笑容："那么，我们算和好了？"

苏雨琪的脸上也露出了和以前一样明朗的笑容，重重地拍了一下江乐梵的右手。

"嗯，好吧，暂时原谅你了！"

黑板上写着一个大大的词："彩虹"。

谢诚推了推眼镜："这就是我们复活赛的题目。"

麦田和许亚斯好像又下了什么赌注，只听他们交头接耳，时不时露出"老大""苏雨琪""和好""你输了"等词语。

袁妙轻轻拍了他们一下，提醒道："复活赛的题目每个人都要发言。"

"要想出有灵魂有感情的诠释方法！"江乐梵酷酷地给大家提出要求。

苏雨琪笑了笑："上次《大河之舞》大家看了以后有没有什么启发？我发现，其他舞蹈类别，很多都会给一支舞取名字，那么'命题街舞'就并不是心血来潮的产物。关键是，怎么来表现这个题目？"说到这里，她停顿了一下，仿佛在回忆第一次的"焰"。"是故事。光是把动作连在一起，观众只能看出动作的流畅度还有动作的炫目程度，但不会给他们留下太深刻的印象，因为动作和动作之间没有联系。但如果，我们是用一连串的舞蹈动作来讲述一个故事，那么观众就会被吸引住，因为，这就是有灵魂有感情的跳舞方式！还记得'焰'那个失误吗？江乐梵用来弥补这个失误的一系列动作倒是误打误撞地成了全场观众印象最深刻的一个片段，就是因为大家从这一系列动作中读到了故事，一个'死灰复燃'的故事。"

"嗯，我很赞同苏雨琪的意见，其实，我对'彩虹'这个题目已经有了一个初步的想法。"

苏雨琪惊讶地看着江乐梵，唇边露出一丝顽皮的微笑："那么巧？其实我也有了一个想法。"

麦田捅了捅许亚斯："我怎么觉得，老大和苏雨琪之间有点儿不一样啦？好像比以前更加……"

"心有灵犀？"

"对！"麦田一拍大腿，"就是这个词。"

"要不我们再赌一次？"许亚斯眼珠一转，嘿嘿笑起来。

得到麦田的首肯后，许亚斯拍拍手吸引了大家的注意："老规矩老规矩！有想法的人要把想法写在自己的手上，绝对不能互相偷看哦！"

江乐梵和苏雨琪相视一笑,将答案写在了自己的手上。

"一、二、三,开!"

许亚斯看了看两边的答案,得意地向麦田撇撇嘴。

这是一场远比正式比赛还要紧张的复活赛。

因为赛制问题而意外落马的强队,全都铆足了劲儿想要争夺这唯一的一次复活机会。

比赛现场被布置得很漂亮,闪耀着光芒的玻璃地面,仿佛晶莹的宝石般灿烂夺目,向前延伸的小舞台上暗藏机关,中间有一个升降台,只有最后胜利的王者才能登上那个高高的被荣耀光环围绕的高台。舞台的两侧还装饰着大屏幕的电视墙,电视里循环播放着各支队伍的精彩片段,每当画面转换一支新的队伍,场下的掌声、欢呼声就如沸腾的水一般热烈。越是临近比赛的开场,气氛越是热烈,所有的观众仿佛听到口号一样,统一整齐地高喊"加油",他们不仅为自己支持的队伍,也为每一支再次勇敢地登上舞台的队伍而加油。

"利德中学不愧是老牌劲旅,跳得那叫一个眼花缭乱啊。"麦田躲在幕布后面伸长脖子看着前面的表演,忍不住感叹起来。

场内现在放的是一首改编过的英文歌曲,悠扬的旋律和动感的节奏交相辉映,显示出了改编者对音乐不俗的了解。

"嗯,这个混音做得相当到位,节奏也很有意思。"谢诚右手在空中打着拍子,一边点头称赞。

"哇,说得这么好,我也要看!"苏雨琪刚换好舞蹈服从化妆间里出来,一听到台上的表演水平很高,眼睛都亮了起来,一个箭步冲到麦田旁边,"我看看,我看看,那个跳House的男生就是他们今年的新队长吧。还有那个在做Breaking的小个子男生,就是他们的台柱,果然非常厉害!那个女孩跳得也很好啊,不过好像之前都没看到过她呢?"苏雨琪疑惑地转向谢诚。

麦田也凑上来说:"是不是那个扎马尾辫的女孩?啧啧,这个身材跳Wave(电流舞)真是天作之合啊!"

"是'量身定做'吧……"谢诚无奈地推了推眼镜,又翻了一遍厚厚的数据夹,皱起眉头,"这个马尾辫女生确实没有出现过,我收集的资料里完全找不到这样一个人,看来是利德培养的秘密武器了吧!"

"说不定是想藏着等到全国范围再拿出来的,没想到被复活赛逼出来了,看来这次的复活赛真的会有很多惊喜啊!"苏雨琪听到有强手对战,体内的街舞因子就不由得蠢蠢欲动起来。

"我看是'惊吓'吧！"麦田苦着一张脸，"你看利德他们，每个人都跳了一个街舞的分支，而且动作都标准到可以去当教学样片了，偏偏组合在一起又不显得凌乱，看来会得高分了！"

"不过这和'彩虹'有什么关系？"展陌远不知什么时候出现的，张口就问到了关键点。

众人把目光都投向了谢诚，他当仁不让地解释道："我想，他们表现的是街舞的'多样性'，就像彩虹一样，折射出日光的种种层次。他们也是在用自己的表演，'折射'出街舞这个名词下的种种层次！"

"哦，这种诠释很有新意呢……"苏雨琪若有所思地点点头，露出一丝神秘的微笑，"不过，我还是觉得我们更有胜算！"

"9.91分！"正说着，场上报出了利德的最后得分，全场最高分！观众纷纷用力鼓掌，表达对这支队伍的支持。

"下一个，星阳街舞社！"

"到我们了。"江乐梵像特意踩点一样不紧不慢地从化妆间里走出。深蓝牛仔裤配黑色夹克，把他整个人衬托得更挺拔利落，背后贴着的像银蛇一样的银色锡纸条反射出耀眼的光芒。

苏雨琪俏皮地向他比了比大拇指。今天她穿的是一身白T恤和白色长裤，在灯光的映衬下就像能发光一样，脖子上系了一条橙红杂糅着玫红的沙质围巾，映亮了她红润的双颊，黑葡萄一样的眼珠微微眯起，笑意盈满她的眼角眉间。

被这样的笑容鼓舞着，星阳街舞社士气满满。

"必胜！必胜！"喊过口号后，江乐梵向灯光师做了个手势，表演开始！

黑。

一片漆黑的台上，忽然闪过一道银光！

仿佛是一个人影在追光下猛地跳跃，亮出了背上的一道银蛇，又隐入了黑暗。只是被灯光照亮的刹那间，观众都不由得伸手挡了一下眼睛。

什么声音？

"嗒嗒……嗒嗒……"

"嗒嗒……嗒嗒……"

在大幕两边响起，又回归宁静。

会场里没有音乐，观众们屏息静气，一时间，整个舞台上下异常安静。

"砰。"

在舞台另一头，猛然传来一个沉稳响亮的声音。是跺脚声？

"嗒嗒……"

舞台这一头，仿佛是应和着那个声音，如"大珠小珠落玉盘"一般，持续地响个不停。

那个人影又来到灯光下一晃，银蛇再次耀目！

习惯了黑暗的眼睛，终于模糊地看出了他，他正在舞台上独自起舞，是踢踏舞！

那些嗒嗒的声音，原来是鞋子敲击地面的声音！

"啊，我知道了，这是闪电和雨声！"场中陆续有观众恍然大悟地叫出声来。

就在这时，灯光大亮！音乐声也突然响起，充满爆炸性的瞬间冲击着场内每一个人的心脏！

苏雨琪等人已经趁着黑暗在场上排好了位置，灯光一亮起，就猛地跃起，踩着节奏做 Popping。由于 Popping 是模仿机器人的动作，每个动作之间都有顿点，整齐划一的顿点动作，配合着音乐中电子机械声，一下子就点燃了观众的热情！欢呼叫好声差点儿把屋顶掀翻。

音乐风格突然一变，旋律静止，插入了一段合成的英文对话，混音相当有趣味性，用关门声、玻璃破碎声、喇叭声当作节拍分割断开对话。

与此同时，其他人也一下子静止下来，只剩下苏雨琪和江乐梵轮流炫舞。

两个人跳的是攻击性很强的 Uprock（战斗步），只见苏雨琪踩着节拍跨前三步，对着江乐梵指指点点。江乐梵用滑步退后，最后一个后仰倒地接手转，变成了他在攻击向前。苏雨琪向左一个背转，又向右一个背转。两个人轮流交替，尽情地炫出各种街舞技巧，让场下观众看得直呼过瘾！

此时，音乐风格又开始变化，插入各种串烧段落，比如伦巴、恰恰、斗牛舞等。

其他人恢复了 Popping 的动作，以苏雨琪和江乐梵为首，分成两个阵营，他们一会儿柔情一会儿热烈。这种串烧的表演方式让观众看到了各种舞蹈风格，还有表演者无过度转换时产生的幽默感，但对内行来说，这种表演方式无疑彰显了表演者深厚的舞蹈功底及创意表达方式。一时间，场下响起一片叫好声。

音乐渐入高潮，苏雨琪和江乐梵之间的舞蹈争斗也进入了高潮。两个人眼神一闪，终于到了"那个动作"了！只见苏雨琪直直向江乐梵冲去，突然一个起跳——

灯灭了！

观众一片愕然。

就在此时，左半场突然亮了起来，江乐梵带着三个人跳起了最讲求力量技巧的 Breaking！

没等观众们反应过来，这次又换成了右半场的灯亮了起来，左半场进入了黑暗。这边是苏雨琪领头跳着 Wave，她和袁妙的跳法以"柔"为主，虚若无骨的身姿和江乐梵一组的阳刚气质形成了鲜明对比。

就这样两组人轮替着舞蹈，渐渐往台中间靠拢，仿佛互相之间有某种吸引力一般。

最后的音乐了！旋律又轻了下去，嗒嗒的脚步声又响起，不过也慢慢变轻了。

灯光又变回了全场，也在慢慢调暗。苏雨琪和江乐梵慢慢靠近，但又若即若离般不断地兜着圈子。

周围的人化身成精灵不断地用舞蹈给他们鼓劲，整个舞台就像一个旋涡一样，吸引着所有观众的目光。

到底会怎样呢？

终于，江乐梵站到了苏雨琪的身旁！音乐停止，舞蹈停止，他伸手指向场外——

"看！"

幕合。

看，看什么？

观众疑惑地向他指着的方向看去。

"是彩虹啊！"一个女孩叫起来。

是啊……朋友之间产生了误会，不断在彼此伤害中错过，就像刺猬一样，一旦靠近就会变成争吵。就算想要和好，却又说不出和好的话，就在这个时候，暴雨像感应到他们的心情一样，突然放晴了。友谊的裂痕终于被修复，可是刚刚和好的两个人该说什么呢？

"看——"

女孩顺着他的手指望去，慢慢浮现出一丝笑容："是彩虹啊！"

场内静默了半刻钟，所有人都沉浸在这种欲语还休的余味之中。有人想起了自己的朋友，有人想起了自己的爱人，有人想起了自己的父母……每个人都或多或少地会和别人产生误会或冲突，甚至越是亲密的人越是容易有分歧。就像天空不可能始终晴朗，总会有狂风暴雨一样。只是，风雨过后，我们是不是有勇气牵起他的手，对他说一声：看，彩虹？

稀稀拉拉的掌声响起，接着像越卷越大的风浪海潮一般，不断向舞台上袭来！

苏雨琪在幕后握住江乐梵的手，感动地眨眨眼睛："我们的'彩虹'，成功了啊！"

江乐梵想到那天，他和苏雨琪分别在手上写的"风雨过后"，以及最后讨论出来的核心点"谅解"。还有那些努力：为了找一段适合的音效，许亚斯、麦田他们蹲在商场里把一堆专辑一张张听过来；为了把效果音完美地融合起来，谢诚不眠不休地自学了电脑音效软件；为了达到最好的效果，苏雨琪和袁妙天天凌晨偷偷起来排练；而他自己，天天把各种舞蹈的视频当功课看到半夜，记下可以用的舞步……

终于，这一切努力的相加有了今天的表现！他自豪地向苏雨琪点点头。

不管评委如何评判，他们已经做到了最好的自己！

主持人终于拿到了评委们讨论出来的分数，他看到分数惊呆了，随即高声念道："9.91 分！是 9.91 分！和利德一样的高分！"

最终，没有其他的队伍再能超越星阳和利德，平分的结果让评委对这两支各有特色的队伍难以取舍。

在等待评委决定的时候，马尾辫女孩忽然出现在苏雨琪他们面前，她还没有换掉比赛的穿着——紧身红色 T 恤、白色长裤，鲜艳的颜色和利落的剪裁衬托出她姣好的身材，整个人浑身上下都散发出青春的气息。

"嗨，各位，我喜欢你们的街舞！很酷！"马尾辫女孩一副自来熟的样子，轮流把星阳的人打量了个遍，最后，她的目光停留在江乐梵身上，露出一个神秘的微笑，"你就是江乐梵吧？"

"你是……"江乐梵总觉得她的目光中不仅有好奇，还有一种说不出的奇怪感觉，略带谨慎地问道。

"想知道我的真实身份吗？我想，你一定会收获不少的！"马尾辫女孩扬了扬眉毛说道，朝江乐梵勾勾手指，"跟我走。"

江乐梵愕然地看着她，马尾辫女孩笑了笑，忽地凑到江乐梵的耳边，低声地说了两句话，然后笑眯眯地退开了。

江乐梵一下子就愣住了。

"你……"他死死盯着神秘女孩，情不自禁地朝她走去。

就在这个时候，他身后传来了麦田的大喊声："老大！结果出来了！"

"两支队伍同时晋级！"

"今天是为了庆祝我们的地区赛复活成功，马上就能进入'World of Dance'的全国大赛了！"谢诚说道。

大家一起鼓掌，彼此的眼中都有一份骄傲。

"所以呢，现在就请大家把圣诞树下面的礼物，送给街舞社里你最想送的人哦！"袁妙手一指，只见练舞房的角落里不知什么时候清空出一块地方，放着一棵半人高的圣诞树，树下面都是刚才每个人上交的礼物。

麦田一脸搞不懂状况的样子:"又不是圣诞节,为什么要放圣诞树?"

"傻瓜!"许亚斯捶了他一拳,"这叫浪漫懂不懂!"

看到大家还有点儿扭捏,苏雨琪第一个上前,拿起了一个包装精美的小盒子:"我先来。"

"哇!肯定是给老大的!"麦田偷偷跟许亚斯说,"赌不赌?"

"你当我傻瓜啊,这么明显的事都跟你赌!"许亚斯不屑地说道。

可没想到,苏雨琪拿着小盒子直直走过了江乐梵向谢诚走去!

一屋子的人瞠目结舌的样子把苏雨琪逗笑了,她一边捂着肚子一边拍了拍陷入呆滞状态的江乐梵:"好啦,不跟你开玩笑了,这个是送给你的!"

包装盒很快被打开了,苏雨琪从里面取出一条金属项链,递到江乐梵的面前。

长长的银色金属链下方,悬挂着一个形状有些古怪的吊坠,银灰色的方框交错着,中间用细碎的水钻拼出一个希腊字母,在阳光的映照下闪闪发亮。

"哇!好漂亮啊!"麦田叫了出来,"老大,很称你啊!"

江乐梵有些惊讶地看着苏雨琪。苏雨琪朝他笑了笑:"你是水瓶座的对吧?这是水瓶座的幸运项链哦!送给你,保佑你平平安安,比赛顺利,霉气跑光光!"

她的眼睛里闪动着调皮的神情。江乐梵怔怔地看着苏雨琪,唇角慢慢上扬起来。

"喂!既然都帮我拆了包装,那就帮人帮到底,给我戴上!"终于,江乐梵扬起一个开心笑容,对苏雨琪说道。

"不用了吧,自己戴啦。"苏雨琪握着项链伸到江乐梵面前。可江乐梵固执地不肯收,只是微微低下头,说道:"幸运项链当然要早点儿戴上啊!"一副不达目的誓不罢休的样子。

苏雨琪抿了抿唇,最后还是踮起脚尖,轻轻地帮他戴上那条幸运项链。

"嗯,很好看!"往后退了一步,苏雨琪装模作样地点了点头,"希望它能保佑你快点儿好起来,带我们夺得总冠军哦!"

江乐梵爱不释手地望着胸前的项链,用力地点了点头。

其他人也跑到圣诞树旁边拿出圣诞礼物互相赠送,气氛十分热闹。

第九章 Chapter 09

江东梵,
你去哪里了

这天，苏雨琪像往常一样在街舞社例行训练后跟江乐梵一起走出校门，手机忽然响了。

来电显示：林焰。苏雨琪看了看江乐梵，按下通话键。

话筒里传来林焰略显疲惫的声音："有一个好消息。虽然明天你肯定会知道，不过我还是想先告诉你。"

"是什么好消息？"苏雨琪尽力打起精神，装出很开心的样子。

"练舞房暂时会给你们使用，其他社团明天就会把杂物搬开，你们有更宽敞的地方来练习了。"林焰顿了顿，诚恳地说，"希望你们能获取更好的成绩。"

这真的是一个意外的惊喜！

大家早就抱怨过现在的练舞房到处都是杂物，一不小心就会撞上，这下好了，有更大的地方可以排舞，想必大家都会很高兴的。

"谢谢你。"苏雨琪感叹道，"你帮了我们这么多，真不知道要怎么感谢你才好！"领导来参观学校的事也好，《大河之舞》的演出票也好，林焰总是比他们舞蹈社成员自己想得更周到。

"不用谢，这也是你们自己努力得来的。"林焰的声音里带着一丝笑意，"如果你们没有实力进入全国大赛，今天的学生会会议上我也没有资格帮你们争取什么……"

江乐梵皱着眉头看了苏雨琪一眼，似乎在说，怎么还没说完。苏雨琪向他抱歉地笑了笑，还想说些什么，可就在这时，一辆黑色的轿车突然在他们的身后猛然刹车。

"啊！"

苏雨琪受惊地叫了一声，往旁边跳了几步。

"怎么啦？"林焰担心的声音从话筒中传来。

车门猛地被拉开了，从里面走出来四个通体穿着黑色衣服的男人。

苏雨琪突然生出一种不祥的预感。

"江乐梵，快走！"

江乐梵一愣，但是那几个人可不会等他们反应过来。其中一个黑衣人从口袋里拿出手帕粗鲁地捂向她的嘴巴，另一个则牢牢按住了她的双手，不让她动弹。

苏雨琪下意识地挣扎了几下，可哪里是他们的对手，只能眼睁睁地看更多的黑衣人围住了正在激烈反抗试图冲过来救她的江乐梵。

江乐梵，快走！快走啊！

她在心里焦急地呼喊着。但江乐梵已经被人团团围住，只能听见他在不停地喊让她快走。

接着，苏雨琪的鼻子里传入一股刺激的味道，很快便没有了知觉……

"……雨琪！苏雨琪！你怎么样？快醒醒！"

"苏雨琪，快点儿醒过来！"

在一片黑暗中，苏雨琪隐隐约约听到有人在一声声地叫着她的名字。

苏雨琪睁开眼睛，使劲儿眨了眨，映入眼帘的洁白的墙壁以及鼻端萦绕着的淡淡的消毒药水味提醒她，之前经历的绑架并不是梦。

对了，江乐梵！

她想要起身，却发现自己的手被一个人紧紧抓着，像是生怕她会消失不见一样。

苏雨琪心头一惊，侧头望去，却发现林焰趴在她的病床边睡得正香。他身上只穿了一件白色衬衣，而外套盖在苏雨琪的被子上。

"啊，你醒了？"林焰睡得很浅，察觉到苏雨琪的动作，他也清醒过来了。

"嗯。"苏雨琪点点头，也来不及道谢，先是焦急地询问："江乐梵他……"

林焰顿了顿，淡淡地回答："他受了一点儿皮外伤，幸好没有大碍，医生说只要休息一段时间就能康复。"

"不行，我要去看看。"苏雨琪放心不下，掀开被子就要下床。

林焰站起身来，一手按住苏雨琪的肩膀，另一只手轻柔却坚定地捏起被角替她盖好："你的身体状况更需要担心！"语气中不禁流露出一丝威严。

"那我什么时候能去看他？"

林焰看了看手表："现在是下午四点，你再休息一会儿，等吃过晚饭再说吧。"

苏雨琪一听，两只眼睛瞪得老大："什么？已经下午四点了？惨了，那我今天岂不是旷课了？"

"放心吧，我帮你们向学校请过假了。"

苏雨琪安静了一会儿，忽然又惨叫一声："糟了！昨天晚上没回家也没给家里打电话，他们肯定要急疯了！"

林焰苦笑着把充好电的手机给她，安慰她说："我昨天也联系过你家里了。你妈回去给你煲汤去了，一会儿就过来。"

"是这样啊。"苏雨琪放心地放下电话，猛地想起重要的事情，"对了，你是怎么找到我们的？黑衣人怎么样了？有没有抓到？还有……"

面对这个问题宝宝，林焰真是一点儿办法也没有。不过看她这样连珠炮似的发问，整个人看起来这么精神，想必身体是没有什么问题了。这也稍稍让他放心一些。

林焰没有马上回答她，而是走到柜子前，倒了一杯水递过去，然后才慢慢地将事情原原本本地讲给她听。

　　原来林焰从话筒里听到了她的尖叫，第一时间发现情况不对，立刻从学生会办公室赶到校门口，询问了周围的路人，确定她和江乐梵被一辆牌照不明的黑车带走了。

　　接着，他请了私家侦探，又托朋友追查她的手机信号来源。两边的消息综合起来，终于确定了他们的位置。之后，他派人在那块区域到处搜寻，终于发现郊外有一间不起眼的小屋，这才把他们救了出来。

　　"原来是这样啊。"苏雨琪感慨起来，"林焰，你好厉害，简直可以去做侦探啦！那抓我们的到底是什么人呢？为什么要绑架我和江乐梵？"

　　"这个我还在调查，没有这么快出结果。不过，可能和江乐梵有关。"

　　"啊！那我们要不要先报警呢？"

　　"我想先不要打草惊蛇为好。"林焰制止了慌张的苏雨琪。

　　"可是……"苏雨琪回忆着，若有所思地说，"那些黑衣人以前就出现过。他们一直很奇怪，不过之前跟踪时并没有恶意，可这次忽然莫名其妙地绑架我们。真是奇怪！而且，我和江乐梵根本不认识那些人，就算要绑架，也该绑架有钱人才对啊！"她说着眼睛不自觉地瞟了瞟林焰。

　　"你这是知恩图报的态度吗？"林焰故意绷起了脸，心里好气又好笑。

　　苏雨琪也觉得欠扁，不好意思地笑了出来："对不起啦，我开玩笑的。不过真的很奇怪！"

　　"这件事情我会好好调查清楚的。现在你要做的就是休息。另外……"林焰似乎有些犹豫着如何开口。

　　"嗯？"苏雨琪歪着头等他的下文，能让林大会长这么吞吞吐吐的，不知道是多劲爆的内容。

　　林焰叹了口气说道："虽然我知道你不想听，但你现在的病情很不稳定，加上这次又受了极大的惊吓，我问了相关方面的医生，他们提议你最好暂时不要再进行频繁激烈的活动，先好好休养一阵子。别以为我在开玩笑，苏雨琪，你有没有想到如果你的病情越来越严重，很有可能以后再也不能跳街舞了？"

　　苏雨琪被他严肃的表情吓了一跳，紧张地说："没那么严重吧？你看，其实我好得很呢！"

　　"难道你连主治医生的话都不相信吗？"林焰的声音十分凝重，"你应该知道这场比赛的规模，按照赛程，亚洲区所有参赛队伍只有在预选赛中拿到前三名才有资格代表国家出战最终决赛。而据我了解，中国赛区单报名参加预选赛的队伍就有上千支，名次争夺得非常激烈,虽然你们这次侥幸通过复活赛进入了全国赛,可高手林立的全国赛不是你想象得那么容易。每场比赛不再只有一场主题比赛,而是要通过各项比赛累计各个队的总分进行排名淘汰。"

他一口气说下来,苏雨琪听得完全呆住了。

苏雨琪惊讶地张大嘴巴:"我真想不到你居然也这么了解这个比赛啊!"

林焰轻轻抿了抿唇,淡淡地笑了:"不要太小看我。如果连这些都不知道,那我怎么来说服你呢?"

"喂,那你也知道这个比赛有多重要啦,我现在怎么可以袖手旁观呢!"苏雨琪坐不住了,想下床好好和他理论,谁知却被按回床上。

林焰定定地注视着苏雨琪:"正是我了解这个比赛,知道赛程的复杂,我才想要劝你不要参加。苏雨琪,决战从现在才开始,你可能要经历无数场比赛,你的身体真的能够承受吗?"

这句话果然捅到了苏雨琪的心里,她难得一见地沉默下去,只是鼓起腮帮,大眼睛不停地转来转去,想让林焰知道她其实并不服气,而是正在想着如何反驳回来。

果然,只沉默了片刻,苏雨琪仿佛下定了决心一般,直直地盯着林焰说道:"你说的我明白,可是既然已经进入了全国大赛,我怎么能眼睁睁地看着大家努力,自己却什么都不做呢?我们还怎么夺取最后的胜利呢?我们可是和学校做了约定,一定夺取亚洲区前三名的呀!"

林焰沉吟了一下,说:"学校那边我会尽量想办法……"

"但是不一样!"苏雨琪激动地打断了林焰的话,她明亮的眼睛急切地注视着林焰,热烈得仿佛五月最明媚的阳光,"看着同伴单打独斗,和自己参与其中一起拼搏,是完全不一样的!我不想错过'World of Dance'大赛,也不想在以后回忆的时候什么都没有留下,而且,比起这个,江乐梵的处境比我更糟糕!虽然这次我们逃了出来,但只要黑衣人一天没抓到他,他的处境就危险一天,你觉得,我能在这个时间放下街舞社吗?"

林焰猛地愣住了,抿着唇若有所思。

苏雨琪悄悄打量着他脸上的表情,继续往下说:"所以,在一切平息之前我还是会参加全国大赛。不过你放心好了,我一定会好好注意自己的身体,绝对不逞强了。医生说不能频繁地进行激烈运动,那我注意就是了。而且,我们之前不是约定好了吗?"她俏皮地眨眨眼,"你就那么不信任我吗?"

林焰无奈地笑了。

他知道自己想要让她放弃并不可能,但他真的不想看到她受到一丁点儿的伤害。他很怕自己保护不了她，怕她像小峰一样。可是他每次这样想的时候，都忽略了苏雨琪的感受。他很自私吧？

想到这里，他忍不住对自己摇了摇头。

安静的病房内，林焰坐在床边，轻轻拉过苏雨琪的手，嘴角无奈地勾起一丝轻笑："苏雨琪，你又一次打败了我……好吧，你参加全国大赛的事我不插手，但除此之外，希望你能当心身体，不要拿自己的健康开玩笑。还有，要好好地定期做检查，能做到吗？"

"遵命，林大会长。"苏雨琪做了个鬼脸后又向他露出一个如阳光般灿烂的笑容。

这时的苏雨琪不知道，门外走廊上站立着的是江乐梵。他握住把手的手一点儿一点儿收紧，透过干净的窗户，他看见……

林焰握着她的手。

江乐梵瞪大了眼睛，几乎就要冲进房间去！

就在这时，一道宛如利剑的目光扫过他，是林焰！趁着苏雨琪低头的时候，林焰用口型示意：有事外面谈。

江乐梵也不知道自己为什么会听从林焰的安排，而不是直接冲进房间质问他们的关系。难道是因为林焰救了他们的关系？还是……心中那一丝沉甸甸的预感呢？

很快，林焰走了出来，并且轻轻带上了房门，拉着江乐梵走远了几步，以免他们的声音惊扰到苏雨琪。

两个人之间的空气凝重得就像被冻住一样，林焰任由江乐梵怒目而视，始终保持着淡然的态度。

最终打破对峙的，是林焰。他的声音低沉而富有磁性，可内容却一点儿都不像他的外表那么温和。

"江乐梵，离苏雨琪远点儿。"

听到这句话，江乐梵不怒反笑，冷哼一声："救命之恩的代价？"

林焰的眼神一瞬间变得极为锐利："我只是不想有下次。"

"我不懂你在说什么。"江乐梵冷冷地顶了回去，但脸上一闪而过的动摇还是出卖了他的心思。

林焰也不给他多做解释的机会，沉默地转过身，背对着他留下了最后一句话。

"你的事情，不要总是让别人买单。"

仿佛一记重锤砸在了江乐梵的身上，他觉得伤疤被揭了起来。

终于又能回到学校上课了。苏雨琪没有想到自己有一天会为这样的事情而感到高兴!

不过,经过绑架那样的事件,再加上沉闷又充满消毒水味的医院和没完没了的检查,相比之下,校园和同学看起来是多么亲切可爱。

一放学,她就迫不及待地来到街舞社,只不过一天没见,却好像隔了好久。但是,她却没有想到,从今天开始,命运又要有一次转折……

"我来了!"刚走到练舞房的门口,她就忍不住向大家问好。

袁妙第一个看到她,连忙迎上来:"你和江乐梵昨天去哪儿了?问你们的同学也都说不知道,太神秘了吧?"

"哈哈……"苏雨琪知道林焰怕绑架事件影响别人对她和江乐梵的看法,所以替他们隐瞒了下来,不过这也给根本不知道怎么撒谎的苏雨琪出了一个难题。"这个吗……"她眼珠一转,装出一脸惊喜的样子问道,"呀?怎么练舞房好像突然变大了?"

确实,原本乱七八糟的练舞房现在焕然一新,不但没有了那些碍手碍脚的杂物,还多出了两块崭新的体操垫,地板被擦得一尘不染,映在整面的镜墙上,看起来比原来明亮宽敞了好多! 不过,这个消息林焰已经提前告诉她了,她只是想借此转移话题而已。

"是呀,昨天我们一来就看到其他社团在搬东西,我们一打听才知道,学生会决定暂时把这间练舞房的使用权交给我们,作为对我们晋级全国大赛的鼓励,呵呵。所以我们就彻底打扫了一遍!"

"怪不得! 好棒呀!"苏雨琪眨了眨眼,正庆幸自己成功转移话题,就看到麦田把头探出门外又缩回来,纳闷儿地望着她。

"那个,老大呢? 没跟你一起来吗?"

一句话,把其他人的视线都吸引了过来,苏雨琪暗暗叫苦。要是说出江乐梵现在还躺在医院里没法来,他们肯定要追问伤势。一旦牵扯到绑架事件,要解释清楚也太费口舌了,更何况,具体情况连她本人都不清楚呢。

无奈之下,她只好结结巴巴地回答道:"嗯……那个……他好像是有点儿事……过几天就回来啦,到时候你们再问他好了。"很没义气地把问题踢给不在场的江乐梵后,苏雨琪连忙又问了一个大家感兴趣的问题。

"谢诚学长,全国大赛第一轮的题目出来了吗?"

"正巧,今天就想跟大家讨论一下新的题目。"谢诚点点头,翻开手边的资料不紧不慢地开始说明,"我先来说一下全国大赛的比赛规则。这次一共有33支队伍进入全国大赛,大赛采取积分制,每一轮比赛中淘汰半数的队伍。也就是说第一场是33进17。而积分是由三部分组成,第一是独舞,第二是自由尬舞,第三是团体舞,也就是命题舞蹈。

我们第一轮的题目是'帆'。"

"翻?"许亚斯搔搔脑袋,"是说要不断翻跟头吗?"

"哈哈!"麦田笑得在地上直打滚,"我看不是'翻'是'烦'啦!命题舞蹈确实都很'麻烦'啦!哈哈!"

谢诚一脸无奈地抬了抬眼镜,不理那两个活宝,转向苏雨琪:"你看呢?"

"帆……我第一个想到的是运动比赛上的帆船表演……"苏雨琪托住下巴冥思苦想了起来,"是说要动感?那种一人一帆的气势?嗯……好难想……"

袁妙左右看了看,疑惑地问道:"奇怪,你们谁看到展陌远了吗?他怎么也没到?"

"好呀,今天是展陌远和老大,昨天苏雨琪和老大,好不容易练舞房终于名正言顺地归我们使用了,怎么你们一个个都反而不想来了呀?"麦田第一个跳起来,挤眉弄眼地做痛心疾首状。

就在这时,眼尖的许亚斯发现展陌远正站在街舞社不远的地方,低着头走来走去,奇怪,难道真是练舞房变样了,连展陌远都认不出来了吗?

"展陌远,怎么不进来呀?"

被许亚斯的声音一惊,展陌远抬起头来,露出一副心事重重的样子。连他平时那头嚣张得不得了的红毛好像都失去了活力一样软趴趴的。

"我……"他皱紧眉头,一只手不断地拨弄着外套上的拉链扣,似乎正在做一个很难抉择的重大决定。

"来来来,你来得正好,我们正在讨论新的命题舞蹈呢!"麦田兴冲冲地拉住他的胳膊,把他往里拉。

但令人吃惊的是,展陌远竟然抽出了自己的胳膊,退后了两步。当后背贴上了冰凉的墙壁时,他猛然一震,露出一丝苦笑。

"我是来退社的!"

撂下这句炸弹一般的话后,任凭其他人怎么质问、探询,展陌远都一声不吭。

麦田更是激动地抓着他的肩用力摇晃:"为什么?我们不是已经打进全国大赛了吗?这个关头你小子怎么能退社?"

被逼到墙角的展陌远终于跺了跺脚,甩开麦田,低吼道:"不要再问了!这是我自己的问题!就这样!"

说完,他一路小跑,只留下其他人一脸震惊地站在原地。

苏雨琪忽然心情沉重起来,隐隐地,浮上一丝莫名的担忧。

展陌远的离开对街舞社来说无疑是一个沉重的打击，苏雨琪思来想去，没有其他办法，只好硬着头皮去找陶艾欣。从小欣欣对展陌远的影响来看，只要她肯出面，说服展陌远回归把握应该不小。而且，就算不能说服他回归，起码也要问出他突然退社的原因，看是不是能解决掉！

但是没想到事与愿违，陶艾欣却给了她更大的打击！

"小欣欣，我有话想跟你说。"下课后的走廊里，苏雨琪带着恳求的神色看着陶艾欣，"只要一小会儿就好了。"

陶艾欣根本就不想跟苏雨琪说话，她伸手推开苏雨琪："我没空。"

"拜托了！小欣欣，求求你！真的很重要！"苏雨琪跟在陶艾欣身后，死活都不肯离开。

陶艾欣深深吸了一口气，她记得以前苏雨琪也经常这样对她撒娇。回头看了看红着眼睛的苏雨琪，陶艾欣皱了皱眉："你知不知道你很烦？到底有什么事情？"

苏雨琪松了口气，对她来说，陶艾欣肯听她说话就已经很好了。

"你知道吗？展陌远说要退出街舞社。"苏雨琪一边说一边小心翼翼地观察着陶艾欣的表情，"好不容易进入全国赛了，真真正正的较量才开始，他这么喜欢街舞半途而废多可惜啊！所以……"

陶艾欣不耐烦地打断了苏雨琪："够了！你是想要我劝他回街舞社是不是？那不可能！"

"为……为什么？"苏雨琪诧异地看着陶艾欣。

陶艾欣看着苏雨琪急切的目光，还是那样清澈，不掺一丝杂质，仿佛不管经过怎样的磨砺都仍旧璀璨夺目的宝石。

"他有跟你们说是为了什么要退出的吗？"

苏雨琪摇摇头，脸上露出恳求的神情："你帮我问问他吧！说不定大家可以一起来解决呢，也就不用退社了啊。"

"不用问了，我现在就可以告诉你——"陶艾欣笑了起来，笑容里带着一丝嘲弄和讥讽，"因为他退出街舞社就是我让的！"

"什么？"苏雨琪呆住了，她怎么也没想到原因竟是这样的。

陶艾欣看着苏雨琪呆呆的样子，心里有点儿畅快，继续笑着说道："没想到吧？觉得很惊讶吧？我为你做了那么多的事情，那么相信你，也一直很努力地帮助你们找回'舞皇子'。可是你们呢？却一点儿都没有把我当朋友，有什么事总瞒着我。在街舞社，大家也只是都关注你，我一直想真正地融入进去，但大家都排挤我。"

"小欣欣,我没有……"苏雨琪的声音忍不住颤抖起来,不可置信地摇摇头。

陶艾欣面上仿佛很欣赏苏雨琪被打击到的样子,可眼中却闪过一丝痛意:"尤其是你,你是我最好的朋友,却只关注街舞社,完全没有在意我的处境。"

苏雨琪没想到好朋友竟然是这样看她的,颤抖着声音说:"小欣欣,你怎么会那样想?我一直以为大家都在共同努力让街舞社变得更好,而且大家相处得很融洽,所以才没有顾及到你说的这些情况。对不起。"

陶艾欣面带冷笑地说:"是啊,你们当然相处得很好,因为你们有共同的理想,共同的目标,而我就是一个打杂的。江乐梵从来都不理我,其他人也跟我说不到几句话。只有展陌远,他每次看我不开心,总想着法儿来逗我。整个街舞社,他是唯一一个真正把我当朋友的人。这次也是,我一直等着你来跟我解释前阵子的事,可是你却跟江乐梵一起失踪了。"

苏雨琪本来不想说出绑架的事,但看她这样误会,心里很难受,只好说出:"我们前天被人绑架了。"

陶艾欣眼中流露出一丝失望,唇边那抹嘲讽的笑容更加浓烈:"这么幼稚的借口你也说得出口。哈,谁会绑架你们两个普通学生?"

"是真的!不管你相不相信,前天放学的时候,我和江乐梵被一群黑衣人强行带走。幸好后来林焰及时赶到,我们才获救。江乐梵因为受了一些伤,现在还在医院里休养。"苏雨琪看到陶艾欣有点儿动摇的样子,连忙补充道,"真的,如果你还不相信,我们现在可以去医院看看江乐梵现在的样子,就知道我有没有撒谎了!"

可没想到,迎接她们的却是一间空荡荡的病房……

"你不用再演戏了。"陶艾欣冷哼一声,转身就走,"我竟然还傻到再相信你一次!"

"等等!他可能临时有事,或者……"苏雨琪追着陶艾欣,一路解释着。可陶艾欣根本不听她的话,头也不回地径直走出了医院。

苏雨琪沮丧地停下了脚步,呆呆地站在医院门口,不知道该怎么办。

对了,先打个电话问问看!

她掏出手机拨通江乐梵的电话,但电话那头却传来"您所拨打的电话已关机"的声音。"他不会又忘记充电吧。"虽然心中有种不好的预感慢慢升起,但苏雨琪还是又跑回病房区询问值班护士。

"江乐梵,江乐梵……有了!"小护士认真地帮她查到了住院记录。苏雨琪眼中又燃起了希望,但对方下一句话又把她的希望给泯灭了——"不过他已经办了出院手续。"怎么回事?江乐梵的伤不要紧了吗?再说,为什么办理出院手续也不告诉她呢?总觉得

事情有点儿奇怪。

苏雨琪皱紧眉头想了一会儿,决定去江乐梵的家里堵他!哼,敢一声不响地离开医院,害得她没法劝小欣欣回心转意,这个罪过可大了!找到他一定要好好惩罚他一下!

她故意忽略心中那抹模糊的不安,一边幻想着堵到江乐梵以后要怎么说他,一边急匆匆地往他家赶去。

还是没人。

从那天开始,江乐梵就再没有在学校里出现过。

家里,Star Bar,纪念碑,医院……能找的地方苏雨琪都找过了,可江乐梵就像人间蒸发了一样,到处都不见踪影。

苏雨琪每天不死心地拨打着江乐梵的手机,可话筒里传来的始终是那句"您所拨打的电话已关机"。

万般无奈之下,她也请求过林焰帮忙。可林焰深深地看了她一眼,淡淡地说了句:"你有没有想过,也许是他自己不想让你找到?"

隐隐约约地,苏雨琪也想过这个可能性,但她马上就否定了这个想法。不管怎么说,起码让她知道江乐梵现在到底在哪里吧?

除了寻找江乐梵外,另外一件重要的事就是越来越近的全国大赛了!

她不敢告诉大家江乐梵失踪的消息,只好不断地说,可能,也许,马上江乐梵就会回来……可大家热切盼望的眼神总是让她的心变得沉甸甸的。在这种情况下,小欣欣的冷漠和无视也都不能让她产生什么更大的情绪起伏了,因为,她心里最大最隐秘的担心已经变成了——如果江乐梵一直不回来,那该怎么办?

不,不会的。她摇摇头。那天在小屋里,他们约好要打进亚洲区决赛的,江乐梵一定会在比赛前出现的!

一丝坚定慢慢取代迷茫,苏雨琪更加努力地投入练习中,好像这样做,就能保证什么一样。

练舞房的门忽然"哗"的一声被推开了。

"这里是街舞社吗?"

一个低沉却十分动听的声音从门口传来,仿佛夜风中飘逸的竹兰花般幽幽地摇曳着身姿。

大家转头看过去,一个看起来有点儿陌生的女孩子正大摇大摆地走进来。一头长发梳成马尾辫在脑后高高吊起，微微卷曲的发丝仿佛波浪一样，随着她的步伐而跃动着。

"这里是街舞社没错。"苏雨琪首先回过神来，她打量着这个贸然闯进的美少女，"你有什么事吗？"

陌生的女孩看着她眨了眨眼睛："你就是苏雨琪吧？我特地来找你的！"

"找我？"苏雨琪歪着头想了半天，还是不记得自己在哪里认识这个神秘女孩的。

还是麦田第一个认出她来："啊，是利德那个马尾辫女生！"

被麦田一提醒，谢诚他们也记起了那个在复活赛后突然跑过来，说要单挑苏雨琪的女生。

马尾辫女生满意地点点头："看来你们都猜到我的用意了。对！苏雨琪，我要和你尬舞。"

苏雨琪笑着摇摇头："对不起，我拒绝。"

"为什么？"马尾辫女生瞪大了眼睛，随即又挑衅道，"难道是你怕了？嘿嘿。"

"我不是怕。"苏雨琪并没有中她的激将法，很平静地解释道，"现在我们正在筹备大赛，排练时间很紧张，不能因为额外的尬舞影响练习。不如我们保留到比赛上再比吧？"

"那就不好玩了……"马尾辫女孩低声嘀咕了一句，眼珠一转，唇边露出一抹调皮的笑容。她背着手凑到苏雨琪耳边，轻轻说了一句话。

"真的？"苏雨琪吃惊地望着她，仿佛听到了什么不可置信的事，"你怎么证明你知道？"

马尾辫女孩拉开衣领让她看了看项链。

苏雨琪沉默下来，定定地站了一会儿，最后郑重地点点头。

因为——那条项链是她送给江乐梵的那条守护项链！

因为，马尾辫女孩说的话是——

"如果你赢了我，我就告诉你江乐梵的下落！"

马尾辫女孩甩掉了上衣，跟苏雨琪一起站到了练舞房的中央。

"等一下！"

突如其来的声音让所有在场的人都愣住了。还没等他们回过神来，一个熟悉的身影闪进街舞社。

林焰挺拔的身影每次出现都会引起小小的骚动，精致的眉宇皱成一团，嘴唇紧紧地抿着，浅褐色的眸子里散发出一股寒气。

他看了看几步之外的女孩，又看了看苏雨琪，脸色越发难看起来，带着愠怒的语气责怪道："苏雨琪，你不能再跳了！"

"你是谁？凭什么不让她跳了？"还没等苏雨琪开口，马尾辫女孩便抢着问道。

林焰将目光投向她："我也想问你是谁？"他的神情淡定，可声音里明显带着不容抗拒的严肃，"你并不是星阳的学生，作为星阳的学生会会长，我有权利礼貌地请你出去。"

马尾辫女孩被林焰带着无形压力的目光盯着，语气软了下来："我……我是来找人的！"

林焰依旧不动声色，那张精致的脸上也没有多余的表情："找人？那么请问你在校门保卫处登记了吗？如果没有的话，就是私自闯入学校，罪名一样不轻。"

马尾辫女孩有些不服气地瞪着林焰："有那么严重吗？我的样子也不像是坏人！你少在这里诽谤人了！"

"这位同学，我想你误会什么了，这和相貌并没有任何关系。"林焰的语气虽然缓和，可其中的威势却很明显，"每个学校都有属于自己的规范守则，很明显，你违反了这些。如果你现在离开的话，我可以当成什么都没有看到，考虑下吧。"

林焰的目光仿佛重达千斤，他逼视着马尾辫女孩，直到她恨恨地"哼"了一声，转过头走出了练舞房。

从林焰出现开始，苏雨琪就知道自己没有立场去阻止林焰插手。因为，她自己答应过他，除了比赛所需的练习，她不会给身体增加额外的负担，但尬舞的话显然已经超出了约定的范围。

虽然她没法阻止林焰，可是，她也同样无法放弃这个得知江乐梵下落的机会！

因此，她匆匆跟林焰说了声"对不起"，就尾随着马尾辫女孩出去了。

"等一下！"看到对方停下脚步回过头来，苏雨琪连忙把她拉到不远处的楼梯转角处，"你能不能告诉我，江乐梵现在到底在哪里？"甩出了自己最关心的问题，苏雨琪一脸期盼地等着马尾辫女孩回答。

"不能。"马尾辫女孩别过头，不满地嘟哝道。

"拜托你，我真的很需要这个信息！"苏雨琪握住她的手，苦苦恳求。

低头沉思了一会儿，马尾辫女孩露出一个狡黠的微笑："我不能告诉你他的下落，不过看在你关心他的分儿上，我就破例让你问一个关于他的问题吧！"

一瞬间，无数问题涌上了苏雨琪的心头。他到底在哪里？他为什么不跟她联系？他有没有遇到危险？他什么时候回来？他能不能来参加全国大赛？

想了好久，苏雨琪终于用略微干涩的声音问出了一个问题。

"他……还好吗？"

一丝诧异的神色掠过马尾辫女孩的脸，随即，她嘻嘻一笑回答道："他很好，又没有人欺负他，呵呵，只不过他心情好不好……就只有他自己知道啦。"

得到肯定的答案，苏雨琪在释然的同时，又有一点儿失落……他真的是躲起来不想让自己找到他吗？还有那条项链……他转给马尾辫女孩又是什么意思呢？

压下胸口一阵闷痛，苏雨琪还是勉强扯开一个笑容，真诚地向马尾辫女孩道谢。

"嗯，算啦，看在你这么诚恳的分儿上，我再送一个消息好了。"女孩刻意压低声音，神神秘秘地凑近苏雨琪的耳边，"说不定，他再也不能跳街舞啦。"

浑然不觉自己扔下了多大的炸弹，马尾辫女孩一边走一边自言自语："唉，不好玩呀，真不好玩。"

不能跳舞了？

对于苏雨琪来说，这个消息如果是真的，那无疑是个晴天霹雳。可是……她无论如何也不愿意相信江乐梵就这样选择了放弃。此时此刻她的心情失落到了极点，隐隐觉得有什么东西猛烈地撞击着心底里最脆弱的部分。

江乐梵，你在哪儿？

林焰发现坐在身边的苏雨琪不知什么时候陷入了梦乡，小巧的脑袋随着车子晃动一颠一颠的，闭上眼睛后，纤长的睫毛在白玉一样的脸颊上投下了浓密的阴影，掩盖了因为过于劳累而若隐若现的黑眼圈。

小心翼翼地升起了车窗，怕她吹风感冒，想了一下，他又解开自己的外套轻轻地披在她身上。

真的累了吧……江乐梵突然失踪，展陌远又申请退社，街舞社的重担几乎一下子全部落在她这个柔弱的女孩身上。因为知道她的梦想和坚持，所以即使今天看到她不守约和别人尬舞，林焰也说不出一句责备的话。所以在杰森博士那里，他才会没有说出实情，而只是请求杰森博士开一些他研制出来的特效药。

是的，他今天到街舞社，其实就是来带苏雨琪去杰森博士那里做个心脏的全面检查。

杰森博士可以说是世界上治疗心脏疾病的顶尖医生之一，他的特效药可以有效地控制病情。但是，只是控制，无法治疗。

可是现在，林焰又怎么忍心再让苏雨琪放弃全国大赛？对她来说，还有比全国大赛更重要的事情吗？

睡梦中的苏雨琪突然动了动，接着皱起了眉头，仿佛连梦里都有烦心的事情。

"嗯……"苏雨琪开始发出哭泣一样的声音，手指也一阵一阵地颤动。不忍心再让她被噩梦折磨，林焰一边轻轻拍打她的肩膀，一边呼唤她的名字。

"苏雨琪……"

"等……不要走！"苏雨琪一下子抓住林焰的手，睁开了眼睛，但她的意识仿佛还停留在梦中，呆呆地望着车顶。

"放心，放心，不会走的，没有人走！"林焰握住了苏雨琪的手臂，俯下身看着她，"我答应过你，我会一直在你身边陪着你，去实现你所有的梦想。你不是孤单的，知道吗？"

苏雨琪的嘴唇颤抖着，想要说点儿什么，但是她什么也说不出来。

苏雨琪觉得自己的眼睛好酸好酸，她拼命地眨着眼睛，可是眼泪还是不由自主地流了下来。

她没有发出声音，苏雨琪跟自己说，她不是在哭，只是眼睛在流汗而已。

"别哭……"

一双有力的手臂环在身后，苏雨琪听到林焰低低的但是轻柔的声音重复着同一句话：

"别哭……"

苏雨琪想，都是林焰害的，干吗好像在哄小孩子一样？

害她真的想哭了。

苏雨琪觉得自己变成了一只被掏空的麻袋，不但无法站起来，整个人也好像失去了灵魂，变得空空荡荡，根本找不到一个可以支撑的理由。

林焰只是抱着苏雨琪，任她发泄。

他垂着眼睛，看向苏雨琪的目光充满了爱怜。

或许从很早之前，他就想要守护她，虽然他曾经骗过她、利用她，可是林焰发现自己其实一直都不希望苏雨琪真的受到伤害，因为她和林峰那么像，她就像自己的妹妹一样。

于是他现在很庆幸，在这个时候，他在她身边。林焰下意识地翻开钱包，看着林峰的照片陷入了深深的思考。

如果这时苏雨琪醒着，她就能看到，那张照片上的林峰，不知道为什么，额头上并没有那道伤痕……

Chapter 10 第十章

所有队员聚集，扬帆前行

时间过得飞快,眼看全国大赛快要开始了,各地的街舞高手纷纷聚集而来。可苏雨琪仍旧一筹莫展——虽然这一段时间,她和星阳的其他人一起按照原先的预定方案进行了几次排练,然而毕竟少了两个人,而且还是主力,大家都对即将到来的比赛几乎不抱任何希望。

尽管如此,苏雨琪仍旧在比赛的前一天来到了赛场。她想先熟悉一下环境,包括舞台、灯光、出场的地方和音响。

由于马上要进行"World of Dance"比赛,作为比赛场地的体育馆会封馆,只有各支队伍为了适应场地才可以在赛前一天进场看一下。

苏雨琪走进空荡荡的体育馆内,脚步声在场馆内回荡着,仿佛整个世界就只剩下她一个人。

早知道这样,应该叫袁学姐一起来做伴的。

一个人站在舞台下面,苏雨琪抬起头看着垂下红色幕布的舞台。

明天,他们就要在这里开始最后一场比赛,很可能,也是最后一场表演。

苏雨琪的脸上泛起一个有些苦涩的笑容,她真的很舍不得结束,虽然这一路走来非常艰辛和不易……

重建街舞社,说服江乐梵重新回来,还有之前无数次的练习……不都是为了最后一刻的盛放吗?

站在这个舞台上,不仅仅是星阳街舞社,也不仅仅是他们几个人的荣耀和梦想,还有陈杰的,还有林峰的……那些失去了机会的人,他们的梦想和希望同样寄托在这里。

所以……不能轻易言败!

苏雨琪不断地给自己打着气。

不能认输!不能退缩!不能软弱!

即使只有她一个人,也要坚持到最后。

苏雨琪挺起胸,眼睛中迸发出一缕光芒。

"我不会放弃的。"她大声对着空无一人的舞台说道,"就算只剩下我,我也不会放弃。"

她的身后忽然传来一声轻笑。

"很好!不过,我会陪着你。"

谁?

苏雨琪愕然地回头。

她身后,有一个人正一步一步地朝她走过来。

明媚的阳光从体育馆的穹顶上洒落下来,那个人沐浴在阳光里。

那个人一身嘻哈风格的打扮，紧身的T恤勾勒出他上身流畅优美的线条，一改平日清瘦的形象，清晰地展现他野性的另一面，T恤上闪耀的水钻拼出一只展翅翱翔的雄鹰，在阳光映照下晃得人眼花。一条火红的丝质细围巾是他身上最鲜艳的颜色，而这样对比强烈的颜色搭配在他的身上只让他更神采飞扬。

仿佛雕塑一般：高挺的鼻梁，坚毅的面容，薄薄的双唇带着浅浅的笑容。那双深邃明亮的眼睛带着笑意注视着苏雨琪，那目光中充满了一种难言的霸气，却又温柔得如同和煦的春风。

苏雨琪惊愕地张大了嘴巴。

他走到苏雨琪的面前，停了下来，低沉的声音中带着一种不怒而威的压制感，然而那语气却又十分温和。

"我会陪着你。"他说，声音沉静而坚定，"这场比赛，我上。"

他看着她的眼睛，一个字一个字地说。

江乐梵对着镜子正在打领结，他的身上穿着一套正式的西服，虽然是偏休闲款，但还是把这个曾经的街头少年改造成了一位绅士。

江乐梵看着镜子里的人，他觉得十分陌生，那是自己吗？

总是凌乱的头发被拢在了脑后，黑色的西服配上白色的衬衫，他这辈子都没想过自己有一天会穿成这个样子。

但这一切都是为了可以回到学校去，回到他所向往的生活中去。

楼下传来用人交谈的声音，还有汽车发动的声音。老爷和小少爷一起出去，在江家该是一件多么轰动的事情啊。

可江乐梵多希望这一切都与自己无关，自己依旧只是那个热爱街舞的少年，穿着他最喜欢的宽松服饰，跟着那些让人沸腾的旋律跳上一曲，肆意地发散着自己的光芒。但是，黑色的西服如同枷锁一样，困住了这颗自由的心灵。

门被轻轻敲响了，是用人前来催促了。

江乐梵深吸了口气对自己说："江乐梵，你一定行的。"

"爷爷！"江乐梵跟着用人走到大厅里，叫了一声。

江纬天一身中式装扮，但这套由香港著名设计师为他量体制作的唐装可不是随便谁都能穿得起的。他听到了江乐梵的叫声，抬起头看向江乐梵，满意地点点头，朝着江乐梵伸出了手。

江乐梵强忍着自己的情绪，上前一步挽住了江纬天。

"走吧!"江纬天拉着江乐梵的手,一同走出了大厅,来到了等候已久的车子前。

司机早已打开了车门,躬身等候。江乐梵随着江纬天坐到了车里。

车缓缓地开出了江家大宅。

窗外的风景曾经那么熟悉,现在看来却又那么陌生。

江纬天一路上都和江乐梵说话。江乐梵勉强打起精神随意应付着,可心思早就飞远了。

他在想学校是否还和原来一样,苏雨琪到底好不好?

她现在是不是每天都去练舞房里练舞呢?街舞社在自己走后又怎么样了?

许多许多的问题塞在江乐梵的脑子里,他几乎恨不得马上看到这一切!

车子开到星阳校门口时,星阳的校长早就已经等在那里了,看到江纬天的车停下来了,急忙走上前来拉开车门,躬身说道:"江董,欢迎欢迎!"

江纬天只是轻轻点了点头。

江乐梵走下来的时候,校长明显愣了一下,仿佛不相信一样。

江纬天注意到了校长的失态,他拉起江乐梵的手介绍道:"这是我的孙子,江乐梵!"

江乐梵看着校长尴尬的样子不禁觉得好笑,原来让他头痛无比的问题学生一下子变成了江家大少爷,可怜的校长看起来很不适应呢。

不过,江乐梵并没有露出任何轻蔑的表情,只是客套地跟校长点了点头。

唉,演戏还真是不容易!江乐梵想,林焰的计划还真麻烦!

校长强压情绪,但终究还是热情地朝江乐梵问好:"江同学,你好!"

江乐梵微微点头,扶着江纬天跟着他一起走进了校园。

显然校长很重视这次江纬天的亲自登门,为了表示他对江纬天的尊敬,还特意找了一批学生在两旁列队欢迎。

"江乐梵!"身材高大的江乐梵其实一眼就看到了人群中的苏雨琪。

看着她艰难地挤到前排,看着她拼命地招手呼唤自己……但是他只能装作没有看到,没有听到的样子。

"乐梵,我好像听到有人在叫你!"江纬天很享受这种前呼后拥的场面,所以停下了步子,看着旁边的江乐梵。

"爷爷,您听错了!"江乐梵朝着江纬天露出微笑。

江纬天点头笑笑,他很满意江乐梵的回答,看来自己这个孙子真的是洗心革面重新做人了,这真是太好了!

"江乐梵!"苏雨琪终于挤到了大家前面,也引起了江纬天的注意。

"乐梵，这是你的朋友吗？"

江乐梵像没有听到苏雨琪的叫声一样，他摇了摇头，扶着江纬天往礼堂走去。

"江乐梵！"苏雨琪急了，跑上前抓住了江乐梵的胳膊。

"请放手！"被苏雨琪抓住胳膊的江乐梵不得不停下来。

"你……"苏雨琪没有想到江乐梵会用这种冷冰冰的语气跟自己说话，甚至还轻轻地推开了她的手。

虽然只是一个微小的动作，但还是让苏雨琪感觉到了从他身上流露出来的拒人千里。

苏雨琪退后了一步，她的嘴唇颤抖着，眼睛里浮上了一层水汽。

"这位同学，请不要耽误我们的时间好不好？"一旁的校长有点儿不耐烦了。

江纬天却仿佛一点儿都不着急似的看着江乐梵，他知道这个女孩子肯定是江乐梵过去的那些"狐朋狗友"里的一个。他倒要看看江乐梵是不是真的打算把过去的那些全都忘掉。

"对不起，我们还有事。"江乐梵自然看得到苏雨琪那受伤的表情，他尽量让自己脸上保持着客套和倨傲的微笑。

苏雨琪没有再说话，只是愣愣地看着江乐梵。

江乐梵挽着江纬天继续往前走去，没有人知道，他的心就像在流血一样疼。

苏雨琪没有想到自己见到江乐梵居然会是这样一个场景，她刚刚燃起的希望之火，被江乐梵浇熄了。

江乐梵真的变了吗？他真的不想再和自己有任何关系了吗？苏雨琪一遍一遍地问着自己，却根本没有办法给自己答案。

她不知道自己做错了什么，使江乐梵有这么大的改变。

下课铃刚响，爱打听八卦的同学就开始传播着刚刚听来的消息：董事会已经散了，那个王子模样的江乐梵也已经回去了，校长还一直送到校门口呢。

苏雨琪觉得那些人的声音刺耳极了，她真的很想捂起耳朵，当什么都没有听到，但那是不可能的。

即使她捂住了耳朵，那些话依旧会钻进她的耳朵里。

那个高傲的冷漠的江乐梵也一遍一遍地在苏雨琪的脑海里出现，一遍一遍地重复着："请放手！"

这一切快把苏雨琪逼疯了，她用手捂住耳朵，趴到了课桌上。

如果这一切是梦该有多好！

苏雨琪抬起头，看着窗外的夕阳。她有一丝迷茫，她不知道自己该怎么办。

对了，今天还没有去练舞房呢！

苏雨琪仿佛梦游一样站了起来，拎起书包走向了练舞房。

这已经是她唯一不能放弃的东西了吧？

苏雨琪一边想着江乐梵，一边想着街舞社，很多事纠缠着她。一片混乱的大脑让她根本没有看到走廊上不知是谁丢下的扫把，一脚踩上去，猛然一滑。

等苏雨琪的身体失去平衡的时候，才发现自救已经不可能了。

看着冰冷的地面，她唯一能想到的，就是如果真的摔倒了，自己是否能站起来。

苏雨琪闭上眼睛，准备承受那疼痛的感觉，身后却有一个人把她的身子扯住了——是江乐梵。

此时的江乐梵依旧穿着那身礼服，脸上却写满了担忧，他紧紧皱在一起的眉头让苏雨琪仿佛又一次看到了希望。

"没事吧？"江乐梵的语气又回到了她熟悉的感觉上。

"江……江乐梵？"苏雨琪试探着叫了江乐梵的名字。

江乐梵放开了苏雨琪，他知道已经露出了马脚。

但是，看着苏雨琪要摔倒的那一刻，他下意识地扶住了她。因为，他不能看着她受到任何伤害，完全不能！

"你到底怎么了？这是怎么回事？"苏雨琪完全搞不清楚状况了，眼前的人既熟悉又陌生。

江乐梵摇摇头："现在还不能说。"

听到这句话，苏雨琪的小脸一下子垮了下来："可是你知道吗？你不在了以后，街舞社的成员都提不起劲儿来，虽然全国大赛第一轮我们顺利通过，第二轮又幸运地抽到轮空，可接下来的比赛我一点儿把握都没有……难道你对这些真的都不关心了吗？难道……"

她突然想起那个马尾辫女孩的话。

"难道你真的再也不跳街舞了吗？"

苏雨琪脸上的哀伤让江乐梵忍不住伸出手想要碰触那张自己想念已久的脸，想要替她抹去悲伤。

"我……"他刚开口说了一个字，就听到走廊上响起一阵脚步声。

江乐梵的神色一下子变得冰冷起来，把手放到了身后。见到来人是那个新来的司机，就装出不屑的样子，对苏雨琪说道："这位同学，要好好走路。"

苏雨琪呆住了，完全无法适应江乐梵的态度转变。

但显然，江乐梵不会给她答案。

他径自从她面前走过，就像早上在校门口那样，如一个高贵的王子，连眼角的余光都不曾在她身上经过。

"少爷。"司机毕恭毕敬地向江乐梵鞠了个躬，"老爷还在等着呢。"

"哦，我从洗手间出来的时候，不小心被人撞了一下。"江乐梵淡淡地回应道。

司机一边殷勤地替江乐梵轻轻拍拭根本不存在的灰尘，一边瞥了一眼"肇事者"苏雨琪。

苏雨琪被他的眼光扫过，忽然打了一个寒战。

怎么回事？她眯起眼睛，假装去看江乐梵，却其实是在偷偷打量着这个有点儿奇怪的司机。

他像其他专职司机一样戴着白手套，穿着长袖制服，看起来并没有什么特别的地方。

忽然，苏雨琪倏地瞪大眼睛，仿佛看到了一件不可思议的事情。

"江乐梵！"

江乐梵大吼起来："苏雨琪，快走！"

苏雨琪惊呆了。

"浑蛋！"江乐梵再也顾不得那么多，上前一步，抓住还在发愣的苏雨琪狂奔起来。

没跑多远，一辆车突然横在他们面前，车门打开，里面的人朝他们叫道："快上车。"

苏雨琪惊叫一声："不能上车！江乐梵！"

"是吗？看来小姑娘已经认出我们了。"那人突然拔高声音，他就是上次绑架他们的领头墨镜男！

"你们到底想怎样？"抱住瑟瑟发抖的苏雨琪，江乐梵沉声问道。

"我不是说了吗……"司机或者说墨镜男咧开嘴笑了，"上车吧，小少爷。"

为什么？为什么他总是把苏雨琪带进这样的危险里？

江乐梵恨恨地一拳砸在车窗上。

他明明是想要保护她，不让她有一丝一毫的难过。

"江乐梵？"苏雨琪轻轻地拉住江乐梵的手，"别这样好吗？"

虽然江乐梵什么都没有说，但是苏雨琪知道他一定在自责。

"有人在跟踪我们。"墨镜男从后视镜里确认后面几辆车的位置和行驶方向后，脸色一下子阴沉下来。

"不会吧，老大？"坐在副驾驶座上负责监视江乐梵和苏雨琪的那个一开始假装司机的人傻傻地发问。

"傻瓜！我们开得又不快，旁边车道还空着，这几辆车干吗都不超车？明显是在跟踪我们！"

江乐梵眼前一亮，连忙朝后面看去。果然，林焰那辆经常乘坐的车就在后面！

他向苏雨琪使了个眼色，让她不要乱动。随后，自己一点儿一点儿往副驾的方向靠去，想要趁机控制拿着刀的那个假司机。

"好，现在我要加速了，得甩掉他们！"墨镜男一踩油门。

车内所有人都不由自主地后仰，那个假司机最倒霉，因为反身想去抓江乐梵，额头猛地撞在了车座上。

"小心！"一直看着前面的苏雨琪忽然惊叫！

"不好，刹车失控了！"墨镜男惊叫起来。

江乐梵也来不及管那个人，腾出手抓住方向盘猛往右边打！车子完全失去了控制，车轮打着滑，与地面发出刺耳的摩擦声，朝马路边滑了过去！

江乐梵几乎是下意识地一把回抱住苏雨琪，把她的头按在自己怀里。

万幸的是，车子并没有翻，只是狠狠地撞上了马路边的护栏，车窗玻璃"哗啦啦"地裂开来。

司机和副驾上的胖大个儿被巨大的冲击力撞得昏了过去。

苏雨琪在惊恐中抬起头来，看到江乐梵的手臂和脸庞上都被碎玻璃划出了血痕。

然而，江乐梵完全没有在意，眼睛一眨不眨地注视着苏雨琪，仿佛只要她没事，自己不管怎样都无所谓。

"对不起……"江乐梵看着苏雨琪，满眼的愧疚。他又把她带进了这样一个危险的世界里。

苏雨琪紧紧抓着江乐梵的手，用力地摇了摇头。

就在这时，紧急刹车的声音响了起来，几辆车子从各个方向开过来。

"江乐梵！"林焰从车里跳出来，向江乐梵这边冲了过来。

另一辆车上的黑衣人惊呆了，因为他们发现自己已经被包围了，无数训练有素的保安和警卫人员手里都拿着电棍，电棍对准了他们。

"江乐梵，你没事吧？"林焰冲到车子前，这才看到了被江乐梵护在怀里的苏雨琪，"你怎么也在？"林焰惊愕地看着苏雨琪。

苏雨琪比林焰还要惊讶。

林焰和江乐梵……什么时候变得好像同盟军一样了？

还有，林焰怎么会赶来救他们？他怎么知道他们在这里？

"你怎么会来？"江乐梵问道，而且还来得这么及时，简直是神兵天降！

"幸好我在你身上放了这个……"林焰从江乐梵的口袋里取出一个小小的像电池一样的东西，"定位仪。不然的话，我怎么知道你会在这里。"

江乐梵瞠目结舌地看着林焰，他都不知道这家伙是什么时候塞了这个东西的！

此时的江家已经乱成了一锅粥，江纬天从酒会回来才得知江乐梵没有回家，而且人也联系不上，正在大发雷霆呢！

"爸爸，您别着急了。"杨爱丽在一旁劝着，"我看他肯定是跑出去玩了，说不定啊，又回去找他那些朋友了。"

江纬天气得直拍桌子，他原本以为这些日子以来，江乐梵已经学乖了，没想到居然被自己的孙子给骗了！

"这个小浑蛋！我一定要把他找回来好好教训！"江纬天呼呼地说道。

"爸爸，您别太固执了。"杨爱丽皱着眉头说道。

"俗话说，朽木不可雕，您看您在他身上花了这么大心思，他还是不走正路，您何必还对他念念不忘呢？江氏是您多年的心血，难道就要交给这么一个不负责任的小孩子吗？况且他根本就不是这块材料，您别再为他费心了。"

江纬天气得说不出话来。杨爱丽嘴上安慰着老爷子，心里却在冷笑：江乐梵，你最好永远也别再回来了！

"老……老爷……小少爷和林家少爷一起回来了！"管家气喘吁吁地跑进来，"还……还带了几个奇怪的家伙！"

"什么？"江纬天猛地站了起来，"让他们进来！"

当杨爱丽看到和江乐梵、林焰一起进来的那些黑衣人时，她的脸色一下子变得惨白。

"这……这是怎么回事？"江纬天看到江乐梵身上、脸上的伤痕，惊讶得合不拢嘴。

"哼！"江乐梵抬起头来看着站在江纬天身边的杨爱丽，冷笑起来，"还不是有人不想让我继承江氏。"

"这是什么意思？"江纬天察觉到了什么，他转头看了看想要溜走的杨爱丽。

"爸爸……"杨爱丽已经吓得六神无主了。

还是林焰把事情的前后经过一一讲了出来。

黑衣人正是杨爱丽雇用的，先前绑架了江乐梵，还故意让他以为是江家做的，目的就是不想让江乐梵回到江家。

而这一次，杨爱丽看着江乐梵越来越得到江纬天的欢心，想重施旧计，但没想到黑衣人被江乐梵发现，还出了车祸。

"你……你简直是太狠毒了！"听完林焰的讲述，江纬天勃然大怒，一巴掌打得杨爱丽跌坐在地上。

"爸爸……爸爸，我错了……"杨爱丽声泪俱下，哭得一塌糊涂。

"我真的没有想对他怎么样！我只是不想让江氏落在一个来历不明的小子手里……这么多年，我也为江氏付出了那么多……我不甘心……"

"妈咪！"

江琳娜也冲了进来，她刚回来就从家里的用人那里听说了这件事，可她真的不敢相信平时和蔼可亲的妈咪居然会做出这种事来。

看到自己的女儿，杨爱丽哭得更厉害了。

"爷爷，爷爷您不要怪妈咪！"江琳娜也哭了起来。

"妈咪一直都很孝敬您，对爸爸也很好，对我也很好，妈咪不是故意要这么做的！"

"你们……"江纬天的头被吵得越来越大。他看看杨爱丽，又看看江琳娜，终于明白什么叫"清官难断家务事"了。

"爸爸，我错了。您放过我吧！"杨爱丽搂着江琳娜，越哭越伤心。

她朝着江纬天哀求着："我不会再犯这样的错误了！您原谅我吧，爸爸！"

"爷爷……"江琳娜泪眼蒙眬地看着江纬天，随即又看向江乐梵，"哥……你别怪妈咪好不好？"

江乐梵苦笑起来。

"爷爷，"他看着江纬天，语气坚定地说道，"我不会怪她，因为我根本没有想过要跟她争什么。"

"你……"江纬天愕然地看着江乐梵。

江乐梵从来没有这样认真地跟江纬天说过话，他走到江纬天面前，坦然地和他对视着。

"我本来就对这些豪门恩怨丝毫不感兴趣，对继承江氏也根本没有兴趣。我会留下来，是因为爸爸临终前的交代，也是不得已的，因为爷爷您不许我离开。"

江乐梵早就想把这一切都说出来了，他不想要什么继承人的头衔，也对江氏的产业没有半点儿兴趣，他只想过和以前一样的日子，做他想做的事情。

"你是说我在逼你？"江纬天气得胡子都颤了起来。

江乐梵摇摇头："爷爷，您也许是为了我好，但您的想法和做法，我不能接受。像是向学校告发我在酒吧打工的事，派家里的保镖跟踪我、监视我，甚至最后还把我关起来，逼我听你的话。可是，我是一个自由的人，我有自己的梦想，也有我的坚持。所以，从今天开始，请放过我吧，让我做回真正的自己！"

江纬天死死地瞪着江乐梵，他知道江乐梵是认真的。

"算了！算了！"沉默了一阵，江纬天猛地一挥手，"你爱怎么样就怎么样！我就当没有你这个孙子！"

说着，他气呼呼地拂袖而去。

江乐梵深深地吐了一口长气。

他回头看了看林焰，笑了。

"我说过，我还欠你一个解释。"

苏雨琪和江乐梵肩并着肩，像散步一样走在回家的路上。今天是江乐梵返回学校的第一天，也就是"飞车追逐日"的第二天。昨天，江乐梵和林焰好不容易抓到了狐狸尾巴，所以匆匆留下一句"我欠你一个解释"，便赶回了江家。

不过，对苏雨琪来说，其实什么解释都已经不重要了，重要的是，江乐梵又回来了。

因此她的心情很好，甚至还回去追逐那些因为风吹动树叶而随时变换的光点，如果被她踩到了，她就会抬起头来对着江乐梵得意地笑。

江乐梵不知道自己的脸上也挂着微笑，缓缓开口："其实，这真是一个狗血又烂俗的解释……"

就像无数电视剧和小说里写过的那样——豪门的贵公子爱上了灰姑娘，但这个故事里的麻雀并没有能飞上枝头变凤凰，贵公子被迫娶了门当户对的新娘，也就是绑架案的幕后指使杨爱丽，而江乐梵的母亲只能带着他悄悄离开。

他的父亲，就是刚刚去世的江氏总裁江智，临终前唯一的愿望就是把自己的私生子找回来。江智只有这一个儿子，当然希望他回来继承家业光宗耀祖。

于是，江乐梵的爷爷，现在江氏的掌权人——江纬天就动用种种手段把江乐梵逮回家里，强迫他放弃原来的一切，继承江家……

"那么你一直没跟我联系，是因为被家里控制了？"苏雨琪问出自己最关心的问题。

江乐梵点点头，想了想又摇摇头："一开始是这样。爷爷把我从医院押回家就把我关在房间里不许出去，也不准打电话，我根本没办法和其他人联系。"

"那后来呢？"

"后来我只好妥协了，这样才换得到星阳的机会。"

苏雨琪转了转眼珠："骗人！你性格那么倔，怎么可能主动跟人家妥协？"

"好啦好啦，是有人告诉我，只有这样，才有可能达到目的，所以我才会……"

苏雨琪还是一脸不相信。

江乐梵只好举手投降："是真的，那个人是林焰啦。"

苏雨琪瞪大了眼睛，虽然她也看到最后是林焰带人围住了那些黑衣人，但她一直以为是江乐梵主动请林焰帮忙的。没想到林焰竟然能不计前嫌，帮江乐梵分析、计划，最后还亲自替他抓到那些黑衣人，他这样做难道是为了……

看到苏雨琪想来想去想了半天，江乐梵知道瞒不下去，只好说道："是啦，他说都是为了你，我必须回来参加全国大赛，所以他才'勉为其难'地帮我……"

苏雨琪点点头，又把话题转了回来："那你干吗不早点儿告诉我？"

"我怕……会有麻烦。毕竟我不知道谁会监视我的行动，万一是有歹意的人……"

"好啦，算你有道理。那你总该托人传个消息什么的吧？你知不知道我担心死了！"

江乐梵摇摇头："我有啊……"

"什么？"

"我有让我妹妹江琳娜来跟你说一声我很好啊。"

"骗人，我什么时候见过你妹妹？"

"咦？可是她说她跟你说过了呀，而且我还让她拿着我的项链来星阳找你呢。"

"项链？"苏雨琪脑中浮现出一个美少女小恶魔的形象，"那个利德的马尾辫女生？她就是你妹妹？"

又一个谜团解开了，原来项链并不是转送给她的啊……幸好。

大致说完了情况，江乐梵突然向苏雨琪猛地一鞠躬："对不起！这次把你卷了进来，害你担心了那么久……"

"没有啦，没有啦。"没想到江乐梵会这么郑重其事地道歉，苏雨琪窘得连连摆手，"其实我没受什么伤，而且倒是很高兴你一直能听我说那个小男孩的事。这样也让我觉得，他好像还活着，一直就在我身边一样……"

江乐梵听到"好像还活着"这几个字瞪大了眼睛："难道你的意思是……你要找的人已经不在了？"

苏雨琪这才发现自己说漏了嘴，不过反正这事不用隐瞒，所以她也就原原本本地告诉了江乐梵。

"你是说，那个小男孩是林峰？"江乐梵皱紧眉头似乎在回想着什么。

苏雨琪点点头："对啊，是林焰亲口告诉我的，而且他还能哼出小男孩当时跳舞时的那首歌呢。"

"可是，我跟林峰尬舞的时候，并没有发现他额头上有伤啊。"

"不会吧，我在林焰家看到的照片上，明明就有疤啊。一定是你没注意看，或者是被刘海儿盖住了。"

"林峰不留刘海儿，"江乐梵托着下巴想了一会儿，确定地说，"他额头上肯定没有疤。"

见江乐梵说得那么肯定，苏雨琪心里也没底了，毕竟她只看过照片，而且还不是近照。说起林峰，当然是江乐梵眼见为实更可靠。

可这样子就奇怪了，如果说林峰不是那个小男孩，那么小男孩又会是谁呢？林焰？

苏雨琪拍了一下自己的脑袋，想哪儿去了？林焰额头上也是没疤的呀……

等等，如果林焰和林峰都不是，那么林焰又是从哪里知道那首歌的？这个细节她可从来没跟别人提起过呀。

一个接一个的问号像一堆大石头一样压在苏雨琪的脑袋上，到底谁是那个小男孩？这个问题看起来就像一条没有出口的隧道，怎么想都没有结果，她猛然握紧了拳。

"我要去找林焰！"苏雨琪大声说道，她看着江乐梵，"我要去问清楚到底是怎么回事！"

江乐梵沉吟了一下，他知道苏雨琪如果不搞清楚答案是不会甘心的，所以干脆地点头同意。

叫了辆出租车一直开到林家大宅门口，正巧林家的管家在，他还记着少爷带这位苏小姐回来过，也知道她是少爷的同学，于是管家直接把苏雨琪领进了林家大宅。

"苏小姐，老爷今天回来就把少爷找去了，现在还在书房里没有出来，不如我带你到书房旁边的会客室坐下慢慢等好吗？"

林家的管家真是贴心，苏雨琪当然不会反对。

把苏雨琪带到会客室，管家吩咐人给她端上茶点，便告辞出去了。

苏雨琪一个人在装潢豪华的会客室里坐了一会儿，就开始有些不耐烦起来。

要知道，她可是揣着一肚子的问题来找林焰的，这样等着，真是越等越着急！

终于坐不住的苏雨琪蹑手蹑脚地溜出了会客室，来到不远的书房门口。

书房的门虽然掩着，但苏雨琪刚一走近，还是听到了里面传来的大声咆哮：

"是不是我不问，你就打算一直瞒着我？"

虽然隔着门板，苏雨琪还是觉得耳膜被震得嗡嗡作响，这个声音……听起来应该是林焰的父亲吧？

苏雨琪虽然没有见过他，不过她实在难以想象林焰究竟做了什么事情能让他父亲发这么大的脾气。

书房中，林焰的父亲林梓赢怒火冲天地看着自己的儿子，实在没想到他会背着自己做出这样的事情。如果今天不是他偶然跟星阳的校长通话，他居然还不知道林焰加入了街舞社！

面对父亲的滔天怒火，林焰却十分平静，如果没有脸上那红色巴掌印，他看上去和平时那个带着一点儿冷漠的优雅理智的学生会会长没有半点儿差异。

"我真没想到……"林梓赢几乎是痛心疾首地看着林焰。

"这么多年了，你居然还会走回头路？原来你答应好好继承林家的事业不过是谎话？街舞到底有什么好处让你不肯放手？小峰的事还不够让你后悔吗？"

提到林峰，林焰的神色终于有了变化。

他抬起头看着父亲，目光中露出复杂痛苦的神色。

"爸爸，我没有说谎。"

林焰想到当年，父亲为了培养他成为一个合格的接班人，逼着他放弃街舞，他无奈之下同意了，但是在他内心里，对街舞的热爱始终深藏着。

"我没有说谎，虽然我很喜欢街舞，但是我知道有些事是我必须做的，所以我答应您，不再跳舞，好好地做林家继承人。可是……这不代表我真的愿意放弃街舞……"

林梓赢摇摇头："你真是固执……你当初为了想和街舞一刀两断，特意去做了手术，去掉你额头上因为跳舞摔伤留下的疤痕，你对我说你会忘了那些过去，原来你……"

"爸爸……"林焰咬紧了牙关，他知道有些话说出来也许父亲不会理解，但是今天他不想再在家人面前隐藏自己的真心。

"爸爸，给我一个机会好吗？仅此一次！以前我没有，以后我也不会，只有这一次……让我参加'World of Dance'大赛，这也是……小峰一直以来的心愿……小峰去世之前，还跟我说他想要继续跳舞。爸爸，我和小峰，是真的喜欢街舞的！只有这一次，让我好好地做我真正喜欢的事，可以吗？爸爸，您也教过我，做人不要让自己留下遗憾，上一次放弃街舞我已经后悔了，所以，这次我不想再后悔！"

林梓赢有些愕然地看着自己的儿子。多年以来，林焰始终是一个听话的乖宝宝，在他的安排下成长得冷静理智，在处理家族事业上也游刃有余。

他很少能够看到如此激动的林焰。

父子俩对视着，林焰的目光中写满了坚持和恳求。

良久之后，林梓赢放弃似的苦笑起来，摇摇头，一言不发地走进了书房的里间。

林焰在原地站了一会儿,他明白,父亲的不语可以视为默认。

终于可以放纵一次,林焰却没有那种放下所有包袱的轻松,太久以来被压抑的渴望一旦变成真实的,反而沉重得让他有些无法负担。

但是,这一次,他终于可以站在苏雨琪身边,跟她一起并肩作战了!

林焰的唇角扬起一抹笑。

夜晚的风吹在身上有些冷,苏雨琪呆呆地站在林家的花园里看着月亮。

刚才不小心听到书房里的对话,她觉得到现在心还"扑通扑通"跳得厉害,因为,那些话……根本就已经指明了林焰就是那个小男孩。虽然只是些支离破碎的信息,但苏雨琪一闭上眼睛,眼前就仿佛出现了一幕幕连贯的画面。

"怎么不在客厅等我?"林焰的声音打破了苏雨琪的沉思。

她回过头看着林焰手上拿着披肩走过来,好像很熟悉又好像很陌生的样子。

林焰把披肩递给她,好奇地问:"找我有什么事吗?"

苏雨琪接过披肩,想了一下,忽然抬起头来问道:"你是什么时候学跳街舞的?"

林焰的唇角弯了弯:"怎么忽然想到问这个?"

"没什么,只是觉得你跳得很好,好奇问一下。"苏雨琪率先向前走去,脚下的落叶发出"刺啦刺啦"的声音,"对了,我想看看林峰的近照,可以吗?"

苏雨琪听到一直跟在她身后的林焰停顿了一下,接着,不紧不慢的脚步声又响起:"可以是可以,不过如果你是想找那个疤痕的话,恐怕你要失望了。他嫌额头上有疤不好看,用激光去掉了。"

沉默了好一阵子,苏雨琪终于开口说道:"你俩长得一样,我要怎么区分谁才是那个男孩?"

"你遇到的男孩那么开朗,当然是林峰。"林焰的笑容依旧温柔,甚至是坦诚的,让看到的人都不会怀疑他所说的话的可信度。

苏雨琪停下脚步,回过头来,直直地看着林焰:"如果我说,我只想知道真正的答案呢?"

在苏雨琪那坚定执着的目光里,林焰沉默了。他犹豫着,真的要把一切都说得清楚明白吗?他知道那个小男孩在苏雨琪心目中的位置,她也有知道一切的权利。也许现在就是个好机会,可以告诉苏雨琪一切,不用再隐瞒她,虽然结局可能会和自己想的不一样,但这样对自己和她都是公平的。

林焰忽然觉得自己有些紧张,混杂着一丝期盼。他深吸一口气,终于开口。

"是,我就是你找的那个小男孩。"

可苏雨琪的反应却出乎林焰的预料,她既没有表示惊讶,也没有做出什么反驳,她只是像松了口气似的点点头。

"我不知道你猜到了多少……做除疤手术的人是我,因为决心告别街舞,全心全意地做好林家的继承人。"林焰看着在夜风中有些发抖的苏雨琪,脱下自己的外衣为她披上。

他的动作很自然,手却微微颤抖着。

苏雨琪没有拒绝他。

她感激地朝林焰笑笑,林焰也回以一个微笑,继续说了下去:

"小峰受我的影响喜欢街舞,而我放弃之后,他更是认为要连我的那份一起努力,所以在小峰意外离开我的时候,我曾经一度认为是我害了他,进而觉得一切都是街舞的错,所以我才会变得痛恨街舞。但是,后来我认识了你。看到你那么努力,那么热情,甚至是不顾生命危险地去追求这份理想,我才知道什么是正确的选择,世界上还有很多东西,是值得我们去追求的。"林焰说到这里,看了看苏雨琪。

他依旧记得第一次见到她的时候,她就像一团火,燃烧着自己,那么自信,那么快乐,那么洒脱。

苏雨琪有些不好意思地笑了起来,因为她也想到了第一次见面,如果当时真的知道林焰就是那个小男孩的话,自己也许会更努力也说不定呢。

"那你就是被我感动了?"苏雨琪歪了歪头,笑眯眯地问道。

林焰很坦率地点点头:"所以我不再反对你重建街舞社的计划,甚至想要帮助你……当然,让我最终觉得打破自己对父亲的诺言,重新开始跳舞,还有一个更重要的理由。"

"什么理由?"苏雨琪的好奇心被林焰挑了起来。

她追着问:"你该不会又说是我吧?"

"是你!"林焰的声音有些发颤,却坚定无比。

"但,这一次不是为了感动,而是看到你,我想起了小峰,想起了最初热爱街舞的自己。"

可就在这时,苏雨琪突然捂住胸口,眉头紧皱,原本嫣红的嘴唇现在白得发青。林焰被苏雨琪的样子吓了一跳,连忙一边叫医生一边把她抱进客厅。

接到林焰的电话后,杰森博士就开始忙碌起来,等林焰带着苏雨琪赶到医院,一切详细检查所需的机器等都已经准备好了。

苏雨琪立刻被送进了更衣室换上宽松的衣服,然后就被护士带到了放射室。

林焰把苏雨琪近期服药和身体的状况都告诉了杰森博士，杰森点了点头，也走进了放射室。

已经躺在床上准备接受检查的苏雨琪见到杰森博士，虽然仍然皱着眉头脸色苍白，但还是强打起精神，笑嘻嘻地向他问好："博士……又要麻烦您了。"

杰森博士也笑了起来，像长辈看到自己的孙女一样慈祥。因为短短两次接触，他已经对苏雨琪的坚强乐观留下了很好的印象。

然而，当杰森博士借助高科技的新型仪器开始为苏雨琪进行检查时，他笑不出来了。一直到检查结束，杰森博士的眉毛都拧成了一个大疙瘩，下巴上的胡子也一翘一翘的。苏雨琪一爬起来就看到杰森博士那张比苦瓜还苦的脸，她的心也猛地一沉。

"博士，能告诉我检查的结果吗？"苏雨琪站在杰森博士面前，直勾勾地盯着他问道。

杰森博士没有马上回答她，只是盯着苏雨琪打量了一阵子，忽然问道："苏雨琪，你……你知道自己的身体状况吗？"

苏雨琪耸了耸肩，点了点头。

杰森博士有些激动起来，他挥着手，声音也提高了："你如果知道的话，为什么不好好休息？你不适宜做任何激烈运动，你知道吗？我帮你开的药并不是仙丹！"

看到杰森博士如此激动的样子，苏雨琪反而笑了出来，仙丹……哈哈，没想到这个大胡子对中国文化这么精通啊！

"笑……你居然还在笑！"杰森博士指着苏雨琪，一手抓起刚刚送来的检查报告扫了一眼，重重地叹了口气。

"你知不知道，你的病情已经无法再用药物来控制了！你必须马上住院，接受手术治疗！"

"不行！"苏雨琪大声叫道，她猛地死死握住了杰森博士的手腕，大眼睛直直地看向博士。

"求求您，您一定有办法的，我只要这半个月就好！"苏雨琪急切地说道。

"这次比赛是我最大的梦想，我绝对不可以放弃！博士，再给我半个月的时间！比赛一结束，不管是手术还是怎样都可以，但是这次我一定要参加比赛的！"

杰森不可置信地看着苏雨琪："你在说什么？你不知道继续比赛对你来说多么危险吗？你的心脏已经超负荷，你再这样拖下去，就会错过治疗的时机了！"

"不，不会的！"苏雨琪拼命摇着头，"博士，我还可以继续吃药啊！您的药物很有效，我不会有事的！我绝对可以撑下去！您要相信我！"

杰森被苏雨琪声音中的坚持震惊了，这个女孩竟然如此执着，他怔怔地看着苏雨琪，

听她不停地说下去。

"博士,我知道也许错过这次机会,会影响我病情的治疗,可是如果我错过这次比赛,我不知道是不是还能再参加一次。也许这是我一生之中唯一一次站上这样的舞台,完成我一直以来的梦想,所以无论如何,我一定要坚持到最后。博士,请您帮帮我好吗?您也一定会有不论怎样都想完成的梦想,所以您应该明白我的心情,您一定要帮我啊!"

说到最后,苏雨琪因为激动涨红了脸,声音也渐渐有些弱了,剧烈起伏的胸口让杰森不得不扶着她坐下来,但苏雨琪仍旧执拗地盯着杰森博士,目光充满了祈求。

杰森深深地叹了口气:"好吧,我知道了,我会再给你加开一种常规药,你要保证每天按时吃。如果病情被控制,那就还好,可如果情况继续恶化……"

杰森严肃地看着苏雨琪,摊了摊手:"到时候就算马上动手术都会有更大的危险性!"

"我会的我会的!"一听说杰森博士答应了她的请求,苏雨琪立刻眉飞色舞起来,根本没去想要是病情控制不了怎么办。

她干脆跳了起来一把抱住博士吻了下:"博士,谢谢你!"

"顽固的小女孩……"杰森被苏雨琪顽皮的话语感染,也笑了起来,"外面那个帅哥还等着你呢。"

苏雨琪鼓了鼓腮,猛然想起了什么:"啊,博士,刚才的检查结果您一定要对所有人保密,包括外面那个家伙!"

"为什么?"杰森有些不解。

苏雨琪笑嘻嘻地抓起自己的衣服往更衣室跑,一边跑一边回答道:"我不想再让任何人为我担心了!"

杰森看着苏雨琪的背影,无奈地笑着摇了摇头。

林焰等了一个多小时,终于看到了杰森交给他的检查报告。

看着上面简简单单几行字"病人状态良好,只需要继续服药,定期检查"的报告书,林焰狐疑地抬头看向杰森。

"博士,苏雨琪的身体恢复得这么好吗?可是今天她明明就……"

杰森还没来得及说什么,苏雨琪已经很不满地瞪大眼睛叫了起来:"喂,你这是什么意思啊?难道我恢复得好还不行吗?今天只是意外啦,意外知不知道?"

林焰皱了皱眉:"我不是这个意思,只是……"

"那你还啰唆什么啊?"苏雨琪干脆过来直接拉起他。

"放心吧!我都说我很好了。杰森博士还有很多事情,现在检查也做完了,报告你也看过了,我们还是别打扰人家赶快回去吧!"

林焰看了看苏雨琪，又看了看杰森，虽然他觉得有什么地方似乎不太对劲儿，但是又没有任何可以让他怀疑的理由，只好无可奈何地站了起来。

　　送苏雨琪到家后，林焰把新开的药交给她，反复叮咛她要遵照杰森博士的指示按时吃药。

　　苏雨琪夸张地拍了下额头："我一定会把杰森博士的话当圣旨一样的啦，放心放心。"

　　林焰轻声笑了一下，看着苏雨琪下车跟他挥手告别。

第十一章 Chapter 11

自由的心，翱翔在天空

那天晚上过去之后，由于得到了父亲的许可，林焰在街舞社的活动更加积极起来，由此也总是引发他和江乐梵之间的较量。

都说一山不容二虎，江乐梵和林焰的不对盘很快就成了街舞社的一道新风景。

有了林焰的加入，街舞社的实力不仅大增，而且看在现任学生会会长的面子上，学校也终于彻底放宽了对于他们的要求，街舞社众人总算可以把全部精力都投入到新一轮的比赛上去。

在这种情况下，9进5的比赛就成了星阳的表演赛，他们一路领先，提前两场就获得了晋级。

苏雨琪笑称这是林焰给大家带来的好运，想当然地引发了江乐梵的不满。一场口水大战毫无意外地上演，但是江乐梵怎么可能是林焰的对手，很快就被堵得哑口无言。

5进3，星阳中学对飞扬中学。

"喂，看你那副熊样！"许亚斯推了麦田一把，"不就是全国冠军吗？还是个'前'冠军！去年是因为我们倒霉被废社，所以才没有参加全国大赛，不然的话这个冠军搞不好是我们的，飞扬中学算什么啊！"

"不能轻敌。"江乐梵认真地看着大家，尤其是刚才大夸海口的许亚斯，"你知道上一轮败给飞扬的是谁吗？是利德。江琳娜都说飞扬有可能夺冠。"

许亚斯不是很理解地眨了眨眼睛："利德？其实上次复活赛上，我们也算是赢过他们了呀，这么说，我们不是和飞扬一样吗？再说，江琳娜是谁？"

谢诚倒是很看重江乐梵带来的消息，抬了抬眼镜问道："她有没有说飞扬比较值得注意的舞者是哪几个？"

江乐梵点点头："她说有个很可怕的新人，叫彭思宇，从三岁开始学习街舞，十几年来从不间断地训练。被称作'不是天才，却比天才更出色'。"

谢诚"哗啦啦"翻了下资料："彭思宇……有了，是刚从外省转学过来的吧？怪不得，我这里没有他进一步的资料。"

这时，林焰匆匆解决了学生会的事务，赶到了街舞社，手里还拿着一张光盘。

"飞扬对利德的视频。"他把光盘交给谢诚，谢诚连忙放进影碟机里。

"哇，你怎么知道我们正好谈到飞扬中学？还有，谁能告诉我，江琳娜到底是谁？"许亚斯不甘被众人漠视，大声嚷嚷起来。但可惜，所有人的回答都是"嘘——"，外加一根竖在嘴边的食指。

光盘已经读取，眼前出现一个舞动的身影。他不断挑战着各种高难度的技巧，但这些让寻常舞者皱眉的高难度动作他做起来却好像吃饭喝水一样简单随意，这种强大的掌控力让他的表演与其说是在进行一场比赛，更像是……在做街舞动作的教学！

"好厉害……"麦田两眼发直地评论道。

袁妙忽然说："你们有没有觉得他的风格有点儿熟悉？"

"嗯？是'烈焰'？……不对，是老大！"许亚斯一拍大腿，说出了一个大家都觉得震惊的答案。

但仔细一看，却又暗暗觉得，他说出了一个大家都忽略的事实。确实，他的舞蹈风格狂放不羁，动作难度高、力度大，加上他的身材消瘦，爆发力强，所有动作都有种斩钉截铁的美感，从风格上讲，和同样借助这些优势的江乐梵很像。但是，他的舞蹈更……怎么说呢，更标准？

苏雨琪突然瞪大眼睛，是头旋风车！江乐梵的绝技之一！可这个动作在彭思宇做来，似乎不费吹灰之力，过程中的施力点掌握得十分巧妙，令他的表演如行云流水一般毫无滞碍。

实力！

这就是练习了一万个小时以上，用汗水和精力换来的强大实力！

他完美地控制了力度，任何高难度动作都在他的能力范围之内，绝对不会有影响平衡和失误的地方，百分之百高难度的街舞！

苏雨琪心一沉，有些担心地看向江乐梵。

从视频开始播放起，江乐梵就如一尊泥塑一样坐在原地一动不动，一双眼睛直勾勾地看着屏幕中不断舞动的身影，仿佛沉浸在自己的世界里。幸好，他的脸上只有专注和兴奋，并没有露出一丝一毫的沮丧来。这让苏雨琪暗暗松了口气。

视频播放完毕，江乐梵沉默良久，忽然长长舒了口气："我见过这家伙。"

许亚斯敏感地转过头来，两眼一亮："老大跟他比过？"

江乐梵摇了摇头："是在会场上偶尔碰到的。当时他们来看我们的比赛，就是'帆'……"

说着，他迅速瞥了一眼苏雨琪，那时候他正被家族事情缠身，不告而别，让苏雨琪独自支撑街舞社，现在想来，他还是万分抱歉。

明白他眼光中的含义，苏雨琪笑着摇了摇头，故意用轻快的语气问道："然后呢？他们是不是被我们的实力吓到浑身发抖了？哈哈。"

"如果是那样就好了。"江乐梵莞尔一笑，感激地冲苏雨琪点点头，"相反，他们直接指出了我们在团体舞中的弱点。"

"是配合。"不等江乐梵说出答案，林焰已经接了上来。

恨恨地瞪了一眼这个"万事尽在掌握"的家伙，江乐梵不情愿地点了点头。

谢诚皱紧眉头，在自己的笔记本上画来画去："单人舞……江乐梵对彭思宇，胜率……嗯，团体舞，配合问题……"越计算越觉得这次情况很凶险啊。

突然，一个云淡风轻的声音打断了他的沉思："谁说单人舞，一定是江乐梵上？"

大家都被林焰的话惊呆了，是啊，这里还有一个水准几乎和江乐梵不相上下的高手呀。

江乐梵冷哼一声，站起身来："那我们就来比一比，谁更适合吧？"

许亚斯他们惊讶地看着江乐梵和林焰，随即开始窃窃私语。

"麦田，老大很久没有露出这么认真的表情了！"

"是啊，不过林会长的确很棒啊，跟老大不相上下的……"

"说什么呢你！"许亚斯在麦田头上敲了一记，"怎么长他人的志气灭自己的威风？"

麦田委屈地鼓了鼓嘴巴，袁妙悄声对站在她身边的谢诚说："喂，看到没有，老大很久都没有露出过这么兴奋的表情了！"

谢诚轻轻点了点头。

棋逢对手，换作谁都会兴奋的吧？

江乐梵朝林焰做了个"来吧"的手势，手一扬，他那件黑色的外套仿佛一朵云彩一样飘落到一旁地上。

林焰脸上仍旧是一副淡淡的表情，抬起手，从领口开始一颗颗解开自己校服外套的扣子。

"有没有感觉到一种剑拔弩张、风雨欲来的感觉？"许亚斯兴奋地搓着手低声问道。

麦田很赞同地点点头："好像电影里武林高手对决时那样！"

袁妙听了麦田的话，她原本想嘲笑一下麦田，可张了张口，终于还是什么都没有说——不知不觉间，空气似乎都变得凝重起来！

林焰解开最后一颗纽扣，轻巧地脱下外套，动作优雅地将它挂到了一旁椅子的靠背上，随即大步走向练舞房的中央。

江乐梵也几乎同时迈步走了过去。

两个人面对面地站着，相仿的身高，截然不同却同样逼人的气势，一个仿佛是草原上奔驰的狼，另一个则像是优雅高贵的猎豹。

没有音乐，他们同时开始了自己的表演。

许久没有畅快肆意地跳舞，江乐梵的舞蹈中带着一种火山爆发般的激烈与炽热，他狂猛的舞蹈如同印第安人的祭祀舞，夸张的动作和面部那种释放一般的表情，犹如暴风雨般让人几乎喘不过气来，虽然没有背景音乐的配合，却仍然带着仿佛能摧毁一切般的魔力。

而林焰则仿佛是一阵悠然吹过的风,轻灵的舞姿配合他柔韧性良好的肢体动作,不断地展现着一个个高难度的动作。他犹如一只在湖中游荡的天鹅,时而伸展如羽翼般的双臂,时而弯曲颈部和腰部,构成一个完美的弧度;他的舞蹈充满了一种难以言喻的诱惑力,虽然不似江乐梵那样有冲击力,可仍旧让观看的人无法移开目光。

街舞社的其他人全都看呆了。

这样的尬舞简直是前所未有的!

虽然没有音乐伴奏,但并不能让这两个人的热情减退,似乎终于找到了宿命中的对手,不管是江乐梵还是林焰的好胜心都被最大限度地挑了起来。他们好像是上满了发条的闹钟一样,不知疲倦地一直跳着,各自都使出自己最拿手的本事。到了后来,他们似乎已经不只是为了要胜过对方,而是好像站在舞台上,正全力以赴地表演。

苏雨琪看着他们两个酣畅淋漓的舞蹈,心也痒了起来,她跳了过去,开心地笑着:"喂喂,我也来!"

她的加入就像是在已经达到临界点的化学试剂中滴入催化剂一样,三个人的氛围一变,更让人瞠目结舌了。

苏雨琪和江乐梵的配合,是以自己来衬托江乐梵,她的动作和缓,不似江乐梵的那样炫目,但她蜿蜒成流线型的柔软身躯更加衬托出江乐梵的耀眼。

而当她和林焰配合时,苏雨琪便成了主体,她的活泼明艳因为有了林焰在一旁的辅助而变得更加完美,林焰不着痕迹地轻轻一带,不但缓解了苏雨琪激烈运动之后的体力消耗,也使得整个观感变得格外温馨起来。

袁妙笑着,感慨地凑到谢诚耳边低声说:"苏雨琪真了不起,完全不同的风格,她都能搭配得天衣无缝。"

谢诚也笑了,轻轻点了点头。

舞停。

一时间没有人说话,大家都沉浸在这种连血液都在舞蹈的兴奋状态里。

半晌,苏雨琪露出一个古怪的笑容,忽然蹦出一句话。

"嘿,我看你们两个如果搭档配合,说不定会天下无敌哦!"

晚上,正在做作业的苏雨琪忽然接到一条短信——是江乐梵发来的,内容也很简单:

我现在在你家楼下,要不要出来走走?

苏雨琪立刻像装了弹簧一样跳了起来,飞快地抓起几件衣服换上,然后偷偷溜出了家门。

跑到楼下，苏雨琪远远就看到了江乐梵。他站在花坛边，铁灰色的牛仔裤紧紧裹着他笔挺的双腿，一件黑色的短款仿皮上衣配银灰色的紧身毛衣，让江乐梵看上去有种冷冽的俊美，沐浴着月光和夜风，他的影子被拉得长长的，莫名地显出一种有些忧郁的迷人气质。看到苏雨琪下了楼，江乐梵大步朝她迎了上来，苏雨琪脸上的笑容比盛开的鲜花还要灿烂，她像只小燕子一样跳到江乐梵的身边。

"怎么穿得这么少？等一下会冷的！"一边说，江乐梵一边皱起眉看着苏雨琪显得有些单薄的白色外套和贴身的粉红色T恤。

苏雨琪倒没在乎这些，她拉着江乐梵的手摇晃着，带着一点儿撒娇的口气抱怨道："你下午回家的时候干吗都不说话？我还在想你是不是生气呢。"

江乐梵歉疚地说道："对不起，我只是有点儿……不舒服。"

"骗人，你肯定是有心事。"苏雨琪皱了皱小鼻子，可别小看她的第六感哦，"我数到三，你要是不告诉我……我就回去了哦。"

"别……"还没等她开始数数，江乐梵就举手投降了。他转过头，挠挠唇角，尴尬地说道，"其实没什么事……就是，你跟林焰配合起来……好像更适合一点儿。不知怎的，我就——"

听到他的解释，苏雨琪"扑哧"一声笑出来。

她专注地凝视着江乐梵的眼睛，认真地说："虽然我知道他就是那个我要找的人，不过，他不会影响到我们之间的友谊。你还记得你第一次听我说那个故事后问我的话吗？我的回答还是跟那时候一样。"

江乐梵的眼光也变得柔和起来，他慢慢地往前走："我是不是有点儿无理取闹？唉，好像我和林焰天生不对盘，一碰到他我就容易多想。其实，我还应该谢谢他的，如果没有他，你怎么会喜欢街舞？又怎么会来到星阳呢？我们又怎么会成为好朋友呢？"

苏雨琪忽然跑到他前面，笑嘻嘻地回过头来说："真的不考虑和他搭档一下吗？我很看好你们哦。"

看到江乐梵一瞬间像吃了苍蝇一样的表情，苏雨琪就忍不住哈哈地笑了起来。

"我是说真的，你的舞蹈有力，他的舞蹈细腻，你们的配合会把两种特质最大限度激发出来，你真的不再考虑一下？"

江乐梵无奈，生硬地把话题转开："要不我们讨论一下团体舞的题目吧。"

苏雨琪也不介意他的逃避，反而顺着他的话，猛地向上一指："天空。这个题目我好喜欢。"

"嗯？你已经有想法了吗？"江乐梵眼睛一亮。

"不算是成熟的想法，只是一个想象。"苏雨琪着迷地看着夜空，伸出五指，好像要把那月光握到手里，"林峰曾经说过，街舞就像是一个国度。可当我听到'天空'这个题目时，我突然发现，用'国度'来解释街舞还太狭小了，我想，街舞应该是一片天空，喜欢它的人自然地聚集到一起，无拘无束，自由飞翔。不论何时何地，只要抬头，都是同一片天空。"

说完，她转头望向江乐梵，露出一个璀璨的笑容。

门铃响了，一个熟悉的声音传来——是小欣欣！

知道陶艾欣是苏雨琪从小的好朋友，高岚很热情地把她迎了进来。

陶艾欣站定了一会儿，看了一眼苏雨琪，皱紧眉头不解地问："你妈妈刚才叫我劝你别再跳街舞了，这是怎么回事？"

"其实……那个，我有心脏病。"苏雨琪尴尬地解释道。

"我知道啊，不是已经去美国治好了吗？"

"好像……又复发了。"苏雨琪吐了吐舌头。

"什么？很严重吗？"陶艾欣不可置信地看着眼前虽然有些憔悴，但还是和平时一样活泼的苏雨琪，觉得她是在开玩笑。

"嗯，我也不知道严重不严重。反正老妈决定要带我回美国了。幸好小欣欣你来了，快快，借我手机。"说完，苏雨琪伸出手眼巴巴地望着陶艾欣。

"你要打给谁？"陶艾欣警惕地看了她一眼。

"林焰。请他帮个忙。真是的，老妈不但收了我的手机，连网线都拔了，还把我关在房间里，真是太过分了！"

听到不是打给江乐梵，陶艾欣犹豫了一下，还是从书包里掏出手机递给苏雨琪。

苏雨琪就像拿到了开宝箱的钥匙一样，迫不及待地拨通了林焰的电话。

"林焰吗？我是苏雨琪……"林焰刚说了一声"喂"，苏雨琪就竹筒倒豆子一样叽里呱啦地把事情都说完了。

"嗯？你说什么事？我妈啦，说要带我回美国治病，死都不让我出门。我想她看了杰森博士的报告应该就会……"陶艾欣听到耳机里传来一阵模糊的声音打断了苏雨琪的话。只见苏雨琪一会儿皱眉，一会儿咬着嘴唇，一会儿在房间里走来走去，不断地说："拜托啦。真的没事，真的，不骗你。"

过了一会儿，苏雨琪突然涨红了脸，大声说道："你怎么能这么说？难道比赛对你来说就是这种程度而已？"

"我的身体？我的身体当然我自己最清楚！我绝对不会放弃比赛的！"

门外忽然传来脚步声，看来是在厨房炒菜的高岚听到苏雨琪房间里的声音，想要走过来看一下。

苏雨琪焦急地瞥了一眼门把手，压低声音，语气严肃地说道："林焰，不管你相不相信，如果你今天不把报告拿来，我就停药，我说到做到！"然后就挂断电话。

陶艾欣呆呆地接过电话，她没想到苏雨琪竟然不惜以停药做威胁，让林焰拿检查报告来。她不解地看向苏雨琪："难道他手里的检查报告会让伯父伯母放心？"

苏雨琪深吸一口气点点头。

"为什么？如果是检查错误的话，你再去检查一次不就好了？何必一定要等那份检查报告？"

苏雨琪露出一个苦笑："因为那份检查报告博士帮我作了弊。"

闻言，陶艾欣大大地瞪起了眼睛："什么？那么说，你的身体真的……"

苏雨琪沉重地点点头，指了指桌子上的药瓶："还好有博士开的特效药。"

"那你还说要停药？"陶艾欣失声叫道。她无法想象一个知道自己心脏有病就像一个小炸弹一样的人，还能说出要停药这样的话。"你是……说着玩的？"她想到一个合理的解释。

"也许吧。"苏雨琪露出一个复杂的微笑，"如果他真的不来，我不知道自己会怎么做。"

陶艾欣停顿了两秒，给了她一句话——

"苏雨琪，你是一个街舞疯子。"

陶艾欣一出教室的门，就看到了展陌远。她抬起手腕看了看表，发现展陌远今天来等她的时间有点儿不对。

今天她听了老师的建议，帮两个同学补习功课，所以离开教室的时间比平时晚了很多。可是看展陌远的样子，好像也是刚刚才来到这里等她。

距离放学已经过去一个多小时，如果展陌远不是在这里等她，那又去了哪里呢？

展陌远笑着迎了上来，随手接过陶艾欣的书包。

他送陶艾欣回家，这好像已经成了一个习惯。一路上展陌远都在说着笑话，陶艾欣只是偶尔才会回答他一两句。

昨天见过苏雨琪后，陶艾欣产生了很大的震动。她没想到，这个从小一起长大的朋友，在面对街舞时竟然会痴狂到这种地步。即使知道自己心脏病复发，还要坚持参加比赛，这种执着的精神，到底是从哪里来的？她突然发现，自己原本以为很了解的苏雨琪，

还有这样一个完全无法理解的侧面,她是一个把街舞放在第一位的"傻瓜"。

她又想到了江乐梵。她初中时第一次看到他跳舞的样子,他是那样的沉迷、那样的疯狂,跟他平常给人的感觉完全不一样。

陶艾欣又转头看着身旁的展陌远,他是一个活力奔放的男孩。这些日子,他们一起上下学,一起去吃喜欢的美味蛋糕,一起去看各类电影。他为了逗自己开心,总是变着法儿地让生活丰富多彩起来。那火红的头发和他的个性一样,说起话来年轻的脸庞总是动感十足。想起第一次见到他时,他还说从自己的脸上完全看不出喜欢街舞的热情。

现在看来,对苏雨琪、对街舞社,她是真的没有完全融入进去,并不是他们在排挤自己。

不知道为什么,陶艾欣觉得今天的展陌远话特别多。他好像有事在瞒着自己。

"你有什么事情要和我说吗?"陶艾欣停住脚步问展陌远。

"没……没有!"见陶艾欣突然开口问,展陌远一时无措起来。

"那我问你一个问题!"陶艾欣看着站在自己面前涨得满脸通红的展陌远。

"好好,你想知道什么,我一定都告诉你。"展陌远不好意思地揉了揉自己的头发。

"你是不是还想去参加比赛,和雨琪他们一起!"陶艾欣认真地问道,"今天下午你不是一放学就来找我,而是先去了街舞社对吗?"

展陌远沉默了,他想起当时退社是为了让她开心,如果告诉她真相,那是不是代表着欺骗了她呢?陶艾欣正是因为在街舞社待得不开心,才会和苏雨琪闹翻的。若是让她误会自己想回街舞社去,她会不会更难受?

不行,不能让她误会自己。

"不,不是,你听我解释,艾欣。我下午是去了街舞社,但我没有进去。真的,真的没有进去!"展陌远为自己辩解着。他不想让陶艾欣生气,虽然他的确是背着她去了街舞社。

"那你告诉我,若是让你在我们的友谊和街舞之间选择,你会觉得哪个更重要一些?"陶艾欣看着局促不安的展陌远问道。

展陌远再一次沉默了,那熟悉的音乐,那欢快的脚步,那华丽的舞台,如果说这些真的不重要,那是骗人的。他陷入了一个困局。

陶艾欣看着展陌远,想到了苏雨琪,想到了江乐梵。如果拿这样的问题去问他们,肯定是连想都不用想的吧?而面前这个人,却因为怕她伤心而放弃了。不,是暂时放弃了。他的沉默已经是最好的回答,他不愿意欺骗自己,也不想放弃街舞。

陶艾欣笑了:"你还记得第一次见面时对我说了什么吗?"

展陌远抓耳挠腮的样子逗笑了陶艾欣。她轻轻地开口说出答案："你说，'我从你眼里根本看不到对街舞的热情'。"

是的，她对街舞没有热情，所以她并不觉得这是一件多么了不得的事情。可苏雨琪也好，江乐梵也好，他们和她不一样，他们仿佛生来就是为街舞而活，只有在跳舞时才会放射出最动人的光芒。

展陌远也一样，他在跳舞的时候，才是最真实的自己，最快乐的自己。

现在，她终于有点儿理解他们对街舞的热情。而她也想看看，自己的心能不能被这样一种热情点燃。

"艾欣，我真的很希望你能开心快乐！"展陌远还在认真地解释。

"我知道，但我也知道你更喜欢街舞！"陶艾欣的回答让展陌远愣住了。

陶艾欣故意转过身不再看展陌远。展陌远连忙上前一步，说道："艾欣，我刚才只是因为看苏雨琪跳得太漂亮了，才忍不住待久一点儿的……不对不对……"展陌远越解释越混乱。

"展陌远，你不要紧张，我没有生气，也没有觉得你背叛了我们之间的友谊。我只是想告诉你，去做你一直喜欢和坚持的事情吧！"陶艾欣朝展陌远鼓励道。

"啊？"展陌远眨着眼睛呆住了。

"怎么，你不愿意再回去跳街舞吗？那好吧，那你以后都不要再跳了！"陶艾欣扬起小脸，好笑地看着展陌远。

"不，不是，艾欣，艾欣。陶艾欣万岁，万岁！"展陌远果然是被吓傻了，那高呼的"万岁"声惊起了一片回家的小鸟。

陶艾欣退后一步绕开展陌远，欢快地朝着车站走去。而展陌远在她身后，一路追着她高呼"万岁"。那景象要多滑稽，就有多滑稽。

晚上，陶艾欣正在温书的时候，电话响了起来。

"小欣欣！"那头传来苏雨琪欢快的声音。

"是我。"陶艾欣轻快地答应着。

"展陌远的事我刚刚听说。真是太谢谢你了，你帮了我们一个大忙！你知道吗？马上就要开始最终的决赛了，我们碰到了一支超强队，要是没有展陌远，我还真不知道该怎么办呢！要是这次我们能赢得比赛，一定要给小欣欣记一次大功！展陌远回来得真是太及时了。"苏雨琪兴奋地噼里啪啦一顿讲，陶艾欣仿佛都能看到她现在手舞足蹈的样子。

做了正确的事情就会像现在的她一样吧？觉得一切都是那么美好，觉得心中充满温

柔。陶艾欣等苏雨琪全部讲完，才轻轻地吐出那三个字："对不起。"

电话那头的苏雨琪似乎愣住了，很久没有说出话来，只有呼吸声在耳畔回响。

半响，陶艾欣忍不住问了一句："苏雨琪，你还在吗？"

"在！在！"苏雨琪抽鼻子的声音也跟着她的回答一起通过话筒传出，"小欣欣……前街的咖啡厅里出了一款很好吃的提拉米苏，明天我们一起去吃吧？"

"嗯。"陶艾欣笑着答应了。

"烈焰"回来了！

星阳街舞社所有人都集合在了一起，摆在他们面前的是关键的一战。

对手是曾经的全国冠军飞扬中学。

比赛当天。

"奇怪，苏雨琪怎么还没到？"袁妙一边看手表一边焦急地望着后台的入口处。

"难道是堵在路上了？"麦田啃着汉堡当早饭，口齿不清地猜测道，"不会是睡过头了吧？"

"乌鸦嘴。"江乐梵一记栗暴敲在他头上，他环视了一下四周，"谁再给她打个电话？"

话音未落，谢诚已经放下电话摇摇头："还是没人接听。"

苏雨琪到底怎么了？这可是重要比赛啊，她赶不到的话，接下去的团体赛要怎么办？不不不，她不是那种爱迟到的人，这个时候还没到，不会是出了什么事吧？江乐梵不禁烦躁地走来走去。

"冷静点儿。"林焰在一旁摁住了他的肩膀，"马上就是你的单人舞了，你这个状态，怎么比？你要让苏雨琪看到你在台上出洋相吗？"

林焰的话提醒了江乐梵。他突然猛拍自己的两颊，发出很大一声"啪"，随后，一点儿炽热的光芒出现在他眼中——那是执着求胜的信念！

报幕员报出了江乐梵的名字，台下掌声雷动。

"谢谢你。"对林焰甩下这句话后，江乐梵深吸一口气，一步步朝着舞台走去，每一步都沉着而有力。

他想起了在孤儿院的自己，那个时候，最快乐的事情就是参加街舞比赛，为"天使"赢得奖杯。他还记得宁院长那天激动地抱着他，夸奖他，那些平时对他冷冰冰的小朋友也纷纷拥上来祝贺他，争先恐后地想要拥抱他。

他想起了小杰，想起了他们两个人一起跟别人尬舞。在赢了之后欢畅地大笑，一起庆祝。然后一起幻想他们会赢得街舞大赛的冠军，那个时候的他是多么快乐无忧。

223

他想起了街舞社重建的前前后后,失去的伙伴再一次回到身边,为了共同的梦想不懈地奋斗。

他想起了苏雨琪,那个一直陪在他身边给他勇气和力量,以及让他明白了什么是真正的友谊的苏雨琪。而现在,她也许就在舞台下面看着他,等待看他完成他的梦想。

当江乐梵终于站到舞台中央,环顾着偌大的会场时,他忽然发现,他以为自己会有的紧张和兴奋全都变成了平静。

仿佛暴风雨来临前静寂的大海,看似风平浪静的海面下却蕴含着无穷的力量。江乐梵觉得有什么东西慢慢地朝他全身扩散着,仿佛清风带走了所有的焦躁不安,只留下宁静和安定。

他静静地站在那里,头微微垂下,那顶有着 A 字图案的帽子压住了他的头发,只有几缕散碎的发丝露在外面,挡住了他的额头;他飞扬的眉舒展着,平静的眼眸中又仿佛有黑色的火焰在燃烧着;高挺的鼻梁让他线条明朗的面孔更加棱角分明,仿佛古罗马即将踏上战场的勇士;他薄薄的双唇紧抿着,刚毅的唇线坚定有力,微微扬起的下巴,让他看起来如同骄傲的君主,俯视着自己的领地。

紧身的黑色 T 恤让江乐梵修长挺拔的身形更加出色,搭配白色的长裤和白色的短袖外衣,两种对比如此强烈的颜色让他看起来既充满了神秘感,又带着一种无法形容的压迫感。一条银色的项链挂在胸前,苏雨琪送给他的水瓶座幸运吊饰在黑色 T 恤的衬托下光芒闪烁,一条绚丽的金色腰带是他全身上下唯一的亮色,犹如点缀在夜空中的明月,让江乐梵平添了一种高高在上的高贵庄严。

充满动感的舞曲仿佛骤然来临的暴雨,而江乐梵就是在暴雨中划破乌云的闪电。他连续的腾空翻转让观众们第一时间惊呼起来,音乐的节奏在逐渐加快,江乐梵的动作也随之更加狂野奔放,他整个人仿佛都融进了音乐里,一举手一投足,音乐与舞蹈结合的震撼仿佛喷涌的火山熔岩,他那充满张力的表演和大胆创新的一个个高难度动作,让所有人瞠目结舌。

四肢、头部,江乐梵身体的每一个部位仿佛都能够传递出他激烈的情感。街舞最直观最本质的魅力就在于它的感染力,而江乐梵将这种感染力发挥到了极致,他整个人仿佛一只飞速转动的陀螺,只是看着他,就有一种要跟他一起疯狂舞动的冲动。

而他的舞动又带着无与伦比的霸气,仿佛整个宇宙的存在只为了他今天震荡灵魂的舞姿,当音乐戛然而止,江乐梵跪倒在地上,仰面朝天,发出一声高昂的吼叫结束他的表演时,比赛会场鸦雀无声。

太震撼了!

这样激情四射的表演，夺取了所有人的眼球。

足足过了十几秒钟，山呼海啸一般的掌声和欢呼声才响了起来，所有人都站了起来，激动地鼓掌欢呼。

江乐梵大口大口地喘着气，刚刚的表演让他几乎连站起来的力气都没有。但他还是咬紧牙关，慢慢地站了起来，挺直了腰身，仿佛君临天下的王者，接受着来自四面八方的崇拜和热情。

不知是谁高喊了一声"舞皇子"，随即，大家一起叫了起来："舞皇子！舞皇子！舞皇子！"

所有的观众也跟着有节奏地高喊着：

"舞皇子！舞皇子！舞皇子！"

江琳娜跟其他人一样疯了似的高声呐喊着，完全没注意到坐在她身边的江纬天怪异的表情，以及那一声几乎被淹没在欢呼声里的"这小子……还真不赖……"。

下台之后的江乐梵一下子就被大家围住了！

"老大，你太厉害了！我终于知道什么叫震撼什么叫实力了！"麦田眨巴着一对"绿豆眼"说道。

"老大，我终于知道什么叫力与美的结合了！您真是我的偶像！"还没等许亚斯做作地滴下两滴激动的眼泪，展陌远就二话不说上前直接搂住江乐梵的脖子，在他胸前用力捶了两下。

"老大，你太过分了！几天没见就这么厉害了啊，这种进步速度太打击人了！赤脚都追不上啊！"

还是谢诚稍微冷静一点儿，他眼睛发亮地盯着江乐梵，一一历数："你的头旋风车改进了，速度快了，离心力也变大了，这样接下面的托马斯就会更加干脆，幅度更大。不但是技巧上的提升，更多的是一种感觉，好像上了一个崭新的台阶。原先的舞蹈里虽然充满了激情和力度，但总是显得有点儿狂躁，而这次，狂躁的力量被净化了，但并没有被削弱，反而变得更加精纯有力、直指人心。真的是很棒的表演！"

江乐梵嘴角噙着一抹微笑，向角落里的林焰一抬下巴："都要谢谢他。"

"啊？"展陌远托住差点儿被惊得掉在地上的下巴，不可置信地问，"林焰？"

"是啊，这段时间，这家伙就像魔鬼一样……"江乐梵回过头来想到之前那段苦练的日子，自己都忍不住打了个寒战，"他指定的训练计划很有效，而且总是能针对我最大的问题进行改善。他简直是控制力量的专家，该用多少力，用在什么方向上，怎么收发，他都能说得一清二楚。"甚至，还常常亲身示范，两个人更是不知道在这种秘密集训的时候尬了多少次舞，对彼此的技能特点熟到不能再熟了！有这种"良师"，加上他这块"璞玉"，强强相加的结果，又怎能是"震撼"两个字所能包含的？几乎可以称得上"完美"了！

原本江乐梵和彭思宇的差距就在于技巧的把握上，一旦江乐梵在这方面有飞跃式的进步，他的舞蹈就会衬托出彭思宇一个最大的问题——欠缺激情。由于他对技巧的掌握太过熟练了，人们在他的舞蹈中看不到一丝意外，也不会受情绪影响，他稳定的发挥同时也抑制了激情的爆发！

"嘘，评委在点评了。"

"江乐梵不是我们见过的技巧最好的舞者，但他绝对是我们见过的最用心的舞者。他不是用身体在舞动，他是用他的心灵在舞动，并且能够将这样的感动传递给每一位观众，我想，这应该才是街舞的真谛！"

评判的话，让全场再次响起了如雷的掌声。

是的，评委的感觉，也正是在场每一个人的感觉，他们看到的并不仅仅是华美的舞步，他们看到的是一颗颗因为街舞而跳动着的心，感染着所有人。

江乐梵看着评委，看着那些站起来给他加油鼓掌的观众，他的眼睛有些湿润了。他再一次深深地意识到，这么多年以来自己对街舞的热爱可以得到这么多的共鸣，大家都喜欢同一样东西。街舞，是属于每一个热爱它的人的。

"快快快，拿相机拍下来啊！"许亚斯不断催促着正拿着相机的麦田，"老大哭了耶！简直千年难得一见！"

展陌远在旁边哼了一声："你自己还不是眼泪汪汪的！"

江琳娜不知道从哪里钻出来，死死地抱着江乐梵的脖子，说："老哥，你真棒！我就知道你一定能赢！我真是太爱你了！"

江乐梵笑着拍着江琳娜的背，突然发现，她的背后竟然站着江纬天！

"那个……爷……"今天的江纬天看上去不再是那个对他凶巴巴的老头子了，江乐梵张了张嘴巴，可"爷爷"两个字还是没能叫得出来。

江纬天用慈祥的目光上上下下看了他一通，最后朝江乐梵伸出了手，说了五个字："我为你自豪。"

江乐梵惊讶地看着江纬天，一时没反应过来。

江琳娜连忙用肩膀撞了他一下："快扶爷爷坐下来啊。"

"哦，爷爷……"

江乐梵也愣住了，只有江琳娜像个计谋得逞的小狐狸一样暗自笑个不停。

"得分出来了！"袁妙忽然在一旁拉了拉江乐梵的袖子，满脸笑容地恭喜他，"比彭思宇还高 0.1 分！"

做到了！他终于做到了！

一瞬间，如释重负的喜悦让他迫不及待地想找人分享，可环顾四周后他发现，苏雨琪还是没到。

一抹不祥的阴影笼罩上来。

这时，林焰走到他身边，轻轻叹了口气。

"我想，我必须把实情告诉你了——关于苏雨琪。"

苏雨琪……到底怎么了？

林焰沉重的语调让他那不祥的预感越发强烈，他想抓住林焰让他快点儿说出实情，但江乐梵觉得自己好像被什么扼住了，居然开不了口。

也许他是在害怕吧。

害怕从林焰口中听到什么他无法接受的事情……

林焰缓缓地说道："雨琪的心脏一直不太好，她之前曾经在国外做了手术。虽然手术比较成功，但仍旧不能做太剧烈的运动，也不能太过劳累……可是……"林焰看着江乐梵，看着那张脸上出现的惊诧和不可置信。

他没有把"可是"后面的话说出来，苏雨琪做过什么，他和江乐梵都很清楚。

"雨琪，有心脏病？"江乐梵疑惑地看着林焰。他真的以为自己听错了，在他的眼中，苏雨琪一直是个活泼好动的女孩，怎么可能会和心脏病联系在一起？

"你觉得我有骗你的必要吗？"林焰苦笑，"你知道我为什么要阻止她？就是因为不希望她会因为热爱街舞而付出这么高昂的代价……不过，现在说这些都已经晚了……"

晚了？晚了是什么意思？

江乐梵下意识地摇着头，盯着林焰，呢喃自语："不可能……林焰，这个玩笑一点儿都不好笑……真的……你说，是不是你和雨琪联合起来骗我的？"

林焰看着江乐梵，他知道江乐梵无法接受这一切，毕竟，对他来说，刚刚获胜的喜悦与如此巨大的冲击交织在一起，这种感觉太过天翻地覆了。

"你觉得我会拿这种事情开玩笑吗？"林焰的声音低沉，"江乐梵，没有人在骗你，我比你更希望这一切都是一个玩笑！"

江乐梵突然抓住林焰的肩膀："那你说，苏雨琪现在在哪里？"

"在德馨医院里，特护病房。"林焰不再隐瞒，也无须隐瞒了，"再过半小时，就开始手术。"

江乐梵咬住嘴唇，大步向出口走去。

"你要去干吗？"林焰跟在他身后。

"我要去看她！"

"你疯了？你是要放弃比赛吗？"林焰用力拉住他的手臂。

"是！现在还谈什么比赛？"江乐梵回过头来低吼道。

林焰并没有被他的气势吓倒，反而直直地盯着他的眼睛，露出一个轻蔑的笑容："这就是你的回答？这就是你想要的结果？你有没有想过，苏雨琪现在是抱着什么样的心情等在手术室里？她期待的，难道是一个放弃比赛冲过去呆呆地等在手术室外的'舞皇子'吗？"

"不用说了，我现在根本没心情比赛。"江乐梵别过头去，仍然决意要走。

"等等。"林焰站到他的面前，冷淡地说道，"就算你要走，也先把她留下的话听完。"

说着，他掏出手机，按到录音播放——

"嗨，江乐梵，是不是很惊讶？"

苏雨琪的声音透过话筒传出稍微有点儿不同，但江乐梵还是能从中听到她特有的乐观和坚强。他的目光柔和下来，慢慢地收回了已经迈出去的步子，站在原地。

"我请林焰帮忙隐瞒也是迫不得已哦，你可别生气，不过如果你真的生气了，那就等我从手术室里出来，再对我发脾气吧，我会全部乖乖收下的。其实，我真的很希望能在这个时候和大家一起站在你的身边。我也曾经想过，干脆就任性一次，坚持到上台。但我可以骗别人，却骗不了自己。我自己的身体，我最清楚。如果在那种情况下站到舞台上，我绝对坚持不到最后，到时候，就会因为我一个人拖累所有人。不，我所谓的坚持到最后的街舞，不应该是那么凄惨狼狈的结局。所以，我选择了隐瞒大家，退出比赛……但我没有离开你们。你还记得我说的天空吗？虽然我们现在不在同一个地点，我们有各自的战场，也有各自的胜负，但你可以抬起头看一眼，我们仍然在同一片天空下。

"江乐梵，我等着你用你的好消息来换我的好消息……

"啊，刚才那句话好像太含蓄了，我重新说一次，呼……

"要赢啊！"

"咔嗒"，录音播放完毕。

比赛应该开始了吧？苏雨琪躺在病床上计算着时间。

江乐梵的独舞应该已经结束了，他发挥得好的话，绝对会超过彭思宇。那么接下来

的关键就是团体舞了,不知道江乐梵听到那段录音后会怎么做。哼,如果某人胆敢放弃比赛跑过来,等她醒过来就要他好看!如果他能乖乖留在那里继续比赛,那打败飞扬中学绝对不是没有可能。

因为,对这次的编舞,苏雨琪很有信心!

她一闭上眼睛,旋律和舞姿就出现在她脑海中。

一边打着拍子,一边在心里默默哼着参赛曲,苏雨琪仿佛身临其境地看到了星阳的表演……

星阳的队伍一上场就给人一种与众不同的感觉,仿佛围绕着这几个人形成了一种独特的气场。安静、肃穆,甚至带点儿悲伤,可在这些情感背面,却又隐含着几欲喷薄而出的激情和渴望!

灯光暗,音乐起。

一段优美舒缓的钢琴曲缓缓响起,仿佛把大家带入一个静谧的夜晚。

漆黑的舞台上,只有一束追光,打在一个人身上。

是林焰!

他曲臂扭腰,接着一个翻身跨步的动作,在空中舒展开来,又轻巧地落地,好像一个精灵。

但观众却面面相觑——这明明是一个芭蕾标准动作,怎么会在街舞表演上看到?

还没等大家反应过来,这个不过三秒的前奏就结束了。舞台重归黑暗。

"砰!"

突然一个炸响,舞台灯光全开!激扬动感的音乐配合着乍亮的灯光,一下子让所有人都震惊了!

舞台正中的江乐梵穿着橙黄色的短袖、黑色紧身牛仔裤,酷帅又有活力,只见他在舞台上不断挪移翻滚,就如一支熊熊燃烧的火炬,绝对热力四射!

身后的展陌远带队,每个人手里都拿着一块灰色大方巾,随着舞蹈动作而左右挥动。

忽然音乐骤停,江乐梵等人就像突然断电的机器人一般维持着原来的动作,摆成一组造型。然后林焰又随着钢琴声出场。这次他换了一个国标舞,但怀中并没有人,只是维持着手臂的姿势,仿佛他正拥着自己的爱人翩翩起舞。

这次的出场时间仍然很短,只是在台上转了几个圈子,又隐到了黑暗中。

接着,江乐梵随着劲爆的音乐又开始他的舞蹈秀!

苏雨琪嘴边噙着一抹微笑,自言自语道:"嗯,第一章节是'交替'。江乐梵是主旋律A,林焰是副歌B。江乐梵跳的是正宗Breaking,强调力度和眼花缭乱的技巧;而林焰则融合多个舞种，以幽雅静谧内敛为主。这种穿插法能最大限度烘托出两边的特质，让Breaking看起来更热血，让古典舞看起来更优雅，而且，观众也会被这种编排方式吸引，猜测着林焰下一次出场会跳什么。"

　　这次，林焰的钢琴部分没有单独出现，而是在江乐梵舞蹈时突然插入！

　　林焰的舞蹈也一变而为他擅长的Freestyle，由在第一章节中只跳插入部分的节奏，变成了和江乐梵"对抗"的样子。

　　这时，展陌远带队展开灰色方巾，组成一道一人高的灰色帷幕，把江乐梵和林焰都罩了进去。

　　台下观众不由自主地拼命伸长脖子，想要看清帷幕后面的表演。忽然，一个人从帷幕底下像一只背朝下的乌龟一样旋转着出现。背旋！

　　还没等看清他的样子，这个胖乎乎的身影就一个前滚翻又钻了回去。

　　台上，只见一个人影从后面凌空飞过帷幕，落到台前。大家不由得"啊"的一声，猜测他是怎么跳到那么高的！

　　展陌远来到台前表演起了机械舞，一顿一顿的动作就像没上好油的机器人。

　　灰色帷幕忽然从中间裂开，许亚斯从里面走出，把一动不动的展陌远斜着夹到腋下，把他往后拉了拉，摇了摇头，突然推到帷幕后面，音乐里也突然夹杂了一阵稀里哗啦的杂物落地声。这个巧妙的配合，赢得了观众的笑声。

　　"嗯，接下来就是第二章节'争斗'。灰色方巾的使用，等于在舞台上另外搭了一个小舞台，利用这个舞台的机动性，以各种上场方法和表演方式来演绎剧情。方巾可以轮流接手，这样每个人都能在台上表演一段自己最拿手的绝活。而且可以两个人配合，创造出更多有意思的剧情。"苏雨琪想到得意的地方，还忍不住翘了翘鼻子，"飞扬不是笑我们配合不好吗？谁说团体舞就一定要一堆人挤在一起跳啊跳？第一和第二章节借用了场地、音乐等元素来抓住观众的注意力，正好可以扬长避短，尽量减少长时间的群舞。相信这种剑走偏锋的方式，一定会让评委都大吃一惊吧？"

　　音乐忽然又是一变——高亢的旋律配上重击的鼓点已经营造出了万马齐喑的高潮效果。

　　而台上的星阳街舞社也放下了灰色帷幕，进入了列队群舞的状态。

　　如果用战争比喻的话，现在就是主力部队大规模作战的阶段，纪律性、气势、技巧都缺一不可。

　　整齐的服装、动作，再到极其精确的踩点，加上借用踢踏舞的一些小技巧，不时地制造出一些声效，不管从哪方面说，都是相当完美的群舞表演！

"因为前面群舞时间少，大家都保存好了精力，集中注意力，最后的群舞绝对水准很高，可以让观众眼前一亮。而且……而且……"苏雨琪心里想着赛场的情景，开心地闭上眼。

"麻醉注射完毕，手术准备开始。"

就像突然断电一样，苏雨琪的意识沉进了黑暗。

就像突然断电一样，星阳街舞社的人突然都倒在地上。

音乐只剩下一个低音还在"嗡嗡"余响。

结束了吗？

扑通……扑通……扑通……

"砰！"

所有人掀开掩盖自己的灰色方巾跳起，而所有灰色方巾都变成了天蓝色的方巾！

乌云散去，终于露出了碧蓝的天空！

"手术很成功。不过，最终还是要看病人自己的意志，如果今晚病情没有恶化的话，她就可以算是脱离危险期了。"杰森博士揉着因长时间手术而发胀的太阳穴，详细地跟林焰还有江乐梵说明情况。

"我们可以看看她吗？"林焰小心地问道。

"可以。你们多跟她说说话也许会有用。"

江乐梵和林焰互看了一眼。

"给，你先进去吧！"江乐梵把资格证放到林焰的手里。

"不，还是你先进去吧！我想静一下！"林焰把资格证推还给江乐梵。

江乐梵看了看林焰，他的脸上带了一丝倦意，江乐梵拍了拍林焰的肩膀，朝着消毒室走去。

"雨琪！"江乐梵坐在苏雨琪的旁边，握起她的手指，一点儿一点儿地抚摸着资格证。

"我们答应你的事情做好了，你答应我们的呢？"江乐梵刻意没有去看苏雨琪的脸，而是专注地握着苏雨琪的手，一同抚摸着资格证上的字。

"你看，'晋级亚洲区比赛'，5 进 3 是我们赢了哦！评委也被我们的'天空'打动了哦！而且啊，我的独舞还赢了彭思宇 0.1 分呢，全场都为我欢呼。爷爷也来了，他现在不反对我跳舞了……"江乐梵自顾自地说着。

"还有，林焰那个家伙超受欢迎，今天很多女生朝着他吹口哨呢！"江乐梵继续说着，薄薄的一张资格证，在两个人手指的一次次抚摸下，已经温暖了起来。

"今天他们都说，如果你在的话，就要把你丢向空中。我上次已经替你体验过一次了，那种感觉真的太好了。风在你的周围呼啸着过去，然后每次落下的时候，你都觉得自己是无比自由的，是可以飞翔的，你一定要感觉一下！"

突然，江乐梵发现自己说错话了，这种失重的感觉，对一个心脏有问题的人来讲可不是那么舒服的事。

"呸呸呸，我说错话了，你还是不要飞了……"江乐梵忽然觉得眼眶湿热了起来，滚烫的泪珠落到苏雨琪的手指上，微微晃动着。

"雨琪，别再睡了好吗？我们赢了，你应该给我们一个奖励啊！你快醒过来啊！"江乐梵握着苏雨琪的手，反复低喃着。

"雨琪，你醒过来吧，你知道有多少人在担心你吗？雨琪，只要你醒来，我不会再责怪你隐瞒我的事情。只要你醒来，你醒来吧，你睁开眼看看我，我是替你去赢得这场比赛的。"

江乐梵拉着苏雨琪的手，他不知道该说什么才能让苏雨琪醒来，她最放心不下的应该就是这场比赛。现在他们赢了，她却不肯醒来看一眼，没有与他们一起分享这快乐。这让江乐梵十分难过，甚至比比赛失利更让他沮丧难过。

"雨琪！"江乐梵把想说的已经都说完了。他现在唯一能做的只有等待，等待奇迹发生，等待她自己醒来。

"雨琪，我要走了哦，明天我会再来看你！"江乐梵把资格证放到了苏雨琪身旁的小桌上，依依不舍地退出了病房。

"嗨，睡美人！"林焰坐在床边，看着苏雨琪。

她浑身上下接满了各种仪器，一条条线和管子仿佛一张大网把她困在中央，就像一个被捆绑住的天使。

"我现在想做的就是掐醒你。但如果我真这么做了，也许江乐梵会冲进来把我打残。所以，为了我的安全考虑，你也要努力醒来啊！"这是林焰第一次讲笑话，虽然这个笑话并不可笑。

"今天在现场，江乐梵就像个真的王子一样，吸引了全场的注目，当我们跳舞的时候，很多人都跟着我们的节奏一起在打拍子，如果你当时在现场，一定会很开心。当我们跳完的时候，评委老师也跟着一起鼓掌。你知道吗，其实这一切的荣誉都属于你，你才是应该在台上获得掌声的那个人！"林焰有些哽咽了，他知道，如果没有苏雨琪的努力，他和江乐梵都不会赢得这场比赛。

而最应该收获掌声的这个人，却安静地躺在这里，别说跳舞，连行动都成了问题。

林焰握住了苏雨琪的手，那手的温度比林焰的要低很多，林焰努力用自己的双手温暖着那只手，却依旧没有一点儿改善。

如果说曾经是小男孩的坚持，让苏雨琪进入了街舞的殿堂，那么是苏雨琪的坚持，才使林焰重新回到街舞的怀抱，才使林焰又一次领会到了快乐的真谛。

但现在，那个坚强的女孩，像个毫无生机的木偶娃娃一样，躺在这里，这让林焰有一种悲愤的感觉。

"老天，你已经带走了小峰，这次请不要再带走雨琪！"林焰把苏雨琪的手轻轻放到胸口，默默向老天祈祷着。

门外的江乐梵看着林焰的一举一动，他可以感受到他的悲伤，因为他们担心着相同的人，这个人不仅是他们的朋友，更是战友、家人、伙伴。他们都希望这个人可以健康、快乐，可以再次站在阳光下，快乐地跳舞。

"我的时间到了，明天我还会来，明天我会带本童话书来，念给你听，这样你就不能这么悠闲地睡觉了，你一定会被我吵醒的，加油，雨琪，一定要醒。我知道你很担心我和江乐梵的关系，如果你不醒的话，我就和他决裂，然后天天到你的病床前吵架，这样是不是也可以把你吵醒呢……"林焰把苏雨琪的手放回被子里，站起了身。

江乐梵看着林焰出来，他们并肩站在门外，看着门里的苏雨琪。

忽然，刺耳的电铃声响了起来！

江乐梵和林焰惊恐地看着刚才还平稳跳动着的仪器上的数据线变得错乱起来，看着杰森博士带着人冲进了病房，看着他们迅速地为苏雨琪做着检查……

当然，他们也都听到了杰森博士那有些惊慌失措的叫声：

"病人心跳停止！马上准备手术！"

恐惧犹如魔鬼，狠狠地扼住了江乐梵和林焰的心脏。

时间过得很快，转眼之间，又是一年。

鲜花广场上，街舞纪念碑安静地矗立在那里，接受风雨的洗礼。

碑上多了一个浮雕：一群舞者正在激昂地舞动着，他们的舞步无比华丽，他们的身姿无比潇洒，那雕刻栩栩如生，让人过目难忘。

林焰和江乐梵抱着鲜花向纪念碑走来，在他们的身后有一群正在跳街舞的男孩。

花束被摆放在了纪念碑下，两个人则沉默地站着。

风轻轻吹动了他们的衣角，江乐梵和林焰互相看着对方，静静地微笑起来。

两个人坐在纪念碑下，看着广场上正在跳街舞的男孩。

林焰忽然笑出声，江乐梵被他的笑弄糊涂了，不由得好奇地开口问他："无缘无故，你在笑什么？"

林焰笑着说："我忽然想起我第一次看你跳街舞时的样子，我当时就想怎么会有人的舞步这么有张力呢！"

"咦？你这么说的话，那就表明当时我跳得还算不错！"江乐梵有些臭屁地笑起来。

"嗯，我看过很多人跳舞，却没有任何人给我那样的感觉！"林焰虽然知道自己夸赞的话会让江乐梵更加得意，却还是忍不住说了出来。

"你知道我第一次看你跳舞时的感觉吗？"江乐梵被林焰的话也引出了兴趣。

"是不是被我的舞步吓到了？"林焰看着江乐梵。

"什么呀，我当时想的是这个人跳舞的时候怎么和平时差那么远啊。你知道吗？你当时给我的感觉就是个老古板，但是当你跳舞的时候，我完全对你刮目相看了！"江乐梵的嘴角也勾起了笑意，他一边说着，还一边摇着头。

"真的？我当时给你们的感觉就那么差？"林焰从来没有听人说起过他当时的样子，他也十分好奇那时的自己在他们的眼中是什么样子的。

"是啊，当时你真的很让人难以接受，如果不是雨琪的坚持……"江乐梵沉默了，他不知道接下去该说些什么。

"雨琪……"林焰轻轻叫着这个名字，也沉默了。

"喂，你们也太不够意思了吧，说好等我一起的，结果我就付个钱的空当，你们就先跑了！"一个熟悉的声音传了过来，刚刚被他们念到名字的那个人气呼呼地走过来。

"雨琪，花会不会很重，我来拿！"江乐梵连忙跑到苏雨琪的身边，想要接走花束。

"才不，我要自己放。"苏雨琪绕过他，走到纪念碑的前面，表情严肃地放下了花束。

苏雨琪放好花束，沉默了几分钟，谁也不知道她究竟在想什么。

"好了！"苏雨琪转过身，笑着看着林焰与江乐梵。

林焰与江乐梵的脸上都荡漾着微笑，他们终于看到了一个健康、快乐的苏雨琪。这也正是他们这段日子以来最大的祈盼。

"怎么样？都好了吗？"林焰还是有些不放心，问着苏雨琪。

"当然了，我现在比大象都健康！"说着苏雨琪举起了自己的手臂比画着。

"哪有你这么瘦的大象？"江乐梵躲在林焰后面小声唠叨着。

"你！"苏雨琪自然是听到了这句话，举起拳头，朝着江乐梵打了过去。江乐梵自然不能让她如愿，左躲右闪。

两个人围着林焰追跑着，洒下了一路的笑音。林焰有些无奈地看着这两个长不大的孩子，他抬起头，看着那一碧如洗的蓝天，真心地笑了。

谢谢上天的恩赐，可以把雨琪重新送回我们的身边！谢谢！林焰真诚地感谢着上苍。

他至今依旧记得苏雨琪醒来时的样子，脸色依旧苍白，但她睁开眼做的第一个动作居然会是咧开嘴微笑。这样乐观、坚持的女生是林焰没有见到过的，也许就是因为苏雨琪身上的这些特质吧，他才被她吸引，信任她，把她当作自己的妹妹。

就在这个时候，有一群少年走过他们的面前，他们正热烈地讨论着 World of Dance 的街舞大战，讨论星阳最后得到亚洲区第五是不是保存了实力。

说到兴起的时候，他们还会舞动起来，但那夸张的动作、搞怪的表情，让苏雨琪惊愕地张大了嘴；林焰连连摇头，而江乐梵却早已笑得前仰后合。

苏雨琪向左看看林焰，向右看看江乐梵，忽然高喊了一句："尬舞吗？"

林焰和江乐梵互相对视了一眼之后，大声地喊："好啊！"

三个人嘻嘻哈哈地笑成了一团，慢慢走远，他们的身后是那座耸立的纪念碑，那上面的舞者，永不知疲倦地舞动着，犹如街舞的活力，生生不息！

——全文终——